U0464422

教育部人文社会科学研究青年基金项目
《浴火新生——四十年代作家迁徙与文学研究》
(项目批准号:15YJC751067) 资助。

20世纪40年代作家迁徙与文学研究

中国社会科学出版社

图书在版编目（CIP）数据

浴火新生：20 世纪 40 年代作家迁徙与文学研究/祝学剑著．—北京：中国社会科学出版社，2017.12
ISBN 978-7-5203-1343-8

Ⅰ.①浴… Ⅱ.①祝… Ⅲ.①文学史—研究—中国 ②中国文学—现代文学—文学研究 Ⅳ.①I209 ②I206.6

中国版本图书馆 CIP 数据核字(2017)第 273382 号

出 版 人 赵剑英
责任编辑 郭晓鸿
特约编辑 席建海
责任校对 杨 林
责任印制 戴 宽

出　　版 中国社会科学出版社
社　　址 北京鼓楼西大街甲 158 号
邮　　编 100720
网　　址 http://www.csspw.cn
发 行 部 010-84083685
门 市 部 010-84029450
经　　销 新华书店及其他书店

印　　刷 北京明恒达印务有限公司
装　　订 廊坊市广阳区广增装订厂
版　　次 2017 年 12 月第 1 版
印　　次 2017 年 12 月第 1 次印刷

开　　本 710×1000 1/16
印　　张 14.25
插　　页 2
字　　数 158 千字
定　　价 66.00 元

序

迁徙，是人类适应环境变化的一种运动。

与动物出于本能的迁徙有着根本的不同，人类的迁徙是自身理性选择的一个结果，包含了趋利避害的目的性，选择的方式则要复杂得多，迁徙的形态也就有了极大的丰富性，没有固定的模式。

中国抗战时期作家的迁徙，是中国人民抗击日本帝国主义侵略的英雄壮举的一个重要组成部分。许多作家经历了反侵略战争的洗礼，其间的艰难困苦是和平时期未经历战争的人们所不能完全想象的。他们在战火中受到锤炼，其爱国热情和不屈精神，从人民的抗战热情中受到鼓舞而又反过来推动人民抗击日本侵略者的热情，构成了　部人民反抗侵略者的伟人精神史。

战火中的迁徙是被迫的，又是主动的。前者反映了灾变中的无奈，后者体现了正义的愤怒，表现为坚毅的反抗。这一切改变了作家的精神和心态，对他们的创作产生了重大的甚至是决定性的影响。因此，要深入认识中国20世纪40年代文学的内在精神和艺术意味，作家的迁徙是一个非常好的角度。从这个角度可以发现全民抗战的热潮如何影响作家的思想和心境，又怎样影响文学的创作。

学剑的这本著作，作为教育部人文社科基金的最终成果，会给读者一个欣喜，就是因为他抓住了中国20世纪40年代作家在抗战背景中的大规模迁徙对于文学的深刻影响。他由“迁徙”的流动性特征入手，研究这一时期文学的动态。他追踪作家迁徙的足迹，考察大后方文学、沦陷区文学、解放区文学的特点。研究不同区域文学的互动，实际就是研究作家从一个区域到另一个区域的迁徙，由这样的迁徙而影响他们的思想和心境，从而又影响他们的创作。他从迁徙的角度对一些著名的文学流派的形成及其特点做出阐释，结合一些个案深入研究作家在动荡中如何把生命体验与爱国的主题结合起来。这些都涉及文学的一些深层次的理论问题，有助于人们认识文学与时代，尤其是特殊的时代背景下作家与时代和环境的关系。它们实际上就是文学取得成功的一种特殊的经验。

学剑在博士阶段所研究的是延安文学。现在他把选题从延安文学扩大到了与延安文学处于同一时期的整个抗战背景下的中国文学，由“迁徙”的概念把20世纪40年代文学组织起来，来考察其中的一些新的问题。这不仅仅是选题范围的拓展，更是研究方式的调整，也即是以动态的变化的眼光来关注中国20世纪40年代文学，把其中一些问题加以强调，把另一些问题从所设定的新的背景上提出来，使之获得新的意义。这些，应该就是这本著作具有新意的一个根本的原因。

迁徙，是建立在人的主体性基础上的一个与文学性密切相关的概念。作为一个新的研究角度，它与研究对象之间建立起了用别的视角来研究时有所不同的关系，这是学术创新的题中之义。但这或许也同时说明了这本著作并非所有的观点都能被读者接受。实事求是地说，读者眼光本非一律，书中的一些提法也并非不可以商榷。

我在先睹为快地读了这本著作后，感受到它的简洁、明快而具有新意的论述所带来的乐趣，写下这点体会作为序言，供读者参考，也期待学剑取得新的成就。

陈国恩

2017 年 6 月 20 日

于武大寓所

目　　录

引　言 …………………………………………………………………… 1

第一章　抗战与 40 年代作家迁徙形态 …………………………… 12

第一节　地域分割与 40 年代作家迁徙形态 ……………………… 13

第二节　40 年代作家迁徙与生命体验……………………………… 34

第二章　作家迁徙与 40 年代文学格局 …………………………… 48

第一节　作家迁徙与 40 年代新文学中心的形成 ………………… 49

第二节　作家迁徙与七月派的聚散 ………………………………… 77

第三节　作家迁徙与京派的瓦解与复出 …………………………… 90

第三章　作家迁徙与 40 年代文学创作 …………………………… 97

第一节　作家迁徙与 40 年代实验性小说 ………………………… 99

第二节　作家迁徙与 40 年代文学创作的流动性及广场化倾向 ………………………………………………… 127

第三节　作家迁徙与 40 年代“文协”的文学创作……………… 148

第四章　迁徙视域中的区域文学互动 …………………………… 160

第一节　迁徙视域中的解放区文学与国统区文学的互动 …… 160

第二节　迁徙视域中的解放区文学与沦陷区文学的互动 …… 171

第三节　迁徙视域中的国统区文学与沦陷区文学的互动 …… 183

结　语 …………………………………………………………… 191

参考文献 ………………………………………………………… 202

后　记 …………………………………………………………… 218

引　言

20世纪40年代中国作家因战争等因素的影响，在中华大地上四处迁徙流亡，作家迁徙是20世纪40年代一个重要的文学现象。20世纪40年代作家迁徙不仅呈现出鲜明的特点，而且还对20世纪40年代文学产生了深远的影响。20世纪40年代文学虽然从20世纪80年代就进入研究者的视野，至今出现了许多研究成果，对20世纪40年代文学各方面进行观照。但20世纪40年代文学研究相对而言还是较为薄弱，一些重要的文学现象被研究者所忽视。作家迁徙作为20世纪40年代一个重要的文学现象，也很少被人关注。本书对20世纪40年代作家迁徙现象及其与文学的关系做一个初步的论述，探讨作家迁徙这一文学现象及其对20世纪40年代文学的影响，以期引起研究者的注意。

20世纪40年代，文学与战争始终紧密联系在一起。战争，不仅影响着中国社会的历史进程，而且改变着中国作家的人生轨迹、精神世界，在深层次上影响着中国20世纪40年代文学。“这十二年的文学（通常又称40年代文学）最显著的特征就是和战争与救亡发生紧密的联系。战时特殊的政治文化氛围，包括思维方式与审美心态，促成了许多唯战时所特有的文学现象；战争直接影响到作家的写作心理、姿态、方式以及题材、风格。即使是某些远离战争现实的创作，也会不自觉地打上战时的烙印。”“和其他历史时期不同之处在于，战时形成的地缘政治文化，对文学的发展、风貌形成了强有力的制约。”① 战争爆发，20 世纪 40 年代作家大规模四处迁徙流亡，或从沦陷区迁徙到国统区，或从国统区迁徙到解放区，或从内地迁徙到香港，经历了迂回曲折的迁徙经历和非同寻常的生命体验。作家迁徙成为中国现代文学一个独特文学现象，这是中国现代文学史上不曾有过的文学现象。

20 世纪 40 年代作家迁徙形式多样。废名从北京迁回故乡黄梅隐居乡间是一种迁徙形式，朱自清等教授作家随清华北大集体内迁到昆明是一种迁徙形式，丁玲等作家从国统区奔赴延安也是一种迁徙形式。可以这样说，20 世纪 40 年代除了极少数停留京沪两地以卖文为生的作家外，绝大部分作家或因躲避战火，或因追求政治理想，或因谋生需要等原因在中华大地上四处迁徙。20 世纪 40 年代作家迁徙是一个普遍的文学现象，作家迁徙对 20 世纪 40 年代文学无疑产生巨大的影响。

20 世纪 40 年代许多作家经历了九死一生的迁徙历程，这不仅改变了作家的人生轨迹，而且对其文学创作也产生深远影响。茅盾 20 世纪 40 年代四处迁徙奔走，行程最远，经历最为迂回曲折，是 20

---

① 钱理群、温儒敏、吴福辉：《中国现代文学三十年》（修订本），北京大学出版社 1998 年版，第 445 页。

世纪40年代作家迁徙的一个典型案例。抗战前夕，茅盾在上海从事革命文艺工作。抗战爆发后，茅盾和上海进步文艺界人士一起投入了抗日救亡的洪流，并重新创办刊物《呐喊》（后改名为《烽火》）。上海沦陷后，茅盾迁徙到武汉，并在武汉、长沙、广州等地来回奔走，写文章，编辑刊物。因为武汉印刷条件并不好，并且“从长远看，汉口并不安全，敌人如沿长江逆水而上，武汉市守不住的。……于是决定：《文艺阵地》在广州编辑出版”①。茅盾迁徙到广州后，因为广州天天有空袭警报，学校也不上课。此外，加之《立报》总经理萨空了邀请茅盾到香港去编辑《立报》副刊《言林》，茅盾遂接受了萨空了的邀请，迁徙香港定居，从事抗战文艺工作。但没过多久，广州失守，武汉陷落，因香港生活成本高，还因杜重远的劝说，诸多因素促使茅盾决心离开香港到新疆从事抗战文艺工作。茅盾从香港经越南辗转到昆明，又从昆明坐飞机到兰州，从兰州辗转到新疆迪化（即乌鲁木齐，笔者注）。茅盾到新疆后做了许多抗战文艺工作，但新疆军阀盛世才肆意迫害进步人士，新疆环境险象丛生。茅盾借机乘坐飞机离开新疆，经兰州、西安等地脱险回到延安。没过多久，因革命工作需要，茅盾又被党派遣到重庆去领导文艺工作，担任重庆军政部文化工作委员会常务委员，并将《文艺阵地》从上海搬到重庆来复刊出版。1941年皖南事变后，重庆斗争形势日益复杂，“目前这里（指重庆，笔者注）的文化人太集中了，为防意外的变故，需要做适当的疏散，一部分留下来坚持工作，一部分去延安，

① 茅盾：《我走过的道路》（下），人民文学出版社1988年版，第29页。

一部分去香港”①。在党组织的安排下，茅盾被派遣到香港工作，二度客居香港。茅盾在香港撰写杂文，编辑《笔谈》，还创作了中篇小说《腐蚀》。香港沦陷后，在东江游击队的护送下，茅盾一行昼伏夜行，在高山密林中穿越东江游击区，辗转到桂林。后途经柳州、贵阳，又回到雾都重庆，继续从事抗战文艺工作。抗战胜利后返回上海，走在民主运动的行列中。② 上面简单回顾了茅盾 20 世纪 40 年代的经历，可以看出 20 世纪 40 年代茅盾的足迹几乎踏遍全国的角角落落，迁徙路径迂回曲折。而茅盾在迁徙奔走过程中，不仅创作了数量巨大的杂文与文艺评论，而且创作了《腐蚀》等小说。20 世纪 40 年代迁徙的经历，不仅丰富了茅盾的创作视野，而且迁徙途中的见闻、风土人情等为茅盾积累了众多的创作素材，造成了茅盾这一时期创作丰富而又庞杂的特点。20 世纪 40 年代茅盾迁徙与创作交织在一起，茅盾迁徙的案例具有典型意义。

抗战爆发后，作家端木蕻良迁徙流亡各地，颠沛流离，经历了九死一生的迁徙过程。端木蕻良出生在辽宁省昌图县，毕业于清华大学历史系。1932 年加入“左联”从事左翼文学运动。后凭借长篇小说《科尔沁旗草原》一举成名。抗战爆发后，端木蕻良迁徙流亡到上海、武汉等地从事抗战文学活动，此期创作有长篇小说《大地的海》，以及风格独异的短篇小说《鸶鹭湖的忧郁》《遥远的风沙》等。因战火逼近武汉，1938 年 1 月，端木蕻良与萧军、萧红等去山西临汾民族抗日大学。因战事，临汾岌岌可危，后返武汉，并与萧

① 茅盾：《我走过的道路》（下），人民文学出版社 1988 年版，第 249 页。

② 茅盾在战火中的迁徙经历参见茅盾《我走过的道路》（下），人民文学出版社 1988 年版，第 1—385 页。

红在武汉结婚。之后，端木蕻良与萧红一起辗转到重庆，在重庆复旦大学任教。又因重庆屡遭敌机轰炸，1940 年，端木蕻良与萧红一起乘飞机飞往香港。萧红在香港病逝后，端木蕻良又辗转于桂林、重庆、贵阳、遵义、武汉、上海、香港等地。小说《初吻》《早春》《大江》《大时代》《上海潮》《科尔沁旗草原》（第二部）等完成于这一时期。战争迫使端木蕻良在中华大地上迂回迁徙，端木蕻良的足迹几乎踏遍了中国的大江南北，并在迁徙的过程中创作了大量情调旖旎而又豪雄硬朗的小说，风格别具一格。

20 世纪 40 年代除了作家流亡式的个人性迁徙外，还存在有组织有规模的作家集体性迁徙。一个著名的例子是 20 世纪 40 年代香港文化人大营救。20 世纪 40 年代发生在粤港两地的文化人大营救成为中国现代文学史上的一段佳话，而这段营救经历也成为 20 世纪 40 年代作家刻骨铭心的记忆。但这很少被中国现代文学史提及。抗战爆发后，香港作为自由之港及英属殖民地，吸引了大量内地文化人士避居香港从事抗战文化工作和革命文艺工作。这些文化名人有著名作家茅盾、夏衍、胡风、宋之的、廖沫沙、端木蕻良、萧军、孙钿等，著名报人邹韬奋、张友渔、范长江等，出版家萨空了，著名哲学家胡绳，社会贤达人士柳亚子、何香凝等，评论家黄药眠、葛一虹等，国际问题专家乔冠华、金仲华、张铁生等，著名表演艺术家梅兰芳、胡蝶等，以及画家丁聪，著名教育家蔡元培，著名经济学教授千家驹，翻译家戈宝权等人。据统计，当时辗转到香港的文化名人有上千人，他们是中华民族的文化精英。在这些文化名人当中，名作家占据很大一部分比重，如茅盾、夏衍、胡风、端木蕻良、萧军、孙钿、宋之的、廖沫沙等。但香港并没有人们想象的那样平静。不久太平洋战争爆发，香港沦陷。日军占领香港后，大肆搜捕抗日爱国文化人士和民主人士。从上海、桂林、重庆等地避居香港的上千文化人滞留香港，不得脱身。幸运的是，中国共产党领导人一直都在密切关注着国际局势的发展，并早已采取行动积极营救这些身陷香港的文化名人。周恩来对具体营救工作做了精心安排，并两次电示廖承志、潘汉年等人负责营救工作。如，1941 年 12 月 7 日，“太平洋战争爆发的当天，中共中央就给在重庆的周恩来和在香港、上海的廖承志、潘汉年、刘晓发出电报，对于英美建立统一战线问题作出五条指示，其中第四条即是：‘香港文化人、党的人员、交通情报人员应向南洋及东江撤退。’”① 周恩来则电示廖承志、潘汉年等人：“因太平洋战争爆发，香港已成死港，应将在港朋友先接到澳门转广州湾，或先赴广州湾然后集中桂林。”② 并对营救工作做了具体安排，对营救路径、营救经费、接应转送等工作都做了详细周密的安排部署。大营救将这些文化名人分批从水路和陆路撤出。走水路的文化人士主要是电影界、戏剧界的著名文化人。具体转移路径是安排他们乘坐私船经长洲岛过伶仃洋到澳门，再转移至东江游击区，然后再迁徙到内地。滞留香港的作家走的是陆路。陆路营救的路径和情况也较为复杂。这些作家首先装扮成难民，组织派人带着他们从香港九龙红磡码头翻过几座山头转移到宝安县阳台山东江纵队根据地司令部所在地白石龙。在东江纵队游击队员的护送下，作家们徒步在茂密的山林里昼伏夜行，走到惠州，然后转移到桂林

---

① 何蜀：《香港大营救》（一），《红岩春秋》1997 年第 1 期，第 22 页。

② 同上。

重庆等地。[①] 茅盾晚年在回忆录《我走过的道路》中对这次文化人大营救进行了清晰的回忆："我们走的路线是九龙—东江—老隆线，是第一批从这条路线撤退下来的人。后来有千把文化人，在香港地下工作者的安排下和东江游击队的保护下，陆续沿这条线逃离香港，平安到达了内地。"[②] 并将香港文化人大营救称为"抗战以来共产党组织的最伟大的一次抢救工作"[③]。香港文化人大营救实际上就是一次文化人集体大迁徙过程，这次集体大迁徙不仅拯救了中国知识精英的生命，而且这次刻骨铭心、惊险纷呈的长途迁徙丰富了20世纪40年代作家的人生阅历，使一贯静坐书斋的作家的身心受到极大的考验和震撼，对作家精神世界及创作产生深远影响。这次作家及文化人大迁徙，是中国现代文学史上的一个奇迹。

作家迁徙是贯穿20世纪40年代始终的一个重要文学现象。以上论述的个案只是20世纪40年代作家迁徙浪潮中的几朵浪花，从这几朵浪花我们可以对20世纪40年代作家迁徙现象有个整体感知。20世纪40年代作家无论是有组织有秩序的集体迁徙，还是作家流亡式的个人迁徙，都打上了鲜明的时代印记，并对20世纪40年代文学产生重要影响。20世纪40年代作家迁徙具有一些鲜明的特点。

第一，作家集体性迁徙与个人式迁徙并存。与波澜壮阔的抗日战争联系在一起，20世纪40年代作家迁徙形式多样，既有国家层面

---

① 香港文化人大营救与文化人迁徙路径参见何蜀《香港大营救》（一），《红岩春秋》1997年第1期，第20—28页；何蜀《香港大营救》（二），《红岩春秋》1997年第2期，第36—44页；何蜀《香港大营救》（续完），《红岩春秋》1997年第4期，第3—16页。

② 茅盾：《我走过的道路》（下），人民文学出版社1988年版，第285页。

③ 同上。

上传承学术、保护文化人的集体性迁徙，又有个人层面上的避难流亡式迁徙，多种迁徙方式交织并存。国家层面上组织的作家集体性迁徙除了上文论述的香港文化人大营救外，朱自清、沈从文、闻一多、吴宓、陈梦家、杨振声、李广田等寄居在清华、北大、南开等高等学府的教授作家随学校一起内迁到昆明。还有寄居在武汉大学的教授作家苏雪林、叶圣陶、袁昌英、朱光潜、冯沅君、陈源（陈西滢）、钱穆、王世杰等因武汉大学迁徙乐山而集体迁徙到乐山。此外，受到战火侵扰的东北作家群骆宾基、端木蕻良、萧军、萧红等结伴从关外流亡到关内，也可以看作集体迁徙的例子。20 世纪 40 年代作家有组织的集体性迁徙的案例并不少见。作家个人流亡式的迁徙例子就更多了，除了上文提到的废名从京城迁徙到故乡黄梅外，丁玲出狱后奔赴延安、何其芳奔赴延安、张天翼在战火中四处迁徙等都是个人迁徙的例子。所以，20 世纪 40 年代作家无论是有组织有规模的集体性迁徙，还是作家流亡式的个人式迁徙，虽迁徙的目的与方式不尽相同，但都能说明 20 世纪 40 年代作家迁徙是一个普遍存在的文学现象，作家集体性迁徙与个人式迁徙交织并存。

第二，作家迁徙与民族国家命运紧密相连，烙上时代的印记。20 世纪 40 年代作家在辗转迁徙的同时，高举文学旗帜，坚持文学创作，以笔为武器进行战斗。20 世纪 40 年代无论是有组织的集体性迁徙，还是自发的个人性迁徙，作家们在迁徙过程中始终不忘文学工作，一方面以笔为武器揭露日寇侵略的血腥无道与残暴不仁，另一方面从民族文化底蕴中汲取精神力量，唤起民族抗战的热情。作家的迁徙过程就是一幅战斗的画卷，颠沛流离的迁徙历程伴随着慷慨激昂的文字，作家迁徙始终打上了时代的印记，彰显出不辱祖先、同仇敌忾的民族精神。所以，20 世纪 40 年代作家迁徙与民族国家命运紧密相连，烙上烽火文心的时代印记。

第三，作家迁徙与文学创作关系紧密。作家迁徙不仅仅是一种肉体行为，更是一种精神活动。20 世纪 40 年代作家迁徙不仅仅使作家历经血与火的考验，还促进了 20 世纪 40 年代文学发展的多样性与文学空间的拓展，作家迁徙与文学创作紧密相连。胡风对 20 世纪 40 年代作家的战斗生活和文学创作做过这样的总结："哪里有人民，哪里就有历史。哪里有生活，哪里就有斗争。有生活有斗争的地方，就应该也能够有诗。"① 20 世纪 40 年代作家迁徙与文学创作互动关系可见一斑。以胡风为例。胡风 20 世纪 40 年代在烽烟滚滚的中华焦土上迁徙奔走，足迹踏遍了大半个中国，在迁徙过程中始终没有停止文学工作，以笔为武器进行斗争，撰写文章，宣传抗日，胡风迂回曲折的迁徙过程也是不屈不挠的斗争过程与文学创作过程。抗战前夕，胡风在上海从事抗战文艺工作，创办了《七月》杂志，共出了三期。抗战爆发后，由于"商业联系和邮路受到阻碍，上海的刊物很难发到外地去，作者又纷纷离开上海"②，所以胡风"决定把《七月》移到武汉去出版"③。因此，胡风带着家人迁徙到武汉继续编辑出版《七月》，还从事诸多抗战文艺工作，如举办木刻展览会，编辑《新华日报》文艺副刊《星期文艺》，筹备成立中华全国文艺界抗敌协会等。由于武汉离前线越来越近，胡风于 1938 年 9 月匆匆

---

① 胡风：《给为人民而歌的歌手们》，《胡风评论集》（下册），人民文学出版社 1985 年版，第 237 页。

② 晓风编：《胡风自传》，江苏文艺出版社 1996 年版，第 70 页。

③ 同上。

离开武汉，坐船途经石首、宜昌等地，辗转到重庆，继续编辑出版《七月》。在重庆，胡风经历了日军飞机的大轰炸，了解到国民党顽固派制造的震惊中外的皖南事变，这时重庆“能走的文化人都要离开重庆，一批去延安，另一批去香港或转新四军”①。胡风被组织安排去香港，他与家人搭乘商货车离开重庆，途经贵阳、柳州、湛江，一路颠簸到香港。在香港继续从事抗战文艺工作。不久，太平洋战争爆发，香港沦陷。胡风与从香港撤离的上千文化人一起，在东江纵队的护送下，昼伏夜行，徒步千里，脱险到达桂林。在桂林拜访文艺界朋友，开展文艺工作。后又返回重庆，创办文学刊物《希望》，参加鲁迅先生逝世周年纪念会，继续从事抗战文艺工作。抗战胜利后，重返上海。② 胡风在迁徙过程中写下大量文章，这些文章不仅仅是简单地秉承血与火的抗战文学传统，而且进行了理论与文体实践等多方面的探讨，促进了20世纪40年代文学发展的多样性与文学空间的拓展。且其迁徙行为也直接或间接影响到20世纪40年代七月派的形成和消隐。作家迁徙对20世纪40年代文学及七月派等文学流派的影响可见一斑。

20世纪40年代作家迁徙与文学的紧密关系还体现在作家迁徙对文学创作的深刻影响方面。上文论述的惊险纷呈的香港文化人大迁徙，本身就是难得的创作素材，以致很多作家一生中都对这次迁徙记忆犹新，并倾注笔端，写下大量回忆文章和以这次大迁徙为内容的作品。如作家茅盾对这次迁徙不仅在回忆录《我走过的道路》中

---

① 晓风编：《胡风自传》，江苏文艺出版社1996年版，第157页。

② 胡风在战火中的迁徙经历参见晓风编《胡风自传》，江苏文艺出版社1996年版，第72—231页。

有专门叙述，还专门写下以大迁徙为内容的纪实文学《劫后拾遗》。胡风等人的回忆录也列专章清晰地记录了这次迁徙的全过程。以这次大迁徙为内容的作品层出不穷。并且20世纪40年代废名、沈从文、萧红等作家长途迁徙后，文学创作进入转型期，在文体与风格上进行了多重实验，创作了在40年代颇有影响的实验性小说。张天翼在四处迁徙奔波，流亡桂林后，令人惋惜地终止了讽刺文学创作，而转向儿童文学创作。这些都说明20世纪40年代作家迁徙对文学创作的深刻影响，作家迁徙与文学创作关系紧密。

由于战争等原因，20世纪40年代作家辗转奔走于全国各地，颠沛流离。在流亡式的迁徙过程中，作家们从不怠慢文学工作，或参与抗战文艺问题讨论，或撰写文章揭露打击敌人，或办刊办报，唤醒民众投身抗日的洪流，每到一地，都点燃那里的文学火焰，作家迁徙促进了20世纪40年代文学创作的繁荣。同时，迁徙打破了作家书斋的宁静，改变了作家的命运，使作家产生不同的生命体验，对作家心理产生直接影响，从而影响作家的创作，而这也必将带来20世纪40年代文学文体与风格的一系列变化。从这个意义上说，作家迁徙也促进了20世纪40年代文学的深化拓新，20世纪40年代作家迁徙与文学紧密相连。因此，从作家迁徙角度观照20世纪40年代文学实有必要，对于重新理解和看待20世纪40年代文学相关问题有着重要意义。

第一章　抗战与40年代作家迁徙形态

研究20世纪40年代作家迁徙与文学须首先聚焦于20世纪40年代作家多种迁徙形态与作家生命体验，在宏观上对20世纪40年代作家迁徙路径、类型形态及生命体验做个整体的探讨。抗战爆发，作家四处迁徙。20世纪40年代作家迁徙的原因多种多样，有的作家因为战争爆发，家乡沦陷，战争迫使其迁徙；有的作家因为政治上追求光明，政治取向驱使其迁徙奔赴解放区；有的作家为了谋生，生存需要促使其迁徙；有的作家是为了人生理想，追求理想促使其迁徙；有的作家因为在国民政府的计划组织下，随高校或文化机构一起集体迁徙。20世纪40年代作家迁徙呈现出多样形态与路径，表明作家迁徙现象的复杂性。深入研究20世纪40年代作家不同迁徙形态，能更好把握作家迁徙与20世纪40年代文学之间的内在联系。

第一节　地域分割与40年代作家迁徙形态

20世纪40年代由于战争，中华大地被分割为解放区、国统区、沦陷区、上海孤岛等几个政治区域。由于战争的迫使、谋生的需要等多种原因，作家在解放区、国统区、沦陷区等不同政治区域间迁徙，迁徙的形态类型和迁徙路径也多种多样。

一　战争迫使型作家迁徙

20世纪40年代，战争不仅给中华民族带来空前灾难，也对40年代作家命运及文学创作产生深远影响。九一八事变后，日本对东北三省开始了长达十几年的奴役。在日本人的奴役之下，东北人民过着牛马不如的生活。大量的东三省难民在战争的迫使下从关外流亡到关内，这其中包括许多当时并未成名的年轻东北籍作家。七七卢沟桥事变后，抗日战争全面爆发。中国人民饱受战火之害和日军蹂躏之苦，战争造成大量民众流离失所，无家可归，这其中包括许多作家。20世纪40年代作家在战争中的命运与普通百姓无异。他们的家乡沦陷了，世代生活的家园被毁了，被迫踏上颠沛流离的流亡之路，四处迁徙。在八年多的抗战过程中，战火烧遍了大半个中国，随着战争的推进，上海、南京、武汉等重要城市相继沦陷，为了躲避战火和避免被蹂躏的命运，寄居在城市的作家被迫离开上海等都市，开始流亡他乡。战争迫使型作家迁徙，是20世纪40年代作家迁徙的一个基本形态类型。

20世纪40年代战争迫使型作家迁徙绝非个案，是贯穿整个20世纪40年代的一个普遍的文学现象。夏衍是一个典型例子。通过剖析夏衍的案例，我们可以深入了解战争与作家及作家与迁徙之间的深层关系。夏衍出生在浙江杭州一个破落地主家庭，后留学日本，归国后一直在上海从事左翼文学活动。抗战爆发后，夏衍与郭沫若等一起在上海创办《救亡日报》，从事抗日救亡运动。没多久，战火逼近上海，上海沦陷，《救亡日报》无法继续在上海办刊。战争迫使夏衍等人离开上海。因为“广州则又是一个对外——特别是对东南亚华侨宣传团结抗战的重要基地”①，且还没有战事。所以，夏衍将《救亡日报》迁到广州复刊。然而，广州并不平静，日军经常来轰炸，并造成惨案。且不久，广州沦陷。战争又迫使夏衍和《救亡日报》一起离开广州，迁徙到大后方桂林，继续办刊，宣传抗日。皖南事变后，国民党中统特务就要在桂林下手，又因整个抗战形势，桂林气氛紧张，且随时可能会爆发战争。又一次在战争的迫使下，1942年2月，夏衍乘飞机离开桂林奔赴香港，与邹韬奋等人在香港创办《华商报》，从事团结抗日和反对法西斯的统一战线工作。可好景不长，随即太平洋战争爆发，香港沦陷，战争又迫使夏衍与滞留在香港的上千文化人一起，在东江纵队的掩护下步行迁徙，安全撤离，回到重庆。抗战胜利后，夏衍返回上海，复刊《救亡日报》，并

---

① 夏衍：《夏衍自传》，江苏文艺出版社1996年版，第130页。

将其改名为《建国日报》。[①] 40年代夏衍在战争的迫使下不断迁徙，躲避战火。夏衍案例体现出战争迫使型作家迁徙的典型形态类型与特征。

作家骆宾基在20世纪40年代战火中迁徙，也体现出了战争迫使型迁徙的特征。骆宾基出生于吉林省珲春县，他是不愿做亡国奴的东北作家群中的一员。九一八事变后，日军占领珲春，珲春人民无法忍受日军制造的种种暴行，纷纷逃离家园。16岁的骆宾基开始了颠沛流离的迁徙流亡生涯，奔走于济南、北京、哈尔滨等地求学，并走上文学创作道路。后，骆宾基迁徙流亡，带着处女作《边陲线上》流亡到上海。在上海及抗战前线，骆宾基创作了《救护车里的血》《拿枪去》《阿毛》《难民船》等影响甚大的小说，并成为左翼作家。抗战爆发，骆宾基离开上海到浙东赴嵊县从事救亡宣传活动。后因战争，骆宾基辗转于桂林、香港、重庆、上海等地，从事文学活动，写作有《北望园的春天》《吴非有》等小说。骆宾基因战争迫使，离开家园，迁徙流亡。他的历程体现出战争迫使型作家迁徙的特征。

在战争迫使下，20世纪40年代作家完成了一次前所未有的流亡迁徙。正如张武军所言："1937年抗日战争的爆发打破了中国现代文学固有的格局和自然发展的态势……现代文学和中国军民一样不得不完成一次空间大转移。"[②] 战争迫使是20世纪40年代作家迁徙的一个重要原因，20世纪40年代作家迁徙或直接或间接受到战争的

---

① 参见夏衍《夏衍自传》，江苏文艺出版社1996年版，第130—145页。

② 张武军：《北京、上海文学中心的陷落与重庆文学中心的形成——略论抗战对中国现代文学格局的影响》，《现代中国文化与文学》2005年第2期，第73页。

影响，战争迫使型作家迁徙是 20 世纪 40 年代最普遍、最常见的作家迁徙形态。研究 20 世纪 40 年代作家迁徙形态类型，这是我们首先要注意的问题。

二　政治取向型作家迁徙

政治取向促使作家迁徙是 20 世纪 40 年代作家迁徙的又一个形态类型。在上海孤岛，“左联”诸多作家受党的指派从事革命文学活动。他们首先是从事革命工作的革命者，是共产党员，是坚定的无产阶级战士，其次才是作家，文学工作只是其革命工作的一部分。这些作家在上海及国统区，不仅作品出版和发表受到重重阻挠，而且受到监视，人身亦不得自由，甚至身陷囹圄。由于革命工作需要，这些“左联”作家迁徙延安。政治取向是这类作家迁徙的唯一动因。这类作家如丁玲、周扬、周立波等人，他们越过重重阻碍，来到延安，不仅可以恢复自由，而且可以更好地从事革命工作和文学工作。此类作家迁徙动力和路径亦比较单一，鲜明的政治取向和强烈的革命要求，促使他们从沦陷区迁徙到解放区，没有经过太多曲折与回转。

中央红军在陕北建立革命根据地后，中国西北角荒芜贫瘠之地陕北作为光明、自由的革命圣地吸引成千上万的知识分子。此后，成千上万怀抱着革命理想的知识分子越过重重阻碍，从全国各地奔赴延安。据八路军西安办事处统计，1938 年 5 月至 8 月，经该处介绍赴延安的知识青年有 2288 人。① “1938 年上半年一直到秋天可以

---

① 参见刘煜主编《圣地风云录》，陕西旅游出版社 1992 年版，第 87 页。转引自朱鸿召《延安文人》，广西人民出版社 2001 年版，第 4 页。

说是一个高潮。那时的国民党对这一情况并未引起注意，所以对边区也没有产生什么阻碍，像1938年夏秋之间奔赴延安的有志之士可以说是摩肩接踵，络绎不绝的。每天都有百八十人到达延安。”①1943年12月底，抗战后期到延安的知识分子总共4万余人。② 这其中包括许多年轻作家。他们奔赴延安主要是为了从事革命工作，实现政治理想，是典型的政治取向型作家迁徙形态。

政治取向型作家迁徙类型中，丁玲的迁徙动因和路径都比较有代表性。丁玲20世纪30年代已经是全国有名的女作家，1930年加入中国左翼作家联盟，并随后出任“左联”机关刊物《北斗》的主编，并于1932年加入中国共产党。从事革命工作的丁玲1933年不幸在上海遭到国民党特务的秘密逮捕，1936年出狱后随即奔赴延安。仔细探究丁玲奔赴延安的动机与路径，我们也可以看出政治取向对丁玲迁徙延安的决定性作用。丁玲有过两次去苏区的想法，第一次是在胡也频被捕牺牲后，潘汉年与“左联”负责人冯雪峰来看望丁玲。丁玲困惑地对他们说：“怎么能离开这旧的一切，闯进一个崭新的世界，一个与旧的全无瓜葛的新天地。我需要做新的事，需要忙碌，需要同过去一切有牵连的事一刀两断。”③ 并且丁玲又坦言直说：“我想到江西区，到苏区去，到也频原打算去的地方去。”④ 她想去苏区一则斩断现在无家无室的孤独痛苦生活；二则她认为她只有到苏区才能亲身体验到火热的革命斗争生活，才能真正写出热情

---

① 杨作林：《自然科学院初期的情况》，《延安自然科学院史料》，中共党史资料出版社1986年版，第384页。

② 参见胡乔木《胡乔木回忆毛泽东》，人民出版社1994年版，第279页。

③ 丁玲：《丁玲自传》，江苏文艺出版社1996年版，第204—205页。

④ 同上书，第205页。

激昂的文学作品。丁玲第一次去苏区的愿望没有实现，因为党中央宣传部要出新的刊物《北斗》，组织决定由丁玲来任主编。经过考虑，丁玲决定服从组织安排继续留下来编辑《北斗》，因此暂时放弃了去中央苏区的打算。

第二次是丁玲被捕出狱后，冯雪峰来看望她，丁玲向冯雪峰提出去陕北苏区的愿望。没过多久，冯雪峰来告诉丁玲，关于她去陕北的事，中央已经回电同意丁玲去延安。1936 年 9 月，丁玲在聂绀弩的护送下，改名换姓，经过几次关卡检查到达西安。在西安，丁玲在一家小旅馆里见到了潘汉年。潘汉年此时建议丁玲去法国，潘汉年的理由是，在法国有很多事等着丁玲去做。丁玲固执地拒绝了潘汉年的建议，说："我却只有一个心愿，我要到我最亲的人那里去，我要母亲，我要投到母亲的怀抱，那就是党中央。只有党中央，才能慰藉我这颗受过严重摧残的心，这是我三年来朝思暮想的……现在这个日子临近了，别的什么地方我都不去，我就只要到陕北去，到保安去。"① 此后，丁玲搬到七贤庄八路军办事处等候去延安。等了一个多月，上级派来十几个人护送丁玲等七人同去保安，大家坐上一辆汽车，第一天到达耀县，第二天到达洛川。在洛川骑马到一个村子宿营。就这样丁玲和大家一起走路骑马，终于到达保安县。②丁玲是当时第一个从国统区奔赴延安的革命作家，也是第一个奔赴延安的女作家。在苏区首府保安，受到党中央领导同志毛泽东、周恩来、张闻天、博古等的热烈欢迎。欢迎会后，毛泽东赋词《临江

---

① 丁玲：《丁玲自传》，江苏文艺出版社 1996 年版，第 205 页。

② 同上书，第 205—214 页。

仙》一首赠予丁玲，这首词赞扬了丁玲女革命家的风貌：

壁上红旗飘落照，
西风漫卷孤城。
保安人物一时新，
洞中开宴会，
招待出牢人。

纤笔一枝谁与似？
三千毛瑟精兵。
阵图开向陇山东，
昨天文小姐，
今日武将军。

丁玲怀着坚定的意志、坚忍不拔的精神及强烈的革命要求从国统区迁徙到延安，政治信念、强烈的革命要求是丁玲迁徙至延安的动力，丁玲迁徙延安是典型的政治取向型迁徙。这次迁徙不仅使丁玲思想、人生轨迹都发生重大转折，从“昨天文小姐”变成“今日武将军”，而且创作风格也发生转型，进入创作上的延安时期。

周扬也是由于政治取向而奔赴延安，但情况又略有不同。周扬在奔赴延安之前上海时期就是一个职业革命家，是上海“左联”实际领导人。后因两个口号的论争，周扬受到鲁迅的公开批评。为此，周扬心理压力比较大，觉得自己继续在上海工作很难做了。周扬自己后来回忆去延安的原因，“主要原因是组织决定我去，再一个原因是对‘国防文学’的论战和路线的关系我处理得不好。因此，我在那里的工作很难做……我的缺点很多，但是有一个优点，就是相当积极，肯干。要不然也有几位老的人，像夏衍都是老的嘛，为什么要我来做头儿呢？所以现在人家批评我也是对的，因为你做了头儿嘛。那时候二十几岁，确实也不懂事。革命热情是有的，但工作就很难做了，特别是鲁迅公开指名批评我以后。那时候我的生活没有着落……恰好延安有需要，打电报来，说需要从上海调一批搞文化工作的人去延安，这样我和艾思奇、何干之这一批人就去了延安"①。"西安事变"后不久，潘汉年代表党组织同他谈话，安排周扬到延安去工作。1937 年 9 月，周扬夫妇带着一岁的小孩，和李初梨、艾思奇夫妇、何干之夫妇、周立波、李云阳、舒群等一行十二人，从上海去了延安。

丁玲、周扬作为"左联"成员，共产党员作家，从迁徙动机和迁徙路径来看，政治取向是决定他们迁徙的唯一因素，政治取向型作家迁徙在 20 世纪 40 年代是一道特别的风景，是一个普遍的迁徙类型。

三　生存需要型作家迁徙

20 世纪 40 年代还有一部分作家迁徙是因为生存需要，简而言之，是为了解决吃饭问题而迁徙，此类作家迁徙是典型的生存需要型作家迁徙类型。这些作家 20 世纪 30 年代末或蛰居在上海等都市，或辗转飘零，有的甚至居无定所，基本上处于半失业状态，卖文亦难以谋生，且又常常性格狷狂、清高任性，为社会所不容。对这些作家来说，生存并非易事，生存状态亦很糟糕，有的甚至形同乞丐。

① 赵浩生:《周扬笑谈历史功过》,《新文学史料》1979 年第 2 期，第 236 页。

为了生存需要，他们大多迁徙到延安。

相比之下，在生活保障上，延安有着巨大吸引力。当时的延安是典型的战时共产主义社会，实行物资供给制，确保延安上至最高领袖下至普通战士，每个人都有基本的物质保障。作家知识分子待遇更高。丰厚的物质保障能够切实保障每个到延安的作家都能安心从事文艺工作，不用为基本的生存需要奔波，并使他们在延安有较高的社会地位。这也是吸引作家知识分子奔赴延安的一个重要原因。延安作家待遇优厚，我们从延安知识分子与延安军政干部及普通战士津贴对比中可以看出来。这里有些数据能够说明问题。延安曾经专门颁布过《各机关津贴标准》，规定津贴标准为五个等级，主席、参谋长、政委等八路军高层领导人为一级，每月津贴是五元，最低的是五级，包含战士、勤杂人员，每月津贴是一元。当时中央政治局委员的津贴是每月十元，而知识分子在延安的待遇甚至高过中央首长。为确保知识分子的待遇，延安中央书记处还专门下发《文化技术干部待遇条例》："把文化技术干部分为三类。甲类技术干部，每月津贴15元至30元，伙食以小厨房为原则，窑洞一人独住，衣服每年特制棉、单衣各1套，其妻儿因故不能参加工作或学习者，其生活待遇与本人相同。同时期，八路军卫生部各类技术员，按其学历、经历、工作成绩而增加补贴，其中规定，医药卫生技术干部也分甲、乙、丙三类。甲类医生凡在国内外医科专校毕业富有3年实际工作经验者，每月津贴60元至80元，护士凡专门护校毕业者每月20至40元，司药以上者一律吃小灶，甲类医生其家属与本人待遇相同。"① 通

① 陈晋：《漫谈延安时期知识分子的待遇》，《党的文献》2015年第1期，第117页。

过一些例子也可以窥见一斑，看到延安作家知识分子的待遇。著名学者何干之延安时期的待遇是“每月 20 元津贴费，还派给他一名警卫员”①。周扬、沙可夫等“鲁艺”教员津贴 12 元。抗大工作的艾思奇、何思敬、任白戈、徐懋庸每月津贴 10 元。② 这还不算延安知识分子比较丰厚的稿酬收入。这在当时物资比较匮乏的延安，已经是相当优厚的待遇了。从这对比中可以看出，优厚的物质生活保障也是吸引作家奔赴延安的一个重要因素。特别是对于那些在国统区、沦陷区几乎无法生存的作家而言，意义特别重要。

王实味、高长虹就是这样的典型作家，他们迁徙延安是典型的生存需要型作家迁徙类型。王实味 1906 年出生在河南潢川一个破落举人家庭。从小在父亲的严格教育下，习诵四书五经，打下良好的文学基础，中学读书期间尤其爱好文学。1925 年考入北京大学文科预科班。后因恋爱风波，王实味脱离了党组织。又因经济上的逼迫与困境，王实味只得辍学离开北京大学到南京谋生。失学后王实味陷入困顿中，在生活的窘境中苦苦挣扎。“失学后的王实味只能把求得生存作为生命挣扎的第一件大事。他先到山东泰安教书，时间很短，便重返故里。后经父亲的一位学生引荐，到南京国民党党部当一名小职员。官事清闲，王实味仍然不忘对他已起步的文学事业的经营。”③ 后又辗转到辽宁、山东等地教书活口，随后又折回上海依旧从事文学翻译艰难谋生。不断地奔波，辛苦译作，不仅没有改变

---

① 刘炼编：《何干之文集》（第 2 卷），北京出版社 1993 年版，第 1 页。

② 参见徐懋庸《徐懋庸回忆录》，人民文学出版社 1982 年版，第 121 页。

③ 黄昌勇：《生命的光华与暗影——王实味传》，《新文学史料》1994 年第 1 期，第 173 页。

困窘不堪的生活，而且还失去了健康，严重吐血。1937年，抗日的烽烟已经燃遍整个中国，此时的王实味决定离开国统区去延安，他带着几位学生一路颠簸到延安。在延安，王实味不仅待遇从优，生活有了着落，而且还有丰厚稿酬，能够安心做自己的翻译工作，完全摆脱了在国统区困苦不堪、身心受损的生活。对王实味而言，延安在生活保障上有着巨大吸引力，这是吸引王实味迁徙奔赴延安的主要动因。剖析王实味迁徙动机与路径，可以看出正是延安较好的生活待遇吸引着王实味，生存需要促使王实味从国统区迁徙到延安。王实味迁徙延安是典型的生存需要型作家迁徙类型。

如果说王实味在国统区的生活堪忧，那么狂飙狂人高长虹在国外流浪的生活更形同乞丐。高长虹1898年出生在山西盂县一个书香门第家庭，从小就在祖父的熏陶下读书识字，背诵唐诗。青年时期勤奋好学，爱好文学。1921—1922年在太原文庙博物馆管理文化资料。高长虹1924年9月创办《狂飙》月刊。后遭到鲁迅文章痛批。至此，高长虹感到很失意，决定放弃文学，改学经济，便东渡日本。在日本，生活非常困窘，经常断炊，不得不写信到上海请求朋友资助。因无法谋生，后又流落到德国，学习马列理论，到法国研究经济学。"他当年出国是当猪仔躲在底舱里，发现了就被赶上岸，这样一个地方一个地方地流浪，倒走了不少国家。"① 在欧洲，既没职业，也没工作，高长虹这一时期，"潦倒时，常食土豆充饥，盖报纸睡觉，形同乞丐。性格孤僻，郁郁不欢，寡言少语"②。靠在欧洲的

① 胡风：《胡风回忆录》，人民文学出版社1997年版，第201页。

② 朱鸿召：《延安文人》，广东人民出版社2001年版，第9页。

一位山西同乡接济，才勉强度日。抗战爆发后，他悄悄经意大利、英国到了香港，又辗转到武汉、重庆、西安等地。1941 年秋天，高长虹徒步走到延安。在延安，高长虹生活问题不用担心，不仅受到较高的礼遇，享受较高津贴，还被安排单独的伙食，且被作为文艺界的重要代表应邀参加各种文学座谈会和文艺活动，即使后期，高长虹在延安成了一个什么也做不了的闲人，但延安还是把他养起来了，生活无虞。前后对比，高长虹迁徙奔赴延安，很大程度上是为了生存需要。高长虹迁徙延安也是生存需要型作家迁徙类型。

可见，较好的物质生活保障是吸引作家奔赴延安的另一个重要因素。这对于那些在国统区、沦陷区几乎无法生存的作家而言，意义特别重要，有很大的吸引力。丰厚的物质保障、较高的社会地位吸引着许多穷困潦倒的作家奔赴延安。王实味、高长虹等人迁徙到延安是生存需要而迁徙的典型形态类型，20 世纪 40 年代这种迁徙类型并不少见。

四　理想追求型作家迁徙

作家为追求理想而迁徙也是 20 世纪 40 年代作家迁徙的重要形态类型。中国现代作家不乏理想主义者，他们为追求理想而迁徙到自己的理想国去。何其芳、卞之琳等作家就是这类比较有代表性的作家。何其芳是著名的汉园三诗人之一，到延安之前是一个典型的理想主义诗人，他不满现实的丑恶，但又找不到出路，只好在诗歌中寄托自己的理想，热烈向往现实中的美好事物，徘徊于梦幻中，构筑自己的理想国。何其芳早期的诗歌和散文追求一个与现实脱离

的梦，里面充满缠绵悱恻的爱情与虚无缥缈的梦幻，并将自己的散文集命名为《画梦录》。何其芳以文学编织着自己的理想，并带有唯美主义的忧郁感伤情调，“我要编织一个美丽的梦，把我的未来睡在当中。……我要梦像歌一样有声，声声跳着期待的欢欣”（《要》）。何其芳写作的《画梦录》实际在苦苦追寻虚无缥缈的人和事。这就是唯美主义诗人何其芳构筑的理想国，一个典型的理想主义者的心灵梦想。但国民党统治下的社会现实如此黑暗丑恶，虚幻的诗歌并不能解决实际问题，何其芳对国民党统治下的社会不满，并进而对自己懦弱孤独的性格和瑰丽的诗歌也产生了不满。经历了社会的动荡后，这些焦虑情绪迫使何其芳要寻找一条新的人生道路。[①] 何其芳说：“我之所以爱好文学并开始写作，就是由于生活的贫乏，就是由于在生活中感到寂寞和不满足。在我参加革命之前，有很长一个时期我的生活里存在着两个世界。一个是出现在文学书籍里和我的幻想里的世界。那个世界是闪耀光亮的，是充满着纯真的欢乐、高尚的行为和善民可爱的心灵的。另外一个是环绕在我周围的现实的世界。这个世界却是灰色的，却是缺乏同情、理想，而且到处伸张着堕落的道路的。我总是依恋和留连于前一个世界而忽视和逃避后一个世界，我几乎没有想到文学的世界正是从现实的世界来的，而且好像愚昧到以为环绕在我周围的那个异常狭小的世界就等于整个现实的世界。其实在我当时的狭小的生活圈子以外，革命就正在轰轰烈烈地进行。在那前进的生活的激流里就正是充满着理想的光辉，

① 关于何其芳去延安以前的文学活动和经历参见贺仲明《暗哑的夜莺——何其芳评传》，南京大学出版社2004年版，第33—120页。

斗争的欢乐，可歌可泣的崇高的人物和行动。”① 何其芳为了追求理想而奔赴延安，他去延安主要还是为了在现实中找到自己的理想国。延安与何其芳的理想国有许多相通之处。何其芳曾经这样解释自己到延安的原因：“我来到了延安。难道这真需要一点解释吗？在开出了许多新窑洞的山上，在道路上，在大会中，我可以碰到太多太多的我这样的知识青年。我已经消失在他们里面。虽说每一个来到这里的人都有他的故事，当我和他们一样忙着工作和学习的时候，我为什么要急于来谈说我的？因为我曾经写了《画梦录》？这不是一个好理由。那本小书，那本可怜的小书，不过是一个寂寞的孩子为他自己制造的一些玩具。它和延安中间是有着很大的距离的，但并不是没有一条相通的道路。或是因为我来得比较困难，比较晚？是的，我时常感到比我更年青一些的人要比我幸福一些。我回顾我的过去：那真是一条太长太寂寞的道路。我幼年时候的同伴们，那些小地主的儿子，现在多半躺在家里抽着鸦片，吃着遗产，和老鼠一样生着孩子。我中学时候的同学们现在多半在精疲力竭地窥伺着、争夺着或者保持着一个小位置。我在大学里所碰到的那些有志之士，多半喜欢做着过舒服的生活的梦，现在大概还是在往那个方向努力。从这样一些人的中间我走着，走着，我总是在心里喊，‘我一定要做一个榜样！’我感到异常孤独，异常凄凉。来到延安，我时常听见这样一个习惯语：‘起模范作用’。有一天，我突然想到它和我自己的那句话的意思差不多。不过大家说着它的时候，不是带着悲凉的心境

① 何其芳：《写诗的经过》，《一个平常的故事——何其芳散文》，浙江文艺出版社2016年版，第284页。

而是带着快活的，积极的意味。当我把这一类的感触告诉一个参加过'一二·九'运动的同志，'我们不同'，他说。'我们的道路是很容易的，就像自然而然地走到了这里一样。'是的，他们是成群结队地、手臂挽着手臂地走到这里来的，而我却是孤独地走了来，而且带着一些阴暗的记忆。"①何其芳这段重要的话实际说明以前生活的世界是黑暗的、肮脏的，延安才是他苦苦寻找的理想国与梦中世界。于是何其芳开始了人生的延安之行，追求理想是何其芳迁徙延安的唯一动力。到达延安之后，何其芳惊奇地发现，延安与自己的理想国不谋而合。延安社会是明朗的天，充满自由的空气，没有剥削压迫，没有卖淫等丑恶现象，是一个人人平等的民主的社会，是一个人人参与生产劳动的社会，是一个小作家得到优厚待遇和较高地位的社会。何其芳因为追求理想而奔赴延安，是典型的理想追求型作家迁徙，这在当时的中国小知识分子作家中比较有代表性。

不仅是何其芳，延安作为光明自由民主的革命圣地，吸引了众多知识者的目光，许多小知识分子作家为追求理想而奔赴延安。陈学昭就是这样一位小知识分子作家。陈学昭，浙江海宁人，入南通县立女子师范学校、上海爱国女子学校等学校学习，后留学法国10年，1935年获得法国克莱蒙大学文学博士学位。陈学昭生活时髦而带有法国小资情调，具有浪漫情怀，法语、文学、钢琴、度假、游历等浪漫情调构成其生活全部。回国后，战火纷飞，随着行医的丈夫何穆四处奔走，生活并不安稳，但陈学昭还是保持着在法国生活

① 何其芳：《一个平常的故事——答中国青年社的问题："你怎样来到延安的?"》，《一个平常的故事——何其芳散文》，浙江文艺出版社2016年版，第307—308页。

的浪漫情调。然而当时的国统区并不是陈学昭想象中的理想社会，她后来回忆说："我对国民党没有一丝一毫的幻想，到处只看到贪污腐化，作威作福，没有一点点爱国爱人民的心，只知道从劳动人民身上刮钱，自己花天酒地地享福。"① 在彷徨苦闷中，陈学昭决心去延安。此后，她以《国际》周刊特约记者的身份，与丈夫何穆一起到延安。第一次到延安，陈学昭发现延安很多美好的东西，社会清明，百姓安居乐业，五个月后，陈学昭写下了《延安访问记》一书，并离开了延安返回重庆。1940 年，因国统区物价太高，没有人身自由，生存艰难，陈学昭破釜沉舟，烧掉她所有的书籍、学位证、照片等资料，与过去说再见后，毅然再次奔赴心中的理想之地延安。陈学昭奔赴延安是为了追求理想。她既不是党员也不是革命者，而是一个自由写作者，延安正是陈学昭理想的乐土。所以为了追求理想，陈学昭两次进延安，并接受思想上的改造，参加大生产运动，由一个时髦的自由知识者、小知识分子作家，转变成为一个革命者。

追求理想而奔赴延安是当时国统区自由知识分子的普遍选择。卞之琳与何其芳一同抵达延安，虽然他在延安只做了短暂的停留，但他到延安也是一种理想驱动，为了目睹心中的理想圣地，为了感受延安的生活风貌，正如他自己所言："大势所趋，由于爱国心、正义感的推动，我也想到延安去访问一次，特别是到敌后浴血奋战的部队去生活一番。"② 卞之琳迁徙延安也是追求理想型作家迁徙类型。

追求理想是 20 世纪 40 年代自由主义知识分子作家迁徙到延安

---

① 陈学昭：《天涯归客》，浙江人民出版社 1980 年版，第 135 页。

② 卞之琳：《雕虫纪历》，人民文学出版社 1979 年版，第 8 页。

的普遍动因，他们为了追求理想，从国统区、沦陷区长途跋涉迁徙到延安。追求理想型作家迁徙是20世纪40年代作家又一种重要的迁徙类型。

五　高校内迁型作家迁徙

20世纪40年代作家迁徙还有一种比较特殊的情况，那就是作家随高校内迁而迁徙，这主要是针对在高校以教书为业的学者型作家而言。抗战爆发后，北京、上海、武汉等东南部重要城市相继沦陷，不仅山河破碎，而且中国的文化教育事业也受到极大的干扰和摧残。有的大学被日军炸毁，如南开大学被炸得“鸡犬不留”（南开大学校长张伯苓语），有的大学被日军占据，如燕京大学被日军占领并强迫解散，美丽的校园被改造成日军军官疗养院。中国大学面临着被敌人摧毁和占领利用的危险。为了保护中华民族的文化教育大计，延续中华文化血脉，培育并保存民族抗战复兴力量，抗战时期中国东南城市高校纷纷谋划内迁到西南诸省，继续办学，为战时国家输送人才。

国民政府教育部也意识到战时文化教育事业的危险境地，颁布了一系列法规，从顶层上规定了战时高校处置办法与迁徙路径。国民政府教育部先后颁布了《总动员时督导教育工作办法纲要》《战区内学校处置办法》《各级学校处理校务临时办法》等法规，命令各专科以上学校可选择比较安全地区做转移之准备，从法律上规定了战时高校内迁的必要性与可行性，为高校内迁提供了法律上的保障。战时中国一百多所高校，绝大部分都迁徙到大后方安全地方。

高校迁徙中最有名的当属当时的北京大学、清华大学、南开大学三所高校迁徙到昆明，重新组建国立西南联合大学，为战时乃至日后中国培养了大批人才。抗战时期高校内迁意义重大，“抗战时期高校内迁，不仅保存了各高校的基本实力，更重要的是由此而保存了中华民族最终战胜日本帝国主义乃至求得整个民族独立的精神财富与人才资本，也在某种程度上保障了中国现代化建设事业不致因战争的破坏而完全中断”①。

抗战时期高校内迁，不仅是图书、校产等物质财产方面的搬迁，作为大学的主人，高校师生也在迁徙之列，随校内迁。而在抗战时期高校中，特别是在当时著名高等学府中文系中，有一批教师是当时著名作家。这些人如清华大学中文系的朱自清、闻一多、吴宓等，北京大学中文系的冯至、李广田、卞之琳、闻家驷、陈铨等，青岛大学杨振声、沈从文等，武汉大学的叶圣陶、袁昌英、苏雪林、朱光潜、冯沅君、陈源（陈西滢）、钱穆、王世杰等。这些在高校以教书为职业的作家，他们作为学校一分子也随着学校一起跋山涉水，迁徙到内地，继续教书育人，培养人才，也继续从事文学事业。所以，他们迁徙的历程有别于丁玲、王实味、何其芳等人。他们的迁徙是国民政府法令之下进行的一种有组织、有计划的集体行为，是高校内迁型作家迁徙类型。这种迁徙类型在 20 世纪 40 年代比较特别。

朱自清、闻一多等学者型作家随北京大学、清华大学、南开大

---

① 余子侠：《抗战时期高校内迁及其历史意义》，《近代史研究》1995 年第 6 期，第 187 页。

学师生内迁到昆明是典型例子。抗战爆发后，北京大学、清华大学、南开大学先迁至长沙，在长沙组建临时大学。长沙临时大学本部在长沙小东门外韭菜园圣经学校，文学院在南岳衡山山麓圣经书院。三校师生纷纷整理行装南下，历尽艰辛到达长沙。长沙临时大学开办不到三个月，南京陷落，日军沿长江一线推进，战火直接威胁到武汉和长沙。临时大学常委会举行第43次会议，又决定全校迁往昆明。临时大学三校2000多名学生分三路向昆明迁移。陆路则由身体合格的师生组成“湘黔滇旅行团”，采用军事组织形式徒步迁徙。闻一多、许维遹、李嘉言、黄钰先、袁复礼、李继侗、曾昭抡、吴征镒、毛应斗、郭海峰等11位教师参加湘黔滇旅行团，跋山涉水3500里，到达昆明。此外，还有老师租汽车从长沙出发，经南宁、龙州、安南，再乘火车到昆明。人员有陈岱孙、朱自清、冯友兰、钱穆、汤用彤、贺麟等十多人，由朱自清任团长。此路虽然乘车，但也长途劳顿，历尽艰辛。第三条路径是水路，比较方便迅速，经粤汉铁路至广州转香港，然后乘船入安南，再乘火车入昆明，安排女生、教师、体弱学生走这条路。陈寅恪等走的是这条路。战时北京大学、清华大学、南开大学三校搬迁到昆明，是中国现代教育史上的一次壮举，也是抗战时期国民政府为保护国家文化教育事业而采取的非常行动，三校内迁被称为中国现代教育史上的“小长征”。[①] 1946年11月，胡适在西南联合大学九周年校庆纪念会上说：“临大决迁昆明，当时有最悲壮的一件事引得我很感动和注意：师生徒步，历68

---

① 北大、清华、南开三校内迁昆明及三校师生迁徙昆明参见闻黎明《长沙临时大学湘黔滇“小长征”述论》，《抗日战争研究》2005年第1期，第1—33页。

天之久，经整整三千余里之旅程。后来我把这些照片放大，散布全美。这段光荣的历史，不但是联大值得纪念，在世界教育史上也值得纪念。”① 因此，抗战时期寄居在北京大学、清华大学、南开大学三所高校的学者型作家随高校集体迁徙到昆明，是高校内迁型作家迁徙的典型例子，最能说明问题。

如果说北京大学、清华大学、南开大学内迁昆明组建西南联大，一大批学者型作家随高校集体迁徙到昆明人人皆知，那么另外一批文学精英随着武汉大学西迁乐山，却并不为众人知晓。抗战爆发后，武汉大学同样受到战火的威胁，面临内迁问题，1938 年 3 月，武汉大学部分教职员工及学生等共 600 余人，采取自由组合方式，分批乘船溯江而上，抵达乐山。1938 年 9 月 1 日，武汉大学新老生在乐山同时开课。至此，寄居在武汉大学以教书为业的学者型作家叶圣陶、袁昌英、苏雪林、朱光潜、冯沅君、陈源（陈西滢）、钱穆、王世杰等，也和武汉大学一起西迁，乘船从水路出发，栉风沐雨，到达乐山分校，是又一个高校内迁型作家迁徙的例子。

当然，抗战时期，迁徙的高校并不只是北京大学、清华大学、南开大学三所高校，亦不止武汉大学等名校。抗战时期中国大部分高校都有内迁的经历。北平大学、北平师范大学、北洋工学院三校西迁陕西南郑，并更名为国立西北联合大学。中山大学首迁广东罗定，次迁云南澄江，再返广东坪石。戏剧专科学校首迁长沙，后转迁重庆，四川江安，1946 年又迁重庆北碚。浙江大学，初迁浙江建

① 梅贻琦、黄子坚、胡适在联大校庆九周年纪念会上的讲话摘要，转引自闻黎明《长沙临时大学湘黔滇“小长征”述论》，《抗日战争研究》2005 年第 1 期，第 14 页。

德，又迁江西吉安、太和等地，后迁广西宜山，贵州遵义等地，是抗战时期迁徙最为曲折的高校。[①] 这里并非是要重述中国高等教育的悲壮历史，而是强调抗战时期高校迁移，寄身在高校的学者型作家们也随高校一起迁徙，这在当时高等教育中，绝非个案，而是普遍存在。高校内迁型作家迁徙是一种有组织的迁徙现象，一种特别的作家迁徙类型，与前几种作家迁徙形态类型迥异，应该引起我们的注意。

以上比较全面地分析了20世纪40年代作家迁徙的五种形态类型，可以看出，20世纪40年代作家迁徙的形态类型是多种多样的。晚清、“五四”及20世纪30年代作家也有过走出家园，或融进都市，或出国留洋的迁徙历程，但这些时期的作家迁徙大多是零碎的、分散的、自发的、没有规律的迁徙活动，作家这一时期的迁徙对文学也并未有过实质性的影响，因此基本上可以忽略不计。但40年代的情况不同。20世纪40年代作家迁徙是一种普遍性的、多层次的、广泛性的、有组织的迁徙行为，它不仅普遍存在整个20世纪40年代，影响广泛，而且对20世纪40年代文学格局和文学创作都产生深远影响，意义非同一般。因此，深入分析20世纪40年代作家迁徙的原因及迁徙形态类型实有必要。作家迁徙是20世纪40年代一个重要的文学现象，值得关注。此外，可以清楚窥见作家迁徙的原因和动力，为进一步深入探讨分析迁徙过程中作家生命体验、文学创作等问题提供支点。

---

① 关于抗战时期高校内迁情况参见徐国利《关于“抗战时期高校内迁”的几个问题》，《抗日战争研究》1998年第2期，第119—133页；余子侠《抗战时期高校内迁及其历史意义》，《近代史研究》1995年第6期，第167—200页。

第二节　40 年代作家迁徙与生命体验

研究 20 世纪 40 年代作家迁徙必然涉及对其生命体验的分析考察。20 世纪 40 年代作家迁徙是作家人生历程中为数不多的、惊险纷呈的特别事件。在此过程中，作家内心也发生隐秘曲折的变化，产生异乎寻常的生命体验。生命体验是文艺学的一个重要概念，是指创作主体从事文学创作时不可或缺的心理感受，一部伟大作品的产生一般都有作家独特而深沉的生命体验，生命体验在文学创作活动中起着举足轻重的作用。作家通过现实生活的生命体验，经过内心的提炼与改造，成为可供观照的审美对象，然后发诸笔端形成文学作品，这就是文学的创作过程。生命体验对文学创作的重要作用可见一斑。正如有学者指出："我国古代文学理论中的'发愤著书说'、'不平则鸣说''诗穷而后工说'等，其理论本质，都是揭示独特的生命体验在震发人的自身的生命力，唤起超常的创造力中所起的巨大作用。"① 王国维也说过："诗人对宇宙人生，须入乎其内，又须出乎其外。入乎其内，故能写之；出乎其外，故能观之。入乎其内，故有生气；出乎其外，故有高致。"② 这些都说出了生命体验

① 李泽淳：《生命体验对文学创作的影响》，《沈阳师范大学学报》2009 年第 3 期，第 107 页。

② 王国维：《人间词话》，周锡山编《王国维文学美学论著集》，北岳文艺出版社 1987 年版，第 367 页。

对文学创作的重要性。李白游历祖国山川，这种游历体验使他的诗歌意气飞扬，气势雄浑，以雄奇明秀山川作为自己诗歌抒写载体。杜甫历安史之乱，颠沛流离，这种生命体验使他的诗歌多描写山河破碎，抒发离乱之苦。这里简单地分析了生命体验与文学创作的关系，可见生命体验与文学创作密不可分，没有生命体验就没有文学创作。

作家迁徙是20世纪40年代一个重要的文学现象，但迁徙过程中作家生命体验、内心变化却少有人研究。因此本书在这里把这个问题专门展开论述。因战争影响，作家迁徙前，首先在面对去留的问题上，作家们普遍处于前所未有的焦灼矛盾之中，内心发生隐秘曲折变化。抗战爆发前，叶圣陶于1935年在苏州建造了新居，一家人生活富足安逸，新居使叶圣陶魂牵梦萦。当战争来临时，走与留成了难题，几经权衡，叶圣陶最后决定举家搬迁。“叶圣陶举家西迁，是下了一番决心的。那时候，叶圣陶一家老老小小八口人：老母、妹妹、妻子、至善、夏满子（夏丏尊的女儿，叶至善的未婚妻）、至美、至诚。老的老，小的小，一家人搬迁，谈何容易？何况，在抗战前不久，1935年，叶圣陶在苏州青石弄5号新置了四间小屋。”① 人还未动，在面临迁徙问题上，叶圣陶处于两难境地，焦灼之中。老舍也何尝不是如此。抗战爆发后，老舍在济南平静的写作生活被打破，在去留问题上经过一番思想斗争。老舍回忆说：“直到二十六年十一月中旬，我还没有离开济南。第一，我不知道上哪里去好：回老家北平吧，道路不通；而且北平已沦陷敌

---

① 陈辽：《叶圣陶传记》，江苏教育出版社1986年版，第141页。

手，我曾函劝诸友逃出来，我自己又怎能去自投罗网呢？到上海去吧，沪上的友人告诉我不要去，我只好按兵不动。第二，从泰安到徐州，火车时常遭受敌机的轰炸，而我的幼女才不满三个月，大的孩子也不过四岁，实在不便去冒险。第三，我独自逃亡吧，把家属留在济南，于心不忍；全家走吧，麻烦又危险。这是最凄凉的日子。齐鲁大学的学生已都走完，教员也走了多一半。那么大的院子，只剩下我们几家人。只要是晴天，必有警报：上午八点开始，下午四点才解除。院里静得可怕：卖青菜的、卖果子的都已不再来，而一群群失去了主人的猫狗都跑来乞食吃。”“几次我把一只小皮箱打点好，几次又把它打开。看看痴儿弱女，我实不忍独自逃开。……可是，我终于提起了小皮箱，走出了家门。”① 但最后老舍还是决定独自离开，依依不舍地逃亡到武汉。当战争来临，面临去留选择，20 世纪 40 年代作家普遍的焦灼矛盾感受也是他们真实的生命体验。

不仅在迁徙前作家处于前所未有的焦灼矛盾状态中，而且在流亡般的迁徙过程中，颠沛流离，凶险莫测，历尽艰辛，灵与肉脱胎换骨，这种少有的经历感受使 20 世纪 40 年代作家对人生、文学都进行了重新思考。下面以分个案方式深入探析萧红、胡风、路翎三位作家在迁徙流亡过程中的生命体验，窥一斑见全豹，从而达到对 20 世纪 40 年代作家迁徙过程中生命体验的全面观照。

① 老舍：《八方风雨》，《老舍生活创作自述》，香港三联书店 1981 年版。转引自张武军《北京、上海文学中心的陷落与重庆文学中心的形成——略论抗战对中国现代文学格局的影响》，《现代中国文化与文学》2005 年第 2 期，第 75 页。

一　萧红：漂泊怀乡、寂寞迷惘

萧红在20世纪40年代迁徙流亡中，最为曲折、痛苦，生命体验也最为深刻。萧红出生在黑龙江省呼兰县一个地主家庭。九一八事变后，东北三省逐渐沦陷。萧红随萧军等从关外流亡到关内，流亡到青岛等地，并开始接触尝试写作新文学。后到达上海，在鲁迅的帮助和指导下写作，逐步进入上海文坛。抗战爆发后，萧红与萧军漂泊到武汉，从事抗战文化工作。后随萧军一起辗转到山西临汾，民族革命大学。在临汾与萧军分手后，与端木蕻良一起返回武汉，并与端木蕻良正式结婚。由于武汉离前线越来越近，萧红与端木蕻良又辗转到重庆。1939年5月间，日军加强了对重庆的轰炸，萧红与端木蕻良一起流亡到香港。香港成为萧红年轻生命的终点。可见，抗战爆发后，萧红经历了曲折的迁徙流亡过程。在曲折的迁徙流亡历程中，由于情感的纠葛、战争的创伤、漂泊的苦痛等重重冲击，萧红始终充满了漂泊怀乡、寂寞迷惘的情绪。

七七事变后，战火危及上海。上海的许多刊物被迫停刊，文化人士都纷纷撤退到武汉继续从事抗战文艺工作。萧军和萧红也来到武汉。此时，虽然萧红成了名作家，可公开以作家身份从事抗战文化工作，在生活条件上也有极大改善，但战火纷飞，独处异乡，与萧军感情产生缝隙，萧红并没有好的心境。特别是与萧军相处，萧军的大男子主义经常刺伤萧红的自尊心，萧军甚至“有时也故意向她（指萧红，笔者注）挑衅，欣赏她那认真生气的样子，觉得‘好玩’”①。就是萧军

① 萧军：《萧红书简辑存注释录》（二），《新文学史料》1979年第3期，第273页。

这些大男子作风真正伤害萧红的自尊心和感情。在临汾民族革命大学，萧军与萧红在去留的问题上经常发生激烈的争吵。在争吵的过程中，萧红往往是弱势，泪水只能往心里流，声音是干涩、模糊、无力的。最后萧军决定留在临汾打游击，萧红、端木蕻良等去运城。由于萧军的鲁莽、固执、炮筒子脾气，在与萧红相处过程中，又频频发生外遇，“这些都严重地伤害了萧红的自尊心乃至感情”①。萧军与萧红的感情已经到了结束的边缘，导致最后的分离，从此再也没有见过面。这是迁徙途中，萧红面临的由来已久的一件痛心事，流亡中与萧军相遇相知，但又在炮火纷飞中宿命般地分离，萧红心如死灰，变得孤独无助。与萧军情感上的纠葛与破裂，再加之时局动荡不安，劳累奔波，这一时期，萧红并没有归宿感，依然流亡途中，缠绕着漂泊情绪，漂泊是萧红最显现的生命体验。

在临汾与萧军分开后，萧红重回武汉，日军后又进攻武汉，萧红独自一人坐船迁徙到重庆。历经漂泊，在重庆，萧红暂时安顿下来，但情绪并不好。虽然萧红重返武汉时与端木蕻良正式结婚，但萧红对萧军的感情依然很深，再加上端木蕻良完全没有生活自理能力，并且她与端木蕻良的关系也受到朋友的诸多非议。这些给萧红带来诸多苦闷，寂寞迷惘依然缠绕着萧红。作家白朗曾经回忆起萧红在迁徙流亡重庆时的迷惘感和绝望感，“萧红当时的心情很不好，从不向白朗谈起和萧军分开以后的生活和情绪，一切都隐藏在她自己的心里，对着一向推心置腹的故友也竟不肯吐露真情了，似乎有着不愿人知的隐痛在折磨她的感情，不然，为什么连她的欢笑也总

---

① 季红真：《萧红传》，北京十月文艺出版社 2000 年版，第 315 页。

使人感到是一种忧郁的伪装呢？她变得暴躁易怒，有两三次，为了一点小事竟例外地跟白朗发起脾气，直到她理智恢复，发觉白朗不是报复的对象时，才慢慢沉默下去。有一次，她对白朗说：‘贫穷的生活我厌倦了，我将尽量地去追求享乐。’这一切，在白朗看来都是反常的。白朗奇怪，为什么萧红对一切都像是怀着报复的心理呢？白朗推测：也许，她的新生活并不美满吧？那么，无疑地，她和萧军的分开应该是她无可医治的创痛了。她不愿意讲，白朗也不愿意去触她的隐痛”①。不仅情绪忧郁，萧红对未来也绝望，萧红曾经对白朗说：“未来的远景已经摆在我的面前了，我将孤寂忧悒以终生。”② 萧红甚至开始一种堕落的生活方式，善于抽烟、喝酒、谈天、唱歌。有一次，萧红看到萧军从兰州寄给梅志的照片：“她手里拿着照片一声不响，脸上也毫无表情，刚才的红潮早已退了，现在白里透青的颜色，像石雕似地呆坐着。”③ 萧红显出寂寞、迷惘、伤心的样子。寂寞、迷惘、感伤是萧红这一时期真实的生命体验。后因为敌机不断轰炸重庆，萧红与端木蕻良一起辗转漂泊到香港。

香港，成了萧红年轻生命的终点。辗转到香港，在最后短暂的时光中，萧红创作了许多重要作品，这些作品更多透露出寂寞怀乡之情，通过文本细读，我们可以感触到萧红寂寞怀乡之情。在香港，萧红相继完成了长篇小说《呼兰河传》《马伯乐》、短篇小说《后花园》《小城三月》《北中国》《马房之夜》等，这些作品弥漫着浓厚

---

① 白朗：《遥祭——纪念知友萧红》，《文艺月报》1942年6月15日。转引自季红真《萧红传》，北京十月文艺出版社2000年版，第354—355页。

② 同上书，第356页。

③ 梅志：《爱的悲剧》，《花椒红了》，中国华侨出版社1995年版，第25页。

的怀乡之情与寂寞情调。如《呼兰河传》的意义不仅在于描写故乡呼兰河地区的民情风土，民众生与死的挣扎与坚强，作品更弥漫着寂寞情绪，怀乡之情。小说以儿童的视角，表现了对童年故乡生活无忧无虑、天真烂漫的回忆，小女孩的调皮、祖父的娇惯、后花园的美好，充满了对故乡的思念，弥漫着强烈的怀乡之情，但又带有寂寞的情调。关于《呼兰河传》的寂寞情调，学者研究得比较多，这里不再重复。还是茅盾的评论最为精辟。早在 1948 年，萧红逝世没多久，茅盾就深切感受到其小说的寂寞情调，并以感伤的心情写下了著名的评论文章《〈呼兰河传〉序》，指出了《呼兰河传》的寂寞情调，认为萧红“她在香港是寂寞的，心境是寂寞的”①。在香港，萧红在贫病交加中，在炮声隆隆的玛丽医院病逝。萧红小说中的这些寂寞怀乡情调，是作家在迁徙流亡中饱受离乱之苦真实的生命体验的流露。

二　胡风：颠沛流离、苍茫悲愤

抗战爆发后，胡风在流亡式的迁徙过程中颠沛流离，走遍大半个中国。胡风颠沛流离、九死一生的迁徙流亡经历在前面已有详细论述，正是这种不同寻常的迁徙经历使其有着不同寻常的生命体验。而胡风辗转飘零迁徙途中的这种颠沛流离、苍茫悲愤的生命体验更多的是直接通过旧体诗抒发出来的。

胡风对迂回曲折的迁徙过程有刻骨铭心的体验和记忆。七七事变

---

① 茅盾：《〈呼兰河传〉序》，张毓茂、阎志宏编《萧红文集 · 长篇小说集》，安徽文艺出版社 1997 年版，第 6 页。

后，战火危及上海，胡风无法继续在上海从事文艺工作，此时故乡蕲春也沦陷，有家不能回。胡风在滚滚烽烟中四处迁徙。此时，小孩老大尚幼，老二在流亡途中出生，一家人辗转于各地，漂泊不定，租房子，跑行李，还要经常躲警报，一日三餐，微薄的收入勉强度日。最让胡风不能接受的是老父病死于迁徙途中，客死他乡。这些不同寻常的迁徙经历，深深印在胡风的内心，成为他一生无法忘记的记忆。颠沛流离、苍茫悲愤是胡风20世纪40年代迁徙过程中的真实生命体验。

抗战爆发，上海沦陷。胡风从上海坐车到南京，又转坐轮船到武汉，船上遇见淳朴忠厚的伤兵，大家纷纷募捐。又路过家乡蕲春，过故乡而不得入，只能在深夜凭栏眺望，一种思乡之情油然而生。山河破碎，满地伤兵，自己也颠沛流离，胡风深有感触，吟诗一首："午夜凭栏望，乡园一梦横。欲呼卿小字，云水了无声。"小诗表达了诗人对故乡的思念之情和身处异乡的飘零感。

在武汉，生活并不安稳，胡风这一时期的旧体诗常常抒发出诗人苍茫悲愤之感。敌机经常来空袭，有时一天来两三次，武汉并没有防空洞，有时敌机的炸弹甚至把胡风住所围墙都炸倒了。这种生死叵测的经历感受是抗战以来从来没有过的。旧体诗《随感》颇能传达出胡风的心境和感受，"十载飘零日，归来似梦回。大空飞敌鸟，宽路走穷黎；故友灾余蚁，新人雨后蕾。行囊姑卸下，濯足浣征衣"。《随感》描写了敌机轰炸，作家颠沛流离，故友新人劫后余生的景象，也抒发了继续奋战，抗战到底的决心。诗歌带有一种慷慨悲凉的心境与博大情怀，很能表达出诗人苍茫悲愤的生命体验。在武汉，胡风却因战事将妻小丢在老家蕲春，几年来，从来没有与妻子孩子分离过，思念亲人使胡风回了一趟老家，把妻小接到身边。

“他们（指胡风与妻子）结婚四年，可以说是从未离开过一天，这次突然地分开了四个月，又正是兵荒马乱之时，天上有飞机的威胁，地下有士兵难民的拥挤，怎能让人不挂心，不想念?”① 在船抵达汉口时，经历离别之苦，又目睹国民党军队腐败，人民困苦不堪，抗战充满艰辛，在悲愤之中吟成无题诗一首，表达此刻的感受，“剩有悲怀对夜空，一天冷雨一船风；夹江灯火明于烛，碧血华筵照不同”。无题诗中的苍茫悲愤之情油然可见。诗歌既有对国民党军队腐败、人民困苦的悲愤，又有自己辗转飘零、人在迁徙途中的悲愤，深刻地传达出胡风在迁徙途中特有的生命感受。

辗转到重庆，胡风的诗文依然表达出迁徙途中颠沛流离、苍茫悲愤的生命体验。由于武汉离前线越来越近，胡风匆匆离开武汉，坐船途经石首、宜昌等地。在辗转去重庆的途中，老父亲客死异乡。这对胡风的打击非常大，胡风后来回忆：“不幸的忧虑果然中了，不胜悲恸！劝家人出来逃难，而铸成此一大错，这个伤痛是无法弥补的。父亲刚强一生，终于客死旅途，这是我的没有果断和对国民党抗日救国的轻信，牺牲了这老人!”② 笼罩着白雾的山城重庆，总是给人昏倦的感觉。在重庆目睹了日军飞机的大轰炸，了解到国民党顽固派制造的震惊中外的皖南事变，又加之老父去世的悲恸和失业的痛苦，胡风在风雨之夜，荒凉斗室中，吟成旧体小诗：“案头烂纸苍生哭，寨里堆金大盗狂，莫向临安寻往事，党碑残迹太凄凉。”小诗抒发了迁徙重庆的凄凉情绪与悲愤之情。同时，在重庆搞文艺工

---

① 梅志：《胡风传》，北京十月文艺出版社 1998 年版，第 363 页。
② 胡风：《胡风回忆录》，人民文学出版社 1997 年版，第 179 页。

作，编辑出版《七月》并不是想象中那么顺利，充满了苍茫无力的感伤，在爆竹声中的旧历元宵节，偶得旧体诗就抒发了这样的无助感，“几人欢笑几人悲，莽莽河山半劫灰。酒醋值钱高价卖，文章招骂臭名垂。侏儒眼媚姗姗舞，市侩油多得得肥。知否丛峰平野上，月华如海铁花飞”。诗歌充满无可奈何的悲愤，诗作中的无助感、悲愤感正是胡风飘零重庆的生命体验。又传来好友、七月派作家丘东平、彭柏山战死的谣传，胡风激动气愤，常常夜不能寐，在悲愤中吟诗二首缅怀战友，“劫灰三载忆江南，地冻天荒又岁寒；幸有灾黎成劲卒，恨无明镜照西天。同袍喋血倭奴笑，一榻鼾眠傀儡闲。回首京华寻旧梦，石头城内血斑斑”［《寒夜怀东平、柏山》（一）］；“书生毛戟非无用，为杀倭奴拾铁枪；赢得风霜磨壮骨，忍将愤懑对穹苍，温情不写江南梦，宿恨难忘塞上殇，‘耿耿此心’忧折笔，来今古往一沙场”［《寒夜怀东平、柏山》（二）］。诗歌写出了书生也可以在战场上杀敌的壮志豪情，抒发书生报国的理想，带有一种壮怀激烈的苍茫感，即使是兴致浓厚的胡风诗作，也饱含一种苍茫感和悲愤感。旧历正月初五，胡风乘木船去重庆市区，船行江中，忽诗兴大发，连作三首无题小诗。“碧云天外有烽烟，劫里山河又一年。莫向棘源村外立，长空无极夜无边。”（一）“几声爆竹一炉烟，无米村翁也过年。念念有词三叩首，只缘有了戍疆边。”（二）“错将残雪当祥烟，蜀岭偏安到四年。剩有头颅夸大好，灾黎遍地恨无边。”（三）三首诗兴浓厚的旧体诗，皆透露出山河破碎、灾黎遍地的忧国忧民的感情及壮志未酬的苍茫感与悲愤感。这正是胡风重庆时期真实的生命体验。

后辗转到香港，又从香港脱险奔赴桂林等地继续从事抗战文艺工作，这时期的旧体诗亦传达出苍茫愤懑之情。在从重庆颠簸到香港的途中，一家人坐着破车颠簸。正值暮春，油桐花开得正旺，梯田里的麦子正在扬花抽穗，农人在忙着插秧。看到农人的勤劳坚韧，相比之下，自己在抗战中一事无成，在重庆工作两年多，很多事情都没有做完，现在又匆忙离开，心情很复杂。胡风有无限的感慨，吟成《晨渡海棠溪》："破晓横江渡，山城雾正浓。不弹游子泪，犹抱逐臣忠。负辱过关塞，吞声哭蚁虫。燎原由大地，一志万人同。"诗作抒发了颠沛流离、奔走颠簸、一事无成的愤恨和感慨，正如胡风所言："对于自己不能在重庆继续为抗战尽力，我有一种被逐的愤恨。"① 从香港脱险，胡风徒步来到东江游击区惠阳，在西湖公园看到殷红的木棉花，又想到国民党军队没有坚决抵抗就匆匆撤退，及日军在惠阳的屠杀，吟诗二首。"拾得孩儿骨，殷然见血痕。一夫褫重寄，千命殉孤城。鸡豕悲同劫，禽虫失秦声。黯云湿欲泣，凄切不成春。"（一）"劫后湖山冷，萧然得此游。荒碑七尺石，热血几人头。木落花犹赤，云低雾不收。荣枯缘底事，厉鬼笑封侯。"（二）两首诗皆对日寇屠杀民众、国民党军队不战就溃败逃走充满愤恨，表达出诗人苍茫悲愤的生命感受。

胡风迁徙途中所触所感的旧体诗，一方面描写了山河破碎，人民饱受战乱之苦，及诗人自己颠沛流离的流亡历程；另一方面，也抒发了诗人在抗战洪流中壮志未酬的苍茫悲愤和慷慨悲凉，这些都是胡风迁徙流亡途中真实的生命体验。

---

① 胡风：《胡风回忆录》，人民文学出版社 1997 年版，第 229 页。

三　路翎：悲凉漂泊、孤独绝望

路翎，作为20世纪40年代重要作家，他在悲凉凶险的流亡迁徙途中的生命体验主要渗透在作品中。路翎，原名徐嗣兴，抗战爆发后，他随家迁徙流亡到四川，这个时候的路翎尚未成年，并没有踏上文学之路。但人生的第一次迁徙流亡给路翎留下了不可磨灭的印象。路翎后来回忆这次流亡，说："我在流浪四川的途中，感到很深的悲哀……我在去四川途中不断地唱着田汉配歌的苏联歌曲《茫茫的西伯利亚》。"① 从这首悲凉凄怆的流浪者之歌唱出了尚未成年的路翎在国土沦丧的迁徙流亡途中悲凉漂泊的生命体验。

从文本来看，路翎流亡途中的小说主要描写了20世纪40年代战争背景下的漂泊者、矿工、农民、士兵、知识分子、流浪者。路翎在20世纪40年代经历的悲凉漂泊、孤独绝望等生命体验，倾注在这些漂泊者、矿工、农民、士兵、知识分子、流浪者等人物身上。路翎小说中的人物常常衣不蔽体，食不果腹，在人生的际遇中，被逼到生活的绝境，在鲜血淋漓的绝境中挣扎着、咆哮着，带有浓厚的悲剧意识。他们无以为家，不仅肉体在漂泊，也处于精神漂泊之中。悲凉漂泊是路翎小说人物特征之一，实际上这也是20世纪40年代路翎的生命体验在小说中的投射。《蜗牛在荆棘上》小说题名已经透露出了流浪者的艰辛与漂泊感，流浪者唱出了自己的流浪之歌，"流浪者有无穷的天地，万倍于乡场穷人的生涯，有大的痛苦和憎恨，流浪者心灵寂寞而丰富，他在异乡唱家乡的歌，哀顽地荡过风

① 朱衍青：《未完成的天才——路翎传》，大象出版社2003年版，第15页。

雨平原。”主人公黄述泰，因中了抽丁阴谋而离开家乡去当兵，开始了漂泊之旅。在部队听信别人对妻子秀姑不守妇道的传言，便返乡整治秀姑。从离乡到返乡，黄述泰始终在漂泊，带有一种悲凉感。《王炳全底道路》中的王炳全似乎一生都注定了漂泊。农民王炳全在抽丁过程中，因张绍庭用王炳全顶替自己的儿子当兵，便离开故乡漂泊在外。后经过颠沛流离的流亡终于回到家乡草鞋场。但回到家乡后，家乡已经物是人非，老家土屋已经倒塌，长满了荒草，田地被张绍庭侵吞，妻子左德珍被张绍庭做主改嫁佃农吴仁贵。王炳全发现现在的家乡已经不属于他了，于是再次离开故乡，重新踏上漂泊流亡之旅。路翎小说人物的悲凉漂泊感，是路翎在迁徙流亡过程中生命体验最直接、最感性的显现。

以上以矿工、流浪者等为题材的小说主要突出悲凉漂泊情怀，在长篇小说《财主底儿女们》中，则凸显出了孤独绝望感。小说以蒋纯祖在抗战中的知识分子道路为线索，蒋纯祖在抗战烽烟中为追求理想从南京流亡到武汉，从武汉流亡到重庆，从前线潜逃到后方，从演剧队转移到乡村小学，又从农村逃回城市，更多凸显出反抗的孤独绝望。中篇小说《饥饿的郭素娥》以矿工为题材，虽然企图表现“人民底原始的强力”，但不经意间赤裸裸地展示了下层民众在鲜血淋漓的现实中，被逼到孤独绝望的境地。而小说文本的这种孤独绝望情绪，是路翎20世纪40年代生命体验的真实表现。分析路翎小说文本，我们可以触摸作家迁徙流亡途中悲凉漂泊、孤独绝望的感受，作家这种独特的生命体验，使路翎的小说在探索人物心理、表现“人民底原始的强力”方面具有鲜明的特色。

以上以个案分析的形式，深入研究了20世纪40年代萧红、胡

风、路翎3位作家在战火纷飞的20世纪40年代，在颠沛流离的流亡途中的生命体验，比较具有代表性，可以管窥中国现代作家这一时期整体的内心变化和生命体验。实际上，中国现代作家在20世纪40年代大都经历了颠沛流离的迁徙流亡，并且这种迁徙流亡经历在作家生命中印下了不可磨灭的印记，这种特殊的生命体验直接影响了20世纪40年代作家的文学创作。通过分析20世纪40年代作家在迁徙流亡中产生的不同寻常的生命体验，进而管窥20世纪40年代作家的思想变化与创作变化，可以为进一步研究作家迁徙与文学关系提供基本参照。

第二章　作家迁徙与40年代文学格局

作家迁徙不仅是20世纪40年代一个特别的文学现象，而且对20世纪40年代文学产生了重要影响。20世纪40年代作家迁徙对文学的影响是多方面的，既有宏观上的影响，也有中观、微观上的影响。从宏观上看，20世纪40年代作家迁徙使中国现代文学格局重新洗牌，以京沪为依托的文学中心陷落，形成新的文学格局。由于作家迁徙分别形成以昆明、延安、重庆、桂林为中心的西南文学中心、延安文学中心、重庆文学中心、桂林文学中心。这在以前是不曾有过的文学现象。此外，作家迁徙，影响了七月派的聚散，以及京派的瓦解与复出，而这些重要文学流派是20世纪40年代文学格局的重要一极。因此，作家迁徙对20世纪40年代文学格局有着深远影响。

第一节　作家迁徙与40年代新文学中心的形成

20世纪40年代作家迁徙，从宏观上看催生新的文学格局和新的文学中心。自“五四”伊始，中国现代作家大多寄居在京沪这两个大都市，形成了以京沪为中心的文学格局，中国现代文学史上的诸多文学现象绕不开京沪这两座城市。但到了20世纪40年代，这种情形有了根本的改变，京沪不再是中国现代文学独有的重镇。由于作家迁徙，京沪文学中心逐渐沦陷。与此同时，在昆明、延安、重庆、桂林形成新的文学中心。司马长风说：“1937年以前，中国的文学始终以上海和北平为中心，但进入凋零期，几乎就没有固定的中心了。没有固定的中心，便出现了临时性的多元中心。”① 胡风也认为：“文化中心崩溃了，交通线缩小且被破碎了，这就使得专以全国范围的文化水准高的读者为对象的惰性不能继续。”② 作家迁徙促使20世纪40年代新的文学中心形成。新的文学中心不仅有完整的作家群落、完整的文学创作，而且在文学教育、文学期刊及出版等方面亦有自己的特点。这里借用一个生物学上的“群落”概念来概括抗战时期西南昆明、根据地延安、大后方重庆及桂林四地的文学中心现象，更注重20世纪40年代文学的自然发生生态。“群落”作

① 司马长风：《中国新文学史》（下卷），昭明出版社1978年版，第3页。

② 胡风：《大众化问题在今天》，《胡风评论集》（中），人民文学出版社1984年版，第14页。

为一个生物学概念，亦称生物群落，一般是指具有直接或间接关系的多种生物有规律的组合。组成群落的各种生物种群不是任意地拼凑在一起的，而是有规律地、稳定地组合在一起才能形成一个稳定的群落。群落都有一定的空间结构，寄生在共同空间结构中的物种既同生共长，又相互竞争生态资源，有垂直结构、水平结构等不同的结构形式。把生物群落的概念移植到20世纪40年代文学上来，可以较好地概括和分析昆明、根据地延安、大后方重庆、桂林四地在20世纪40年代形成且持续一段时间而具有相对稳定性的文学现象。20世纪40年代作家迁徙聚集在昆明、根据地延安、大后方重庆、桂林，在一定的空间中衍生成不同的文学群落，形成不同的文学中心。

一　作家迁徙与西南文学中心的形成

抗战时期东南沿海诸城市沦陷，文学凋敝，京沪文学中心陷落。但在当时文化并不发达的西南大后方昆明，却出现了文学的勃勃生机。究其原因，由于战争影响，清华大学、北京大学、南开大学三所高校迁移到昆明组建国立西南联合大学，寄居在高校的一批学者型作家随校迁徙到昆明，再加上在西南联大一群才华横溢的学生，共同构筑起西南文学中心。一般的文学史在论述20世纪40年代文学的时候还是聚焦在延安等区域，并未深入研究战时昆明的文学全貌，故在这里对西南文学中心做全面的扫描。

为了保护文化精英，战时清华大学、北京大学、南开大学三校迁移到昆明组建西南联大，这三所大学的中文系、外文系等院系寄

居一批学者型作家，著名的有清华大学的朱自清、闻一多、吴宓、钱钟书、闻家驷、叶公超、陈铨等，北京大学的李广田、卞之琳等，他们或随学校一起迁徙到昆明，或被西南联大聘请为专任教师。还有，许维遹、李嘉言、黄钰先、袁复礼、李继侗、曾昭抡、吴征镒、毛应斗、郭海峰、陈岱孙、冯友兰、钱穆、汤用彤、贺麟等著名人文学者也抵达昆明。此外，西南联大还聘请了在青岛大学任教的杨振声、沈从文等人，聘请了从德国留学归来的诗人冯至，聘请了陈梦家、潘家洵等作家。值得一提的是，英国现代诗人、新批评家威廉·燕卜荪教授也加盟西南联大，在西南联大讲授"当代英国诗歌"等课程，使西南联大打开一扇连接西方文学的窗户。朱自清、闻一多等一大批在中国现代文学史上有影响的文学精英不远千里，迁徙荟萃昆明，西南文学中心粗具规模。此外，迁徙到西南联大的一批才华横溢的学生，文学活动也很活跃。这些学生包括穆旦、郑敏、杜运燮、王佐良、袁可嘉、赵瑞蕻、杨周翰、罗寄一、马逢华、叶华、俞明传、秦泥、林蒲、周定一、缪弘、沈季平、何达、陈时、汪曾祺、吴讷孙、辛代（方龄贵）、刘兆吉、马尔俄（蔡汉荣）、林元（林抡元）、卢静等。[①] 他们纤弱而敏感，更容易接受域外新鲜的东西，直接推动西南文学中心现代主义文学思潮的耸现，是西南文学中心的后起之秀和新生力量。

西南联大作家都是中国当时的知识精英，大都有着深厚的文化积累，渊博的学识，良好的文学素养，学贯中西。他们很多从国

---

① 西南联大作家构成参见杨绍军《西南联大时期的文学创作及其外来影响》，作家出版社2007年版，第39、69页。

外留学回来，并拥有博士头衔，如冯至、林同济、陈铨等。他们主要从事研究工作，也从事文学创作，是典型的学者型作家。与学者型老师作家相比，20世纪40年代西南联大学生作家也绝非等闲之辈。他们具备极好的文学素养与艺术才情，正当风华正茂的文学年龄，文学视野更加开阔，对外国文学尤其是法国象征主义推崇备至，其创作更加深入生命、宇宙、存在的哲学层面。西南联大作家是一群有着较高文化积累和文学素养的知识分子，他们共同构建起西南文学中心，这在20世纪40年代是一个十分独特的存在。

西南文学中心文学比较活跃，不仅创作了许多对后世颇有影响的作品，而且有许多独特的文学见解。西南昆明时期，沈从文创作了生命中最后的长篇小说《长河》，诗人李广田创作了小说《引力》，诗人冯至创作了诗化叙事体小说《伍子胥》，小说家汪曾祺的《复仇》《小学校的钟声》《易秉》《待车》等小说亦颇有影响。其他如辛代的《纪翻译》、马尔俄的《炉边的故事》、刘兆吉的《木乃伊》等，这些都代表了西南文学中心小说创作的实力。西南文学中心另一显著成就是诗歌。西南联大不仅会聚了闻一多、冯至、卞之琳、李广田及英国著名的诗人新批评家威廉·燕卜荪等诸多已成名的诗人，而且在他们的周围，聚集着一批才华横溢的年轻诗人，如穆旦、郑敏、杜运燮、王佐良、袁可嘉、赵瑞蕻等，他们大多是西南联大的学生，使诗歌在西南文学中心特别醒目。卞之琳这一时期创作了诗集《慰劳信集》，包含《圆宝盒》《断章》《鱼化石》《距离的组织》等诗作，其中《断章》影响最大、最为人知。冯至此期的《十四行集》，形式特别，是中国新诗史上“最集中、最充分表

现生命主题的一部诗集”①。穆旦、郑敏、杜运燮等西南联大年轻诗人更是大胆超越传统，具有反叛性和异质性，不仅改变了中国新诗的观念，而且在诗歌创作上使中国现代诗歌达到新的高度。西南联大诗人群被称为中国新诗派是当之无愧的。穆旦的《被围者》《防空洞里的抒情诗》《从空虚到充实》《赞美》《诗八首》等、郑敏的《树》《寂寞》《金黄的稻束》、杜运燮的《滇缅之路》都是这一时期的重要收获。

还值得一提的是战国策派的耸现。战国策派因西南联大学者型作家林同济、陈铨、雷海宗等创办半月刊《战国策》而得名。战国策派思想提倡“尚力”与“唯意志”观，认为20世纪40年代是战国时代的重演，是一个思想十分驳杂的文化流派，其思想囊括政治、经济、社会、历史、法律、伦理、文学、教育、地理等。在文学创作上，陈铨推出了长篇小说《狂飙》，剧本《野玫瑰》《蓝蝴蝶》《自卫》《金指环》《无情女》等。

西南文学中心以西南联大为中心，在文学刊物、文学社团方面皆有自己的一些特色。20世纪40年代在遥远的西南边陲昆明，涌现出这样多的文学社团和刊物，与西南联大良好的文学氛围是分不开的。首先，西南联大的文学社团与文学刊物颇多，不仅中文系、外文系文学社团和文学活动很活跃，工学院等其他理工学院也同样有诸多文学社团。南湖诗社（后更名为高原文艺社及南荒文艺社）、冬青文艺社、布谷文艺社、文聚社、星原文艺社、耕耘文艺社、新诗

① 王泽龙：《冯至的〈十四行诗〉》，《中国现代主义思潮论》，华中师范大学出版社1995年版，第183页。

社、火星文艺社、两周文艺社等都是当时比较活跃的文学社团。西南联大话剧团、青年剧社和联大歌咏团、怒潮剧社、山海云剧社、剧艺社等都是当时西南联大较活跃的戏剧社团。文学刊物有《文聚》《南湖诗刊》《高原》《冬青小说抄》等，此外还有综合性刊物《战国策》（半月刊）、《国文月刊》《时代评论》《边疆人文》等。[①] 这些文学刊物和文学社团成为西南文学中心的一部分，共同支撑起西南文学中心的繁荣。

西南文学中心的文学教育也很有名、很特别。在西南联大，不仅诸多新文学名家在这里讲授新文学，而且还聘请了一些西方文学家在西南联大讲授西方文学。其文学教学在文学课程体系、授课方法、文学讲座等方面都颇有特色。西南联大首先在课程体系上设置了比较完善的国文课程，无论是共同科目，还是院系的必修课和选修课，都将“国文读本”和“国文作文”放到重要位置，各院系学生皆可以旁听文学课程。讲授“国文读本”和“国文作文”的有朱自清、闻一多等新文学名家。此外，西南联大在一年级就开设“国文写作”作为全校共修课程，目的在于培养联大学生的写作兴趣和写作能力。在中国文学系，更是开设“国文读本”“国文作文”“文字学概要”“音韵学概要”“语言学”“声韵学史”“尔雅”“左传”“中国文法研究”“中国文学史概要”“中国文学史”“汉魏六朝诗”等与文学相关的必修课和选修课，为学生文学写作打好文字基础。其中，中文系诸多新文学名家开设的文体写作课为提高学生的写作

---

① 关于西南联大的文学社团和文学刊物详情参见李光荣、宣淑君《季节燃起的花朵——西南联大文学社团研究》，中华书局 2011 年版，第 1—36 页。

素养及写作能力奠定了坚实基础。影响比较大的有李广田和沈从文开设讲授的“白话各体文习作”，游国恩开设讲授的“文言文各体文习作”，杨振声开设讲授的“世界文学名著选读与试译”。[①] 西南联大这些文学课程不仅能为学生写作打好文字基础，而且还能激发起学生学习文学的兴趣。在联大老师的悉心指导和言传身教下，许多学生走上文学创作的道路。著名作家汪曾祺就是在西南联大独特的文学教育熏陶下，特别是在新文学名家沈从文课堂的影响下走向文学创作的。沈从文在西南联大开设的“各体文习作”“创作实习”和“中国小说史”等文学课程对汪曾祺走上文学之路有重要影响。几十年后，汪曾祺依然清晰地回忆起沈从文在西南联大上课时的情景及对自己的影响，“教创作主要是让学生自己‘写’。沈先生把他的课叫做‘习作’、‘实习’很能说明问题。如果要讲，那‘讲’要在‘写’之后。就学生的作业，讲他的得失。教授先讲一套，让学生照猫画虎，那是行不通的”。“沈先生是不赞成命题作文的，学生想写什么就写什么。但有时在课堂上也出两个题目。沈先生出的题目都非常具体。我记得他曾给我的上一班同学出过一个题目：‘我们的小庭院有什么’，有几个同学就这个题目写了相当不错的散文，都发表了。他给我低一班的同学曾出过一个题目：‘记一间屋子里的空气’！我的那一班出过些什么题目，我倒记不得了。沈先生为什么出这样的题目？他认为：先得学会车零件，然后才能学组装。我觉得先作一些这样的片段的习作，是有好处的，这可以锻炼基本功。现

---

① 西南联大的文学教育及课程设置参见傅宇斌《〈国文月刊〉与西南联大文学教育》，《当代文坛》2011 年第 2 期，第 130—133 页。

在有些青年文学爱好者，往往一上来就写大作品，篇幅很长，而功力不够，原因就在零件车得太少了。”① “沈先生教写作，写的比说的多，他常常在学生的作业后面写很长的读后感，有时会比原作还长。这些读后感有时评析本文得失，也有时从这篇习作说开去，谈及有关创作的问题，见解精到，文笔讲究。”② 此外，英国现代诗人、新批评家威廉·燕卜荪教授在西南联大开设“当代英国诗歌”“莎士比亚”等课程，在西南联大掀起中国新诗的又一次高潮，形成名副其实的中国新诗派。

聘请校外作家作讲座也是西南联大文学教育的一种良好方式。萧乾是著名新文学家，因为沈从文的关系，萧乾与西南联大结下了不解之缘。1939 年 5 月 28 日，西南联大请萧乾为师生作“关于文学创作”的讲座。萧乾的讲座给学生以启迪和鼓舞，使大家对文学的理解进一步加深，促进了创作水平的提高。西南联大以其独特的文学教育培养了众多的文学家，这在中国现代文学史上本身就是一个特例存在。西南联大系统而独到的文学教育不仅点燃了西南联大学生的文学热情，激发他们的创作灵感，形成良好的文学氛围，而且还切实为学生发表文章搭建平台，为学生进一步走向文学之路奠定基础。

西南文学中心在抗战时期乃至中国现代文学史上都是一个特别的存在，它不仅在抗战的烽烟中培养众多文学人才，而且以鲜明的创作实绩和独特的文学教育在现代文学史上浓墨重彩地写上了一笔。一时间，这么多的新文学名家聚集西南联大，诸多敏感而又才华横

---

① 汪曾祺：《沈从文先生在西南联大》，何镇邦编选《汪曾祺代表作·受戒》，华夏出版社 2011 年版，第 176 页。

② 同上书，第 177 页。

溢的学生荟萃到西南联大，他们潜心治学，专心写作，在艰苦的抗战环境中写下文学辉煌的篇章，这不能不说是一个奇迹。西南文学中心在文学创作、文学研究、文学教育上都值得深入研究探讨。

二　作家迁徙与延安文学中心的形成

1935 年 10 月，中央工农红军历尽千辛万苦，突破敌人重重围堵封锁到达陕北，建立起以延安为中心的新的革命根据地。本来陕北作为贫瘠荒凉之地，不仅经济上贫穷，而且在文化上也十分贫瘠。中国共产党到达陕北之后，建立了新的根据地，同时也改变了陕北贫瘠的文化面貌。首先，延安作为革命圣地对全国各地的知识分子有极大的吸引力和感召力，许多文学家、文艺理论家、艺术家、哲学家等历经艰难险阻奔赴延安，一时间，延安荟萃了来自四面八方的众多知识分子。据八路军西安办事处统计，1938 年 5 月至 8 月，经该处介绍赴延安的知识青年有 2288 人。[①] 1943 年 12 月底，抗战后期到延安的知识分子总共 4 万余人。[②] 知识分子是文化的传播者和载体，作家是文学创作的主体，知识分子及作家迁徙到延安，自然把各种文化传播到延安，使延安文化兴盛起来。作家迁徙促使延安成为 20 世纪 40 年代新的文学中心，成为 20 世纪 40 年代文学重要的一极。1936 年，丁玲在南京经秘密营救后奔赴延安，是第一个到达延安的著名作家，成为延安文学的开拓者之一。作家迁徙促使延安文学发生、繁荣，是形成延安文学中心的充要条件。

---

① 参见刘煜主编《圣地风云录》，陕西旅游出版社 1992 年版，第 87 页。转引自朱鸿召《延安文人》，广西人民出版社 2001 年版，第 4 页。

② 参见胡乔木《胡乔木回忆毛泽东》，人民出版社 1994 年版，第 279 页。

中国共产党特别重视陕北文化建设，也积极推进发展陕北根据地文化文学工作。中国共产党出台了优待和吸引知识分子的政策，吸引全国各地知识分子到延安从事文学文化工作。1939 年 12 月 1 日，中共中央做出《大量吸收知识分子》的决定，指出：“许多军队中的干部，还没有注意到知识分子的重要性，还存在着恐惧知识分子甚至排斥知识分子的心理。许多我们办的学校，还不敢放手地大量地招收青年学生。许多地方党部，还不愿意吸收知识分子入党。”“一切战区的党和一切党的军队，应该大量吸收知识分子加入我们的军队，加入我们的学校，加入政府工作。”延安还颁布实施了《中央宣传部　中央文化工作委员会关于各抗日根据地文化人与文化人团体的指示》，指示提出：

> （一）应该重视文化人，纠正党内一部分同志轻视、厌恶、猜疑文化人的落后心理。须知一个在社会上有相当地位、相当声望、能够有一艺之长的文化人，其作品在对内对外上常常有很大的影响。
>
> （二）应该用一切方法在精神上、物质上保障文化人写作的必要条件，使他们的才力能够充分的使用，使他们写作的积极性能够最大的发挥。须知爱好写作、要求写作，是文化人的特点。他们的作品，就是他们对于革命事业的最大贡献。
>
> （三）党的领导机关，除一般的给予他们写作上的任务与方向外，力求避免对于他们写作上人工的限制与干涉。我们应该在实际上保证他们写作的充分自由。给文艺作家规定具体题目，规定政治内容，限时、限刻交卷的办法，是完全要不得的。

（四）对于文化人的作品，应采取严正的、批判的、但又是宽大的立场，力戒以政治口号与褊狭的公式去非难作者，尤其不应出以讥笑怒骂的态度。我们一方面应正确地评价他们的作品，使他们的努力向着正确的方向，同时鼓舞他们努力写作的积极性，不使他们因一时的失败，而灰心失望。

（五）估计到文化人生活习惯上的各种特点，特别对于新来的及非党的文化人，应采取同情、诱导、帮助的方式去影响他们进步……共产党人应有足够的气量使自己能够同具有不完全同我们一样生活习惯的文化人，共同生活，共同工作。对于文化人生活习惯上的过高的、苛刻的要求，是不适当的。

……

（八）文化人的最大要求，及对于文化人的最大鼓励，是他们的作品的发表。因此，我们应采取一切方法，如出版刊物、剧曲公演、公开讲演、展览会等，来发表他们的作品。同时发表他们的作品，也即是推广文化运动的最主要的方式。

此外，《指示》还对如何帮助文化人组织文化团体、建立俱乐部、培养文艺人才、选拔文化人任干部、收集大批文化人到根据地来等有关文化工作的相关问题都做了具体规定。[①]《指示》给作家及文化人创作提供了许多有利条件。在这种背景下，成千上万的知识分子及作家涌入延安，延安文学兴盛起来，形成延安文学中心，并

---

① 参见《中央宣传部　中央文化工作委员会关于各抗日根据地文化人与文化人团体的指示》，胡采主编《中国解放区文学书系》之《文学运动·理论编》（一），重庆出版社1992年版，第5—8页。

成为20世纪40年代文学重要一极。

由于延安是边区政府首府所在地，受战争干扰相对来说比较小。作家迁徙促进延安文学从发生到兴盛，延安文学中心形成一个比较完整的生态系统，主要表现在从文学创作到文学研究、到文学批评、到文学教育、到文学期刊媒介都比较完整，形成一条层次清晰、稳定完整的文学群落和链条。不仅丁玲奔赴延安，欧阳山、方纪、白朗、周立波、何其芳、周扬、萧军等许多新文学名家也辗转到达延安。新文学大师茅盾也从新疆脱险迁徙到延安，后因工作需要而离开延安到重庆从事抗战文化工作。皖南事变后，作家欧阳山从重庆奔赴延安，经过长途跋涉，历尽千辛万苦，于1941年4月抵达延安，参加延安文艺座谈会和整风运动，开始新的创作阶段。作家方纪，原名冯骥，抗战开始后，在武汉、长沙、重庆等地从事革命文艺工作，1939年奔赴延安，并走上创作道路。女作家白朗，原名刘东兰，出生于辽宁沈阳，20世纪30年代参加抗日工作，并加入“左联”。皖南事变后，在党组织的安排下，在重庆八路军办事处随十八集团军家属一起乘汽车，突破国民党军队的武装拦截、检查，突破重重关口，奔赴延安。同行的还有草明等作家。大量的作家迁徙奔赴延安，改变了延安文学贫瘠荒芜的现状，给延安文学注入新的活力。

延安文学中心首先在于延安作家群的耸现。众多作家从四面八方迁徙到延安，构成完整的延安作家群。延安作家群大致包含两部分。丁玲、萧军、马加、方纪、周扬、萧三、孔厥、白朗、何其芳、艾青、周立波、成仿吾、孙谦、欧阳山、黄源、陈学昭、周文、陈登科、赵树理、柳青、严文井、贺敬之、孙犁、吴伯箫、杨朔、李季、刘白羽、马烽、张光年（光未然）、冯牧、吴强、穆青、西戎等

都不远万里、历尽艰辛奔赴延安。他们大多是五四时期和20世纪30年代已成名或崭露头角的作家，迁徙到延安，成为延安文学重要的有生力量。他们的到来，促使了延安文学的发生，使陕北这片文化贫瘠之地生长出文学的幼苗。延安作家群另一部分是在陕北根据地成长起来的后起之秀，如赵树理、李季、贺敬之等。这些在根据地成长起来的作家熟悉陕北民间文学形式和陕北民众的审美需求，也认真深入学习过《在延安文艺座谈会上的讲话》（以下简称《讲话》）精神，有用文学为工农兵服务的愿望，因此他们的创作更能与普通民众结合，真正走向民间，真正代表了延安文学发展的方向。"解放区的作者队伍大多数是当民族解放炮声响起的时候，从祖国的四面八方，奔赴延安，奔赴各个抗日根据地，奔赴八路军、新四军的爱国青年，加上当地土生土长的文艺战士，和一批先后来自国统区的成名作家所组成……在伟大的抗日战争中，他们中的许多人和敌后军民一道，在同敌人疯狂的'扫荡'、'清乡''三光政策'的血和火的斗争中，一手拿枪，一手拿笔。不少同志血染沙场，付出了才华初露的年轻的生命——丘东平、高咏、蒋碧、雷烨、仓夷、陈辉、司马军城、史轮、任霄、丁基、赵石宾、裴世昌、邹笑朗、钱毅、戈里（沈文林）……"①《中国解放区文学书系》总序中准确分析了延安作家群落的构成情况。延安作家一般被安排在延安中央研究院、延安鲁迅艺术学院及报社等文化教育机关任职。周扬、周立波、何其芳等在鲁艺从事文学教学工作，穆青、贺敬之是延安鲁艺学生，丁玲则在

① 殷白执笔：《中国解放区文学书系总序》，康濯主编《中国解放区文学书系·小说编》（一），重庆出版社1991年版，第4页。

西北战地服务团、《解放日报》等机构任职从事文化宣传工作，王实味在中央研究院从事翻译工作。这些作家在延安，按照延安战时供给制给予的物质需求和生活保障，从事文艺工作。

延安文学中心作为一个独立的生态系统，不仅文学作品数量丰富，而且有自己独特的特点和美学风范，它是一种崭新的文学现象。《讲话》前，延安是一种比较宽松的文学氛围，奔赴延安的不同流派的作家可以进行自由创作，这一时期的延安文学更多承续国统区启蒙文学精神，带有批判性的眼光。丁玲的《我在霞村的时候》《在医院中》跳动着“五四”的音符，王实味的《政治家·艺术家》和《野百合花》带有明显的启蒙色彩。萧军等在延安的创作毅然承续着鲁迅风的杂文传统。《讲话》后，延安作家下到农村基层，从群众中学习，在民间吸收各种文学资源和收集各种创作素材，真诚地实践《讲话》精神。文学与民间结合，在形式上多采用陕北民众喜闻乐见的传统文学形式，语言上吸收陕北民众的大众语言，使文学真正地为工农兵服务。延安作家张庚曾经自豪地说：“我们的秧歌都是用陕北话写的，也用陕北话演，我们在语言上的确比从前那种清汤寡水的普通话活泼生动得多了。”[①]《讲话》后，延安文学面貌发生了很大变化，延安作家利用民间资源，不仅改编创作秦腔、秧歌剧、平剧等民间文艺，还在文学创作中融入传统文学和民间文学的因素，使新文学被陕北民众喜闻乐见。[②] 如赵树理模拟旧章回小说形式创作

① 张庚：《鲁艺工作团对于秧歌的一些经验》，《解放日报》1944 年 5 月 15 日。

② 关于延安文学的总体概况参见陈国恩主编的《中国现当代文学史》（上册）一书中祝学剑撰写的部分“第十八章　根据地文学”，参见陈国恩主编《中国现当代文学史》（上册），武汉大学出版社 2011 年版，第 235—236 页。

了《小二黑结婚》，在小说《李有才板话》中加入民间说唱文学元素，成为解放区文学前进的方向。马烽、西戎采用传统文学形式创作了《吕梁英雄传》新章回小说，袁静、孔厥创作的《新儿女英雄传》也是如此。《讲话》后，延安文学与民众结合得非常好，很好地解决了自“五四”以来新文学一直束之高阁、脱离民众的问题，为陕北底层民众所喜爱。

延安文学创作丰富。在内容上，延安文学对根据地军民生产斗争、日常生活进行了全方位扫描，歌颂了根据地军民英勇顽强、机智勇敢的斗争精神。丁玲的《一颗未出膛的枪弹》，孙犁的《荷花淀》，雷加的《一支三八式》，邵子南的《地雷阵》，马烽、西戎的《吕梁英雄传》，孔厥、袁静的《新儿女英雄传》等表现了根据地军民的爱国精神和斗争精神，既具有民间特色，又富有时代气息。写抗日斗争的作品成为延安文学的主流，还有表现土地改革、减息减租等方面的，如《太阳照在桑干河上》和《暴风骤雨》等。还有表现破除封建迷信、封建婚姻方面的，如《小二黑结婚》等。还有表现根据地工业生产等及其他方面的，或着眼于知识分子在根据地的思想变化，或表现根据地的工业生产和农业生产，或讴歌党所领导的工人阶级的先进性。如思基的《我的师傅》、韦君宜的《三个朋友》、丁玲的《在医院中》、草明的《原动力》、欧阳山的《高干大》、柳青的《种谷记》等小说。①

此外，延安的诗歌散文成就也不小，也很有自己的特色。在诗

---

① 关于延安文学的小说创作概况参见陈国恩主编的《中国现当代文学史》（上册）一书中祝学剑撰写的部分“第十八章　根据地文学”，参见陈国恩主编《中国现当代文学史》（上册），武汉大学出版社 2011 年版，第 236 页。

歌方面，《王贵与李香香》（李季）、《漳河水》（阮章竞）、《王九诉苦》《死不着》（张志民）、《戎冠秀》《赶车传》（田间）、《赵巧儿》（李冰）、《唱给延河》（严辰）等表现延安军民斗争的诗歌很有代表性。散文方面，沙汀的《贺龙印象记》、丁玲的《彭德怀速写》、周立波的《晋察冀边区印象记》、何其芳的《记贺龙将军》等纪实文学都是解放区影响比较大的散文。此外，值得一提的是，延安在对歌剧、平剧、秧歌剧等民间文艺进行改造的基础上，创作了一批家喻户晓、影响深远的作品。贺敬之、丁毅等人集体创作的歌剧《白毛女》成为解放区乃至新中国的不朽经典剧作。平剧也有不少经典作品，如杨绍萱等执笔的《逼上梁山》、任桂林等执笔的《三打祝家庄》、马少波的《闯王进京》等都是当时影响很大的作品。秧歌剧更是深入人心，王大化等创作的《兄妹开荒》，周尔复、苏一平的《牛永贵挂彩》，水华、王大化等创作的《周子山》，苏一平的《红布条》，马可的《夫妻识字》等受到陕北群众的欢迎。这些都反映出延安文学的实绩。① 总之，延安文学表现了根据地的新人，也表现出新的生活风貌，在中国现代文学史上迥异于一般，是一种崭新的文学形态。

延安文学教育和文学期刊也是延安文学的重要组成部分。与根据地整个特殊的斗争形势相适应，延安文学教育有着自己的特点，主要表现在文学教育与延安的生产斗争、与民众生产生活结合得非常的好。以鲁迅艺术文学院为例。鲁迅艺术文学院是延安培养文艺

---

① 关于延安文学的小说创作概况参见陈国恩主编的《中国现当代文学史》（上册）一书中祝学剑撰写的部分“第十八章　根据地文学”，参见陈国恩主编《中国现当代文学史》（上册），武汉大学出版社 2011 年版，第 237 页。

人才最重要的高等学府。为了培养文艺人才，毛泽东、周恩来、林伯渠、徐特立、成仿吾、艾思奇、周扬等联名发起成立鲁迅艺术学院。1938年4月10日，延安鲁迅艺术学院正式成立。在《鲁迅艺术学院创立缘起》中指出："艺术——戏剧、音乐、美术、文学是宣传、鼓动与组织群众最有力的武器。艺术工作者——这是对于目前抗战不可缺少的力量。因此，培养抗战的艺术工作干部在目前也是不容稍缓的工作。……因此，我们决定创立这艺术学院，并且以已故的中国最大的文豪鲁迅先生为名，这不仅是为了纪念我们这位伟大的导师，并且表示我们要向着他所开辟的道路大踏步前进。"① 延安鲁艺校址选定在离延安城东北的桥儿沟，整齐的窑洞、简陋的平房、凹凸不平的旧文庙废墟构成了鲁艺的校舍。鲁艺设有文学系、音乐系、戏剧系、美术系。1940年5月，鲁迅艺术学院改名为"鲁迅艺术文学院"。周扬、何其芳、周立波、沙汀、严文井、孔厥、黄钢等文学名家都曾经在鲁艺任教。冯牧、穆青、康濯、贾芝等都曾在鲁艺学习。文学大师茅盾曾经在鲁艺短暂工作过，并在《记鲁迅艺术文学院》这样描述鲁艺："'鲁艺'的校舍是延安唯一的道地的西式建筑。大约是一九二五年罢，西班牙的神甫在桥儿沟经营了巍峨的建筑。全体是石头和砖的，峨特式的门窗，可容纳五六百人的大礼拜堂（现在是大礼堂），它那高耸入云的一对尖塔，远远就可以望到，那塔尖的十字架也依然无恙，'鲁艺'美术系的一个学生——富有天才的青年木刻家古元，曾经取这从前的'大礼拜堂'及其塔

---

① 《鲁迅艺术学院创立缘起》，《新中华报》"鲁迅艺术学院周年纪念特辑"1939年5月10日。转引自王培元《延安鲁艺风云录》，广西师范大学出版社2004年版，第6页。

尖作为题材，作了一幅美妙的木刻，题名曰《圣经时代已经过去了》；正如这幅木刻所示，现在这所巍峨的建筑四周的大树荫下，你可以时时看见有些男女把一只简陋的木凳子侧卧过来，靠着树干，作成一种所谓‘延安作风’的躺椅，手一卷书，逍遥自得的在那里阅读。”① 又描写道：“北方的夏季晚上总是凉快的。月圆之夜，天空无半点云彩，仰视天空，万里深蓝，明星点点。这时候，‘鲁艺’大礼堂后边第一个院子里，正展开一幅诗意的画面，两列峨特式的石头建筑，峨然隔院而对峙，这是学生的宿舍。作为近厢的另一列房子，则是会客室和办公室，三面游廊，很整齐的石级。月明之下，树影婆娑，三人五人一小堆一小堆的青年，席地而坐，有靠着一株树的，也有在游廊的石级上的，有人在低语谈心，有人在月光下看书，但也有人琮琮地弹着曼陀林，有人在低声的和唱，如微风穿幽篁，悠然而又洒脱，但渐渐和唱者多了，从宿舍里也传出了歌曲的旋律，于是突然，男中音，女高音，一齐迸发，曼陀林以外又加进了小提琴和箫管，错落回旋，而终于大家不谋而合地唱起‘风在吼，马在啸，黄河在咆哮’来。”② 鲁艺从招生到教学都有一套严格的制度。鲁艺在成立之初，学院派风格比较明显，在教学上也存在正规化、专门化的倾向，学生在鲁艺要系统地学习中西方现代文学相关课程。鲁艺文学系开设有“旧形式研究”“世界文学”“名著研究”“创作”“俄文”等课程，戏剧系开设有“戏剧概论”“排戏”“剧作法”“表演术”“读词”“化妆术”等课程。此外，还开设有必修

---

① 茅盾：《记“鲁迅艺术文学院”》，《茅盾全集》（第 12 卷），人民文学出版社 1986 年版，第 125 页。

② 同上书，第 130—131 页。

课“文艺理论”，包括“中国文艺运动”（周扬讲授）、“艺术论”（周扬讲授）、“苏联文艺”（沙可夫讲授）等。1940年7月，鲁艺对原来的教学方针和计划进行了改革，首先在学制上将教学时间由原来的几个月延长到三年，第一年注重基础知识的学习，第二、三年则注重专业知识的学习，是完全正规化的文学教育，明确提出“培养适合于建国需要的文学艺术之理论、创作、组织各方面的人才；这些人才必须具备社会历史知识与艺术理论之相当修养，基础巩固的某种技术专长”①。鲁艺的文学教育是一种正规化、专门化的文学教育，在革命年代培养了大量的文艺人才。② 鲁艺的文学教育在20世纪40年代乃至今天都很有特色，闻名遐迩。

文学期刊是延安文学中心的另一重要组成部分，以延安为中心的各根据地创立了《文艺战线》《战地》《文艺突击》《谷雨》《草叶》《文艺月报》等各种文艺刊物，这些文学期刊承载传播延安文学，对延安文学的繁荣起到不可或缺的作用。延安还成立了许多文艺团体，著名的有，西北战地服务团、抗敌剧社、太行山剧团、冀中火线社等。这些文艺刊物和社团是延安文学载体和源泉，促使延安文学蓬勃发展。

从上面分析，可以看出延安文学中心是一个完整的有机体，作家群落、文学作品、文学教育、文学刊物和文学社团共同构成了延安文学中心。延安文学中心不仅以《讲话》作为统一的指导思想，而且在文学创作、文学教育、文学刊物、文学社团等方面都有自己

---

① 王培元：《延安鲁艺风云录》，广西师范大学出版社2004年版，第79页。

② 同上书，第76—97页。

的特点，它是一种新生的新型文学形态，日后演变成为具有主导性的、统一性的新中国文学。

三　作家迁徙与重庆文学中心的形成

为了适应长期抗战的局面，统筹抗战全局，1937 年 11 月 20 日，国民政府决定迁都重庆。作为抗战时期中国经济比较落后的西南内陆城市，重庆一跃成为战时首都。随即，全国高校、文化机构等纷纷迁到重庆。以大学为例，抗战期间迁移到重庆的高等学校多达二十余所，复旦大学、国立中央大学、中央政治学院、国立戏剧专科学校等纷纷迁移到重庆。一些著名出版机构如商务印书馆、中华书局、世界书局、生活书店、读书生活出版社、独立出版社、作家书屋等也迁移到重庆。许多大型的文学刊物也纷纷迁到重庆复刊。重庆成为抗战时期中国的文化、经济、政治中心。与此同时，大批文化人，如郭沫若、茅盾、胡风等迁徙到重庆，重庆一时间成为文化精英荟萃的文化之城，为重庆文学的勃兴提供了基础。

不同派别、不同立场的作家迁徙到重庆，在重庆这个特定的时空从事文学活动，聚集成重庆文学群落，形成重庆文学中心。重庆文学中心并无统一的文学倾向与文学活动。虽然当时领导全国文艺运动的文协迁徙重庆，强化了不同派别倾向作家之间的联系，但文协本身是一个松散的组织，并未在重庆形成一致的文学组织。

抗战爆发后，随着重庆成为陪都和战时的中心，大批作家云集重庆从事抗战文化与文学活动。迁徙到重庆的作家包括郭沫若、茅盾、碧野、老舍、曹禺、巴金、田汉、梁实秋、洪深、夏衍、陈晓

南、阳翰笙、宋之的、方殷、王平陵、潘公展、范争波、吴祖光、葛一虹、光未然、臧克家、杨骚、陈白尘、沙汀、白朗、罗烽、陈白尘、以群、罗荪、姚雪垠、袁水拍、胡风、艾芜、吴组缃、张天翼、张恨水、靳以、杨朔、高长虹等。[①] 抗战期间奔赴重庆从事抗战文学工作的作家人数众多，被誉为“战时最大的作家集团”[②]。这里可以略举例子一二，具体说明作家迁徙与重庆文学中心形成的关系。抗战爆发后，老舍在济南平静的写作生活被打破，经过一番思想斗争，最后决定独自离开，逃亡到武汉，后又迁徙到重庆，在重庆领导文协的日常工作，编辑《抗战文艺》，从事抗战文艺工作。萧红又何尝不是如此。抗战爆发后，作家萧红在临汾与萧军分开后，独自重回武汉。后日军进攻武汉，萧红独自一人坐船迁徙到重庆，继续从事抗战文艺工作。抗战前夕，胡风也从武汉乘船迁徙重庆。无须再举例子，作家迁徙到重庆，从事抗战文艺工作，创作文学作品，使文学的幼苗在重庆生根，发芽，茁壮成长。所以，重庆作为战时陪都，得天独厚的环境，使许多作家迁徙奔赴，聚集衍生成重庆文学中心。作为20世纪40年代文学中心之一，重庆作家的构成比较庞杂，既有民主主义倾向的老舍、曹禺、巴金等人，又有自由主义倾向的梁实秋、高长虹等人，还有国民党宣传部门的王平陵、潘公展、范争波等御用文人，更多的是左翼作家郭沫若、田汉、阳翰笙、宋之的等。这些不同倾向的作家汇聚重庆，大多以“文协”为旗帜从事抗战文学活动。“文协”提出“文章下乡，文章入伍”的口号，

---

① 抗战时期重庆作家构成情况参见靳明全主编《重庆抗战文学论稿》，重庆出版社2003年版，第42页。

② 司马长风：《中国新文学史》（下卷），昭明出版社1978年版，第6页。

也组织“作家战地访问团”，号召作家到前线、乡村去，使文学服务于抗战实际。总体而言，重庆文学中心是不同文艺流派的作家在重庆的临时简单聚合，并未形成统一的文学运动与文学思潮。

重庆文学中心聚集了众多影响颇大的文学期刊，形成抗战时期文学期刊百花齐放的局面，并成为重庆文学中心的重要组成部分。1938 年武汉失守后，抗战文化人士纷纷涌入重庆，在重庆创刊或复刊的刊物比较多，共同支撑起重庆文学中心的繁盛。《抗战文艺》《文艺日报》《七月》《文艺阵地》《文学月报》《中原》《文哨》《天下文章》《诗歌丛刊》《时与潮文艺》《戏剧岗位》《戏剧时代》《青年文艺》《中国诗艺》，以及《文艺刊物》等众多文学杂志先后在重庆问世或复刊。[①] 其中，老舍主编的《抗战文艺》是抗战时期中华全国文艺界抗敌协会的会刊，是贯通整个抗战时期唯一的文艺刊物，对于开展抗日文艺活动、繁荣国统区文学创作、培养文艺人才等，都发挥了重要作用，在战时文艺界影响颇大。1938 年 8 月 ，中华全国文艺界抗敌协会迁到重庆，《抗战文艺》也从汉口迁移到重庆。胡风主编的《七月》亦迁徙到重庆复刊，引领 20 世纪 40 年代文学思潮与文学论争。

在创作上，重庆文学中心文学呈现自由绽放态势，并无统一的文艺思想和指导原则的约束。《华威先生》《四世同堂》《春寒》《霜叶红似二月花》《腐蚀》《寒夜》《火葬》《淘金记》《财主的儿女们》《前夕》《故乡》《山洪》《雾都》《新都花絮》等一批在 20 世

---

① 抗战时期重庆文艺期刊构成情况参见郭枫、赵婷《抗战时期重庆作家的生存状态》，《重庆社会科学》2010 年第 10 期，第 109 页。

纪40年代有影响力的小说孕育而生，在重庆创作完成。戏剧的影响也颇大，老舍的《残雾》、茅盾的《清明前后》、曹禺的《蜕变》、熊佛西的《害群之马》《搜查》《人与傀儡》、宋之的的《雾重庆》、沈浮的《重庆二十四小时》、袁俊的《山城故事》、徐昌霖的《重庆屋檐下》等比较有代表性。这些戏剧大多在重庆创作完成，以雾都重庆为背景，描述重庆的人和事，显示出重庆文学中心的特点。诗歌方面也涌现出一批振奋昂扬的作品，艾青的《向太阳》与《火把》、臧克家的《感情的野马》与《古树的花朵》、王亚军的《二岗兵》与《塑像》、老舍的《剑北篇》、胡风的诗集《为祖国而歌》、徐迟的诗集《最强音》、郭沫若的《战声集》与《蜩螗集》，都是重庆抗战时期诗歌的重要收获。小说、戏剧、诗歌这些作品代表了重庆文学中心的文学成就。

重庆作为抗战时期的政治、经济、文化中心，吸引了大批作家，20世纪40年代作家不断迁徙到重庆，衍生成重庆文学中心，并以其实际的创作实绩和文学活动，为抗战时期浓墨重彩地写上一笔。重庆文学中心在20世纪40年代有着不可替代的重要位置。

四　作家迁徙与桂林文学中心的形成

桂林，抗战时期又一文化名城，它出名就出名在因其独特的地理位置，在抗战时期会聚了大批从四面八方来的文化人。因此，桂林文化事业一下子活跃起来，原本文化荒漠的桂林一跃成为大后方的文学中心。桂林的文学活动从1938年10月武汉沦陷大批文化人涌进桂林开始，到1944年9月日军进攻桂林湘桂大撤退结束，前后达六年时间。这一时期，桂林的文学创作和文艺运动十分活跃，人文荟萃，少长咸集。战时作家聚集桂林，积极开展抗日文艺运动，创作了许多20世纪40年代颇有影响的小说。此外，桂林出版业也空前繁荣，散文家丽尼回忆道："桂林的街头，最容易触目的，是贩卖精神食粮的书报店的增加率，和贩卖粮食的饭菜馆等量齐观。"①出版业的繁荣进一步促进桂林文化事业、文学事业的兴盛。这么多作家迁徙到桂林，这么多的出版机构耸现在桂林，打破了桂林文学蛮荒沉寂的状态，使桂林形成了一个相对完善的文学中心。相较于重庆文学中心，桂林文学中心作家更驳杂，既游弋着中国现代文学史上不同文学派别、不同文学思想、不同文学立场的作家，还夹杂着英国、美国、日本、朝鲜的一些进步作家，如美国的史沫特莱、爱泼斯坦和爱金生、日本的鹿地亘、朝鲜的李斗山等。与重庆文学中心类似，桂林文学中心呈现出更加驳杂无序的特征。因学术界在桂林抗战文学方面的研究已经比较充分，因此本书在论述桂林文学中心时，重点对作家构成、文学创作及文学出版等颇有特色的地方做一个整体扫描，以勾勒出桂林文学中心的轮廓。

抗战爆发后，武汉、广州、上海等沦陷区的作家纷纷迁徙会聚到桂林。当时活动在桂林的文化人士超过上千名，桂林成为抗战时期名副其实的文化名城、文学中心。这些文化人士及作家们组成一支浩浩荡荡的文化大军，投身抗战救亡文化运动当中。1938年，战火逼近武汉，女作家白薇从武汉撤退，经长沙、衡阳、重庆，辗转

① 丽尼：《战期中桂林文化的动态》，（桂林）《克敌周刊》1939年第23、24期。转引自蔡定国、杨益群、李建平《桂林抗战文学史》，广西教育出版社1994年版，第3页。

到桂林，担任《新华日报》特约记者。作家巴金也经过颠沛流离的长途跋涉才到达桂林。1938年10月，日军进攻广州。身在广州的巴金与肖珊、兄弟李采臣及文化生活出版社同人乘船紧急离开广州，经梧州、桂平、柳州等地，颠沛流离，于11月抵达桂林。杂文家聂绀弩于1940年4月从金华迁徙到桂林，编辑《力报》副刊《新垦地》。迁徙到桂林从事抗战文艺运动的作家包括郭沫若、茅盾、巴金、柳亚子、夏衍、王鲁彦、艾青、艾芜、胡风、邵荃麟、周立波、黄药眠、丰子恺、王西彦、方敬、以群、叶圣陶、田汉、白薇、冯乃超、冯雪峰、司马文森、邢桐华、安娥、李辉英、杨朔、丽尼、吴奚如、何家槐、易巩、谷斯范、林林、林焕平、欧阳予倩、周钢鸣、孟超、胡愈之、邹荻帆、袁水拍、骆宾基、秦牧、聂绀弩、徐迟、彭燕郊、舒群、廖沫沙、端木蕻良、熊佛西、柳嘉、罗淑等。此外还有上文提到的史沫特莱、爱泼斯坦、爱金生、鹿地亘、李斗山等外籍作家。这些作家在桂林以笔为武器，不屈不挠地战斗着。著名诗人艾青1938年11月到桂林，参加文协桂林分会筹备等工作，在桂林写下了真挚厚爱、饱含热泪的诗句："为什么我的眼里常含泪水？因为我对这土地爱得深沉……"作家艾芜1939年1月到桂林，从事文艺创作与编辑工作，在敌机轰炸中仍奋力创作《山野》《故乡》等小说。夏衍在桂林编辑《救亡日报》，创作话剧《心防》，写作大量政论文章和杂文，给人直接的鼓舞。① 桂林作家以切实的行动，书写了中国现代文学史上可歌可泣的篇章。

---

① 关于抗战时期桂林作家的构成及创作情况参见蔡定国、杨益群、李建平《桂林抗战文学史》，广西教育出版社1994年版，第2页。

桂林文学中心作家创作了20世纪40年代一批颇有影响的小说，主要集中在抗战、暴露、历史等方面。艾芜的《山野》《故乡》、张天翼的《华威先生》、何家槐的《雨夜》、蒋牧良的《夜袭》、茅盾的《霜叶红似二月花》、谷斯范的《新水浒》、王西彦的《一双鞋子》、司马文森的《南线》、易巩的《彬寮村》、骆宾基的《姜步畏家史·幼年》、舒群的《渔家》等作品都是在桂林完成，是20世纪40年代文学的重要收获。还需要特别指出的是，抗战时期桂林儿童文学创作很有特色，奠定了中国儿童文学的基石。迁徙桂林的许多作家纷纷转型创作儿童文学。张天翼的长篇童话《金鸭帝国》、黄庆云的《小同伴》《灯节》《阳光的故事》，以及著名儿童文学作家贺宜的《仙人的故事》《飞金币》《鸽子》等都创作于桂林，这一时期是中国儿童文学创作的高峰期，桂林儿童文学是中国现代文学的重要组成部分。此外，抗战时期桂林的戏剧活动也很活跃，夏衍、洪深、欧阳予倩、熊佛西、丁西林等一批著名戏剧家迁徙到桂林，他们走向街头，深入群众，从事抗战戏剧活动，创作了一批在中国现代文学史上影响深远的戏剧作品。《忠王李秀成》《江汉渔歌》《秋声赋》《心防》《法西斯细菌》《袁世凯》《三块钱国币》等一批优秀剧作皆诞生在20世纪40年代的桂林。欧阳予倩还在桂林进行戏剧改革，在整理桂林传统旧剧的基础上，创作了现代桂剧《广西娘子军》和《搜庙反正》等剧作。

桂林文学中心出版业相当发达，文艺刊物十分繁荣，真正体现了抗战“桂林文化城”的特点，突出体现了20世纪40年代文学中心的成就。抗战前，桂林的报刊、书店、出版社仅有几家，抗战爆发后，随着全国各地的作家等文化人士迁徙到桂林，桂林的报刊、

书店、出版社迅速多起来。抗战时期，桂林出版社规模最大、最有影响，堪称出版之城。据统计，这一时期桂林共有书店、出版社一百七十九家，印刷厂多达一百零九家，“共出版发行各类杂志二百多种，其中文艺期刊将近一半，纯文学期刊三十六种，综合性文艺期刊五十二种。报纸也从原来只有一家的《广西日报》，猛增到二十一家”①。生活书店、新知书店、正中书局、前导书店、地界书局、读书生活出版社、开明书店、建设书店、青年书店、武学书店、科学书店、大千书店、白虹书店、拔提书店、黎明书店、华华书店、时代书店、北新书局、中华书局、上海杂志公司、前导书局、青年书店、国防书店、中国文化服务社、南方出版社、大华杂志公司、新生图书公司、文化供应社、三户图书社、西南印刷厂、文献出版社、石火出版社、东方图书公司、今日文艺出版社等都是20世纪40年代桂林有名的书店和出版社。当时在桂林出版的比较有影响的文学刊物包括《野草》《文艺杂志》《文化杂志》《文艺生活》《文学创作》《戏剧春秋》《国民公论》《中国诗坛》《自由中国》《人世间》《青年文艺》《创作月刊》《中国论坛》《顶点》《当代文艺》等。此外，当时桂林文艺界还编辑有五十多套文艺丛书，比较有影响的包括《文学创作丛书》（邵荃麟主编）、《文学小丛书》和《文学丛刊》（巴金主编）、《七月文丛》和《七月诗丛》（胡风主编）、《文艺生活丛书》（司马文森主编）、《良友文学丛书》（赵家璧主编）等。②

① 蔡定国、杨益群、李建平：《桂林抗战文学史》，广西教育出版社1994年版，第3页。

② 关于抗战时期桂林出版社和文学刊物的相关情况参见蔡定国、杨益群、李建平《桂林抗战文学史》，广西教育出版社1994年版，第3—6页。

这些丛书收录汇总了抗战时期主要文学作品，在全国影响很大。桂林出版社和文艺刊物的繁荣推动了桂林文学中心的繁荣，是桂林文学中心的重要组成部分。

此外，桂林文学中心还包括一批文艺社团，比较活跃的文艺社团有中华全国文艺界抗敌协会桂林分会、新中国剧社、国防艺术社、广西省立艺术馆、战时文艺工作者联谊社、桂林文化界扩大动员抗战宣传工作委员会等。

20 世纪 40 年代不同倾向的作家迁徙会聚到桂林，使桂林文学繁荣起来，作家群、文学创作、出版社、文艺期刊等要素构成比较完整的桂林文学中心。桂林文学中心的形成，再次说明了作家迁徙宏观上对 20 世纪 40 年代文学格局的重要影响。

以上详细论述了作家迁徙与四个新文学中心形成的内在关系。自五四以来，京沪一直是中国现代文学的中心，形成京沪独强而其他城市皆弱的格局，中国现代文学史上著名的京派与海派等文学现象就皆与京沪有关。因为京沪不仅是现代中国的经济中心，更是现代中国的文化中心，京沪对中国现代文学的影响深远。然而，自抗战爆发，中国现代文学这种以京沪为中心的格局被打破。由于作家迁徙，文学中心转向昆明、延安、重庆、桂林四地。作家迁徙会聚形成的昆明、延安、重庆、桂林四个文学中心，共同撑起抗战时期中国文学的繁荣。“这是抗战激流中中国现代思想文化和文学的一次绝无仅有的历史性大转移。它不仅导致了中国现代思想文化和文学

中心的转移，更促使中国思想文化和文学发生了质的变化。”[①] 与此同时，京沪文学中心逐步沦陷。而这，是中国现代文学史上从未有过的现象，作家迁徙对中国现代文学格局产生重要影响。

第二节　作家迁徙与七月派的聚散

20世纪40年代作家迁徙对中国现代文学的影响，宏观上，不仅催促新的文学中心的形成，而且对40年代文学流派也产生了深入影响，影响着文学流派的聚散及瓦解复出。而这，直接影响着40年代的文学格局。七月派是20世纪40年代最有影响的文学流派，作家迁徙影响着七月派的聚散。七月派始终比较松散，在迁徙中形成，又在迁徙中消隐。通过分析40年代作家迁徙对七月派聚散的影响，可深入剖析作家迁徙与40年代文学流派的深层关系。

有学者指出，七月派“是一群战乱年代的流浪者用文学构筑的文化家园”[②]。此论确当，道出了作家迁徙与七月派形成的内在联系。胡风是七月派的主将和旗帜，20世纪40年代胡风在中华大地焦土上四处迁徙，在迁徙流亡中得以与诸多青年作家相聚相识，聚集成七月派。随着40年代末期时局变化，新的形势使七月派作家们更

---

① 张武军：《北京、上海文学中心的陷落与重庆文学中心的形成——略论抗战对中国现代文学格局的影响》，《现代中国文化与文学》2005年第2期，第78页。

② 朱华阳、陈国恩：《还原历史的真相：关于舒芜和七月派的几个问题》，《西南师范大学学报》（社会科学版）2005年第5期，第162页。

多地从事各种实际革命的工作，胡风与七月派作家迁徙散居各地，七月派逐渐消隐瓦解。作家迁徙对七月派的影响可见一斑。

七月派的聚散与中国现代文学史上诸多文学流派的形成与终结迥然不同。中国现代文学史上文学流派的产生大多是已经成名的作家或崭露头角的文坛新秀，在同一城市，在相同的时空，秉承着共同的文学理念与思想，集聚在一起从事文艺活动，有着明确的文学宣言与共同的文学倾向。相同的城市时空是形成中国现代文学流派的充要条件，如文学研究会于1921年1月4日在北京正式成立，沈雁冰、郑振铎、周作人、许地山、王统照、叶绍钧等当时的文学名家在北京聚在一起，以《小说月报》为阵地，从事新文学活动。其他文学流派又如创造社、新月派、语丝派及20世纪30年代的京派的形成等也是如此。因为，作家在同一城市时空，容易联系聚会，更有利于结成文学流派。七月派则与之不同。七月派不具备相同的城市时空条件，受制于40年代特殊的时局及战争影响，七月派作家散落各地，不在同一城市，甚至之前从未谋面也不曾相识，迁徙是联结七月派作家的唯一纽带。正因为此，七月派的一个显著特征是七月派从诞生之初并没有聚会，也没有宣言，七月派作家身处异地，松散地结合在一起。七月派成员绿原也认为七月派“只是一种松散的思想上的结合，决没有什么组织纲领之类。……当时并没有意识到自己是个流派，也没有存心结成一个流派”[①]。因此，迁徙是七月派作家聚合起来的必要条件。20世纪40年代由于战争，胡风在中华

---

① 绿原:《温故而知新》,《香港文艺》1986年第2期。转引自周燕芬《超越 反拨 执守——七月派史论》, 中华书局2003年版, 第6页。

大地上四处迁徙，通过迁徙这一途径与青年作家相识相聚，将青年作家凝聚在一起，聚集在《七月》旗帜下。七月派成员除胡风外，其余皆为当时并不出名，甚至还未踏上文坛，并未从事文学工作的无名青年。在迁徙流亡途中，由于机缘与胡风相识，在胡风的提携与帮助下，从事文学工作，并逐步登上文坛。迁徙将七月派不同地域的作家联结起来，作家迁徙促使七月派的聚集形成。

下面我们详细探讨作家迁徙与七月派形成之间的内在联系，探讨作家迁徙与七月派作家群建构、作家迁徙与流派风格建构、作家迁徙与批评理论建构的机缘与联系。

七月派因大型文学刊物《七月》而得名，创刊于上海，与抗战有关。胡风从日本留学归来，在上海团结在鲁迅的周围从事左翼文艺工作。抗战爆发后，上海的文学活动基本停止了，文学刊物也都停刊了。胡风“因而想到，应该把大家的激动感情转移到实际工作里面，写些东西。《呐喊》篇幅太小，而且，无论在人事关系上或它那种脱离生活实际的宣传作风上，这些人也都是不愿意为它提起笔的。我也打算自费弄个小刊物，接近的人都表示高兴。鲁迅曾帮助北新书局的店员费慎祥办了个联华书店，这时候他也无事可做，愿意负责印刷和发行。于是，确定了《七月》这个小周刊的出版。刊名是复印了鲁迅的笔迹的，唯一的表示纪念的意思”[①]。在这种情况下，《七月》创刊了，在上海共出了三期。围绕着胡风与《七月》，从关外流亡到上海的萧军、萧红、端木蕻良等，以及迁徙到上海的文学青年曹白、彭柏山、胡兰畦、艾青等，构成了早期七月派作家

① 胡风：《胡风回忆录》，人民文学出版社1997年版，第75页。

群。萧军、萧红、端木蕻良等因九一八事变，家乡沦陷，迁徙流亡到上海，并与胡风相识，结为好友。彭柏山因从根据地出来，国民党地方政府要搜捕他，在同学的通报和资助下，流亡到上海，由周扬介绍认识胡风，并为《七月》写稿，团结在胡风周围。艾青从法国留学归国之后，在上海与江丰等从事左翼美术运动，结识胡风，并为《七月》写诗。曹白因刻卢那卡尔斯基头像，被判入狱。出狱后，到上海谋生，通过鲁迅，结识了胡风，并改行从事文学工作，成为《七月》阵营一员。可见，曹白、彭柏山、萧军等青年作家迁徙上海，催促早期《七月》作家群的萌生。这些当时或初出茅庐，或还未踏上文学之路的文学青年迁徙流亡到上海，结识胡风，为《七月》写稿，形成早期《七月》作家群。这是七月派的开端，也是七月派成员松散结合在一起的初始。尽管此期迁徙到上海、团结在胡风周围的作家群并未具备明显的流派特征，写作风格及理念并不统一，但曹白、彭柏山等迁徙上海与胡风相识结盟，构成了七月派作家群阵营最初的轮廓，七月派初现端倪。

由于战争，上海形势越来越危急，文化人纷纷离沪，开始了迁徙流亡他乡之旅，“艾青带夫人回浙江老家，萧军夫妇也准备走，罗烽准备带家属去武汉，汪伦和曼尼也要回武汉”[①]。胡风等也不例外，且由于“商业联系和邮路都受到阻碍，上海刊物很难发到外地去，作者又纷纷离开上海。我决定把《七月》移到武汉去出版”[②]。《七月》也在上海停刊了。从此，胡风开始了抗战时期的辗转飘零的

① 梅志:《胡风传》，北京十月文艺出版社 1998 年版，第 352 页。
② 胡风:《胡风回忆录》，人民文学出版社 1997 年版，第 76 页。

迁徙流亡生涯。胡风从上海迁徙流亡到武汉。此次开始的迁徙流亡历程，给胡风提供了辗转各地、结识不同年轻作者的机会，而这迁徙，在客观上促成了20世纪40年代七月派作家群的聚合与形成。

上文已论，已成名的作家群体、相同的城市时空是中国现代文学流派形成的充要条件。而七月派并不具备已成名的作家群体及相同的城市时空，它是在迁徙中、变化的时空中形成构建起来的。作家迁徙给七月派的聚合形成提供了难得的机遇和条件。作家迁徙促成七月派构建起自己的作家群体。胡风等作家迁徙到武汉，给七月派提供了难得的发展机遇。这一时期，胡风不辞辛苦，使《七月》复刊，并多方结识文学青年。1937年10月16日，经胡风多方游走，《七月》在武汉复刊。《七月》第一期《愿和读者一同成长——〈七月〉代致辞》道出了七月派作家的使命与心声，将怀抱抗战文艺理想的作家凝聚在《七月》旗帜下，指出："在今天，抗日的民族战争已在走向全面展开的局势。如果这个战争不能不深刻地向前发展，如果这个战争底最后胜利不能不从抖去阻害民族活力的死的渣滓，启发蕴藏在民众里面的伟大力量而得到，那么，这个战争就不能是一个简单的军事行动，它对于意识战线所提出的任务也是不小的。中国社会好像一个泥塘。巨风一来，激起了美丽的浪花也掀起了积存的污秽。这情形现在表现得特别明显。不错，在今天，可以说整个中华民族都融合在抗日战争的意志里面。但这是一个趋势，一个发生状态；稳定这个趋势，助长这个发生状态，还得加上艰苦的工作和多方面的努力。意识战线的任务就是从民众的情绪和认识上走向这个目标的。发刊一个小小的文艺杂志，却提到这样伟大的使命，也许不大相称，但我们以为：在神圣的火线后面，文艺作家不应只是空洞地狂叫，也不应作淡漠的细描，他得用坚实的爱憎真切地反映出蠢动着的生活形象。在这反映里提高民众底情绪和认识，趋向民族解放的总的路线。文艺作家这一工作，一方面要被壮烈的抗战行动所推动，所激励，另一方面将被在抗战的热情里面涌动着生长着的万千读者所需要，所监视。”①《〈七月〉代致辞》打出民族救亡的旗帜，可以看作七月派的文学宣言和纲领，也彰显出了七月派的整体创作倾向，即要求作家表现抗日救亡血与火的现实。

举起《七月》大旗，发表豪迈的致辞，将20世纪40年代共赴国难的青年作家凝聚在一起，许多青年作家从四面八方迁徙到武汉，团结在胡风周围，聚集在《七月》旗下，共同实践七月派的文学宣言和理念。孙钿、阿垅、艾青、丘东平、李何林等作家迁徙到武汉，与胡风相识相聚，受到胡风提携指导，为《七月》写稿。胡风及七月派年轻作家迁徙会聚武汉，使七月派有了自己稳定的作家群体，这些青年作家团聚在胡风周围，也在努力实践胡风的办刊思想和文学理念。作家阿垅此期加入七月派行列典型地说明了作家迁徙在七月派形成中的巨大作用。阿垅毕业于国民党中央军校，抗战时期身为见习排长的阿垅参加淞沪会战，并在前线坚持写日记，收集写作素材。虽然，此前阿垅以淞沪战役为题材的报告文学《闸北打了起来》《从攻击到防御》发表在《七月》上，但此前其并未与胡风见过面，更未与胡风建立长期紧密的联系。直到1938年7月，阿垅来到武汉看胡风，胡风第一次见到阿垅，二人成了志同道合的朋友，此后，阿垅紧密地团结在胡风周围，并很快在文坛崭露头角，成为

① 胡风：《胡风评论集》（中），人民文学出版社1984年版，第7—8页。

七月派的中坚。孙钿也是如此。1938 年 8 月，诗人孙钿从大别山前方到武汉，给胡风写信，第二天就收到胡风的回信。孙钿按照信件上的地址找到了胡风，虽然之前与胡风通过信，寄过稿子。胡风赏识孙钿的才华，在《七月》上发表过他的诗作，但孙钿这还是第一次见到胡风。胡风给他的印象是高个子，头发稀落，满脸笑容。胡风勉励孙钿："寄稿来，你的诗，鼓励人们的斗志，抗战需要斗志。"① 孙钿迁徙到武汉与胡风见面后，不断给《七月》写稿，成为七月派重要作家。此外，田间也从上海来到武汉，在《七月》第三期上发表《战争的抒情小诗》、第六期上发表《给战斗者》、第十期上发表《晚会》、第十二期上发表《给 V. M. 》。艾青夫妇也从金华迁徙到武汉，在《七月》上发表《他起来了》《雪落在中国的土地上》《北方》《乞丐》《向太阳》。丘东平也迁徙到武汉与胡风见面，李何林也来到武汉见到胡风。同时，萧军、萧红、聂绀弩、王淑明等也辗转到达武汉。胡风、艾青、丘东平、阿垅、孙钿等七月派作家在战乱中迁徙武汉，新的作者、文学新人加入《七月》队伍，这些才涌现的文学新人，秉承与实践七月派的文学思想，团结在胡风周围，胡风与他们以文章唱和交往。他们在胡风的呵护和提携下，迅速成长起来。正如有研究者指出了青年作家迁徙武汉与胡风相聚对七月派的重要意义，指出"一大批文学新人靠拢《七月》，在《七月》的成长和七月派的形成过程中起到了关键性的作用。吸纳新人善用新人是《七月》为人所称道的一个重要特点，而这些青年作家在政治上、艺术上的声气相投、互相激励，又正是流派得以形成

① 沈栖：《素描"七月派"诗人孙钿》，《档案春秋》2005 年第 6 期，第 45 页。

的一个重要前提。七月派的‘泛流派’特征，正是由于大批青年作家围绕《七月》在特殊年代的聚散离合中造成的”①。40年代最有影响力的文学流派作家群体在迁徙中构建起来。

并且，作家迁徙使七月派初步构建起统一独特的流派风格。因为，迁徙武汉，这些年轻作家有机会与胡风近距离交流。团聚在胡风周围，更容易领悟理解胡风经营流派的意愿和表现抗日救亡血与火的现实的文学思想和理念。况且，20世纪40年代七月派这些涌现出来的新人，很多是到部队当过战士，亲自参加过抗战，经历过残酷的战斗生活和严酷的战争的考验，他们从四面八方迁徙武汉，在胡风的指导和影响下，大致相同的血与火的辗转流亡的人生体验也更容易使他们的创作表现出“大体倾向一致”的特点，即秉承践行着胡风的表现抗日救亡血与火的现实的总体风格。胡风自己也认为，武汉时期《七月》“表现出了一个总的情况，那就是，作者一部分是30年代出现的新人，更多的是第一次或不久前才出现的名字。也就是，刊物主要是依靠读者中的，想通过文学实践做斗争的先进分子，如致辞中所说的，‘愿和读者一起成长’”②。迁徙相聚武汉，在胡风文学思想的指引下，此期《七月》总共出了三集十八期，除了上文提到的重要作品外，还发表了丘东平许多作品，第六期发表的《第七连》、第七期发表的《我们在那里打了败仗》、第九期发表的《我认识了这样的敌人》、第十四期发表小说《一个连长的战斗遭遇》、第十五期发表的《向敌人的腹背进军》等。这些作品内容大

---

① 周燕芬：《超越　反拨　执守——七月派史论》，中华书局2003年版，第16页。

② 胡风：《胡风回忆录》，人民文学出版社1997年版，第99页。

多反映抗战时期战斗的艰苦及抗战的悲壮性，作品富有战地实感，具有强烈的现实主义风格，注重心理描写，充满对生活的苦难和人的心灵的直视力量，凸显出明显的流派风格。这表明七月派在迁徙中迎来重要发展时期，一个对整个40年代有着重要影响的文学流派已经耸现出来。作家迁徙客观上使辗转流亡的作家凝聚在一起商谈文学，共同实践胡风的文学思想和风格理念，对构建一致的流派风格起着重要推动作用。

胡风不断四处迁徙，这为他结识越来越多的亡命流徙的青年作家，进一步构建起完整的七月派作家群体和流派风格提供了的机缘。由于"武汉形势紧张，和书店的合约已满，停刊了"①，胡风遂经宜昌流亡到重庆。在重庆，胡风经过多方奔走，《七月》终于复刊了。迁徙到重庆，胡风一方面与聂绀弩、田间、艾青、阿垅、丘东平、曹白、彭柏山、庄涌、孙钿等七月派作家保持紧密联系；另一方面还特别注意发现新人，这些新人都是胡风迁徙到重庆认识的，日后成为胡风密友与七月派重要成员。迁徙重庆，胡风不仅通过文章书信与七月派熟识作家结缘，保持紧密联系，还注意身体力行，上门拜访，认识了不少新作家，使他们团结在《七月》的周围，这些作家后来都成为七月派的中坚。贾植芳于1939年年底迁徙来到重庆，胡风找到他的住处，见到个子不高的青年小说家贾植芳。贾植芳在重庆扫荡报社住了三四个月，经常约胡风见面，在小酒馆里喝酒聊天，谈论文艺。小说家何剑薰在重庆去看过胡风。迁徙到重庆，胡风结识文学青年路翎，是七月派建构过程中的一件大事。路翎抗战

① 胡风：《胡风回忆录》，人民文学出版社1997年版，第99页。

爆发后迁徙流亡到重庆。胡风第一次见到路翎时，路翎不满二十岁，腼腆地站在胡风面前。经过深入交谈，胡风发现路翎有难得的文学天赋，“如果多读一些好书，接受好的教育，是能够成为一个大作家的”①。迁徙重庆，通过与路翎相聚相识，胡风与他的友谊越来越深厚，路翎时常去看望胡风，谈论他的作品，有一次还带了刚创作的小说《何绍德被捕了》去请教胡风，胡风指出稿子的缺陷，他都能很快地理解。胡风还将阿垅的地址告诉路翎，要他有时间去见见阿垅。路翎终不负众望，专心写作，并成为七月派最有成就、最有代表性的作家，也是 20 世纪 40 年代文坛最有代表性的作家。此期，《七月》发表了诸多新人作品，如彭燕郊的诗歌、鲁藜的组诗《延河散歌》、小说家何剑薰的《肉搏》等。这些作家作品都在践行胡风的文学思想和七月派的文学风格。迁徙到重庆，胡风通过文章书信、上门拜访等方式，结识了路翎等许多年轻作家，与路翎等七月派作家建立起感情纽带，七月派流派轮廓完整耸现出来。

作家迁徙不仅客观上促使胡风与青年作家相聚相识，促使七月派作家群耸现，促使形成统一的流派风格，而且还使胡风结缘舒芜，共同构建起非常特别的七月派文艺批评理论。随后，胡风辗转香港、桂林等地，后又重返重庆。不断迁徙，途中胡风发现更多文学新人，这些青年作者因文学与胡风结缘，七月派的影响力不断增大，以表现抗日救亡血与火的现实的流派风格独树一帜。胡风离开重庆奔赴香港，在汽车路过贵州的时候，在小镇松坎吃饭，青年诗人曹辛之在这里偶然找到胡风，大家见面都很高兴。到达香港，在香港从事

---

① 胡风：《胡风回忆录》，人民文学出版社 1997 年版，第 192 页。

革命工作的孙钿找到胡风，并悉心照料胡风一家在香港的生活，带着胡风去租房子，充当胡风与廖承志等领导人之间的联系人，陪胡风一起街头散步，香港沦陷时帮助胡风及其他文化人隐蔽，组织大家脱险，相互间有着真诚的感情。从香港脱险后，胡风迁徙到桂林，与彭燕郊等诗人来往密切，彭燕郊介绍了朱谷怀、米军给胡风认识。在朱谷怀、米军的协助下，胡风成立南天出版社。此后，复返重庆，胡风头一次见到青年诗人绿原，并通过何剑薰介绍绿原到川北的岳池县去教书。还结识了理论家舒芜、青年诗人鲁煤、邹荻帆。在 20 世纪 40 年代胡风及作家迁徙过程中，有统计显示，前后与七月派、与胡风发生联系的作家多达 180 多人，稳定的作者也有 20 多人。这些作家来自国统区、沦陷区、解放区，大多是在迁徙中与胡风结缘，自觉视胡风为精神导师，共同建立起感情的纽带。

迁徙途中胡风与舒芜结识并共同构建起七月派文学批评理论，是七月派构建过程中的一件大事。胡风复返重庆后，1944 年 8 月，《希望》创刊。《希望》秉承了《七月》的办刊思想，成为七月派后期的重要阵地。《希望》的创刊“标志了‘七月’内部机制的成熟，也标志了‘七月’进入了一个新的发展阶段”①。与《七月》不同，《希望》把理论提到了首要位置，形成理论、诗歌、小说的三分格局。理论的强化，标志着七月派的流派自觉意识。胡风重返重庆结识理论家舒芜，对构建七月派文艺批评理论有着特别意义。重返重庆后，不仅阿垅、何剑薰、庄涌等七月派老友常来访，而且路翎带着《财主的儿女们》及舒芜的文章拜访胡风。胡风被舒芜的文章吸

① 杨洪承：《文学社群文化生态论》，安徽文艺出版社 1998 年版，第 237 页。

引，看到凌晨三点。不久，由路翎介绍，认识了舒芜。此后，舒芜又拿《论体系》《论因果》《文法哲学引论》等论文让胡风看，后常常来信与胡风讨论问题。胡风通过这些文章和书信，敏锐发现舒芜的理论功底和文学才华。没多久，胡风就在《希望》创刊号上强力推出舒芜，以后各期舒芜文章的比重依然比较大。“舒芜事实上成为《希望》的主笔。尤为重要的是舒芜文章在内容上对胡风理论的有力支持和发表后产生的巨大影响，使舒芜迅速成为七月派中仅次于胡风的理论批评家。”[①] 舒芜的“主观论”文学批评与胡风的“主观战斗精神”成为七月派文学批评理论的两大支柱。舒芜的文学批评与胡风的文学理论互相辉映，使七月派在20世纪40年代文坛产生巨大反响。从这个意义上说，作家迁徙促使七月派构建起非同寻常的文学批评理论。

作家迁徙是一根特别的纽带，通过这根纽带使七月派作家群体凝聚起来，构建完全的文学流派，一个在20世纪40年代乃至中国现代文学史上别具一格的文学流派完整地呈现在人们面前，独步40年代文坛。这充分说明七月派的形成与40年代作家迁徙密不可分，没有作家迁徙就没有胡风与青年作家的相聚相识，也就没有七月派作家群，也就没有七月派一致的表现血与火的现实的文学风格，也就没有七月派特别的文学批评理论。

最后，简要分析作家迁徙与七月派的消隐瓦解。七月派形成于作家迁徙流亡途中，其消隐瓦解亦与作家迁徙有关联。1945年抗战

---

① 朱华阳、陈国恩：《还原历史的真相：关于舒芜和七月派的几个问题》，《西南师范大学学报》（社会科学版）2005年第5期，第161页。

胜利后，胡风复还迁徙上海，继续编辑《希望》，从事进步文艺活动。“由于国民党对文化投资公司一再明里暗里捣乱，使得《希望》的印刷和发行都很困难……这样，《希望》在上海新出了四期后，只得停刊了。”① 一则《希望》停刊，二则抗战结束。时局变化，使七月派作家又一次大迁徙，七月派作家或迁回故里，或迁徙根据地，分布在不同地方，并稳定居住下来，从事各种实际革命工作。胡风返回上海后，《希望》停刊，后又是香港秘密发动批判胡风。受时局变化影响，胡风此期社会性事务居多，亦无心顾及文学。他进入东北解放区，后到达北京迎接文代会的召开。贾植芳夫妇在上海被国民党特务抓走，被捕入狱，后经保释出狱，在上海谋生。阿垅被国民党通缉从重庆出逃，浪迹杭州等地。路翎从重庆迁徙返回南京老家，靠写作为生。冀汸迁徙南京并在南京邮汇局员工子弟小学教书，化铁迁徙南京在南京气象台工作。名噪一时的理论家舒芜迁徙返回安徽桐城老家。鲁藜、芦甸等迁徙居留在华北，在解放区从事革命工作。方然在重庆被捕，后又经家人保释迁徙返回安庆老家。朱谷怀在北大念书。绿原1947年迁徙回到武汉，在一个外商的油行里当小职员。牛汉迁徙到华北解放区工作。可见，20世纪40年代末期时局变化迫使七月派作家都投入实际革命工作中去，迁徙散落各地，并稳定地从事各种实际工作，无须迁徙奔波。因此，七月派作家之间见面交流等文学活动日趋减少，七月派自然分崩瓦解。20世纪40年代末期，七月派作家再次迁徙各地，直接促使中国现代文学史上名震一时的七月派分崩瓦解，再也布不成阵，消隐文坛了。

---

① 梅志：《胡风传》，北京十月文艺出版社1998年版，第526页。

以上，详细论述了20世纪40年代七月派迁徙与流派形成及消隐的内在联系。抗战爆发，胡风等作家迁徙途中相遇相聚在一起，切磋创作，谈论文艺，凝聚在《七月》旗下，构建起七月派。又因20世纪40年代末期时局的变化，七月派作家分散在全国各地，逐渐消隐。聚也迁徙，散也迁徙。所以，七月派的形成及消隐，与20世纪40年代作家迁徙，尤其是胡风复杂的迁徙历程密切相关。20世纪40年代作家迁徙对七月派形成及建构的影响不可忽视，作家迁徙与20世纪40年代文学流派之间有着深层的关系。

第三节　作家迁徙与京派的瓦解与复出

20世纪40年代作家迁徙，在宏观上，不仅促成了七月派的聚散，同样对京派瓦解与复出有着重要影响。20世纪30年代名震一时的京派，因抗战爆发，作家四处流亡，迁离京城而瓦解。又因抗战胜利，历经战乱、亡命天涯的作家再次迁徙北京，会聚京城，京派复出。作家迁徙对京派的瓦解及复出有着直接的影响。

中国现代文学史上的京派，大致指20世纪30年代活跃在北方文坛的一批作家聚集形成的文学流派，“是指新文学中心南移上海以后，三十年代继续活动于北平的作家群所形成的一个特定的文学流派”①。京派大致形成于20世纪20年代末30年代初，脱胎于语丝

① 严家炎：《中国现代小说流派史》，长江文艺出版社2009年版，第200页。

社，以周作人为中心。“在此之前，随着军阀统治的高压政策，北平文化中心迅速南移上海。《语丝》被禁、《晨报副刊》停刊、《未名》、《沉钟》辍版，‘大批教授和知识分子，都离开北平南下，或赴上海，或赴武昌，所以北京文艺界大有衰落之势。’1933 年，沈从文由上海北上，与杨报声合编《天津公报 · 小公园》文艺副刊。从此，该刊成为全国影响很大的文艺刊物和花方文坛的重要阵地。它对于分散在北平、天津等地的何其芳、卞之琳、李广田、萧乾、芦焚等文学青年，起到了文学组织作用。同年，郑振铎、巴金也由上海来北平，与已在北平的章靳以、李长之、卞之琳创办《水星》和《文学季刊》，给寂寞的北平文坛带来了热闹的气氛：进一步促成了三十年代‘京派’的聚合。再加上李健吾、梁宗岱、朱光潜等旅欧作家于 1933 年前后学成归来，也扩充了三十年代‘京派’的文学力量。自 1933 年到 1937 年‘京派’不仅拥有《水星》、《文学杂志》等文学刊物和《大公报》、《国闻周报》等文艺副刊，而且形成了比较整齐的作家队伍，成为北平文坛有代表性的作家群体。他们大都居处在京城，或执教或就读于北大、清华、燕京、南开等学府，且常以‘文会’方式闲聚一处，磋商学理，畅言文艺。人们对他们京派作家相称，他们自己也以‘京派’自许。”① 京派作家大多任教于北京大学、燕京大学、南开大学、青岛大学等高等学府，从事学术研究也兼及文学创作。成员包括周作人、俞平伯、杨振声、闻一多、沈从文、废名、朱光潜、萧乾、李健吾、梁宗岱、何其芳、卞

---

① 李俊国：《三十年代“京派”文学思想辨析》，《中国社会科学》1988 年第 1 期，第 177—178 页。

之琳、李广田、芦焚、林庚、林徽因等作家。他们大多是同学或师友关系，以《水星》《骆驼草》《文学季刊》《文学杂志》，以及天津《大公报·文艺副刊》《国闻周报·文艺副刊》等报纸为阵地聚在一起，从事文学活动。北京是千年古城帝都，又是近代新文化和高等教育的发祥地，周作人、朱光潜、废名等京派作家寄居在京师高等学府，以文会友，以文章唱酬结社，显示出现代文人作家的温和矜持。京派在古老帝都北京这样的文化背景和文化心态中，追求一种“纯正的文学趣味”，其所描写的大多是乡村中国文学形态，审美情感是诚实、从容的，提供的是一种抒情体的文学样式。[①] 这些都表明京派确实是存在于20世纪30年代有别于左翼文学、海派的重要文学流派。

抗战爆发后，京派便迅速瓦解，“风流云散，布不成阵了”[②]。究其原因，在于七七事变后日本发动全面侵华战争，不仅北方大片国土沦陷，而且京派结社酬唱的千年帝都北京也随即沦陷，日本侵略者的炮声打碎了京派作家的人文梦想。在新的历史关头，北大、清华等高校做出内迁的决定，京派作家亦失去了赖以生存的教书职业。因此，京派作家被迫迁徙异地他乡，从此京派风流云散，迅速瓦解。作家迁徙直接导致京派分崩瓦解。

北平沦陷，高校内迁。在新的历史形势下，20世纪40年代京派作家出走京城，迁徙各地，做出不同的历史选择。何其芳、卞之琳

---

① 关于京派的作家构成、文艺刊物、流派特点、审美情感等参见李俊国《三十年代“京派”文学思想辨析》，《中国社会科学》1988年第1期，第175—192页。

② 钱理群、温儒敏、吴福辉：《中国现代文学三十年》（修订本），北京大学出版社1998年版，第288页。

经过抉择，从小知识分子的个人情感中解脱出来，长途迁徙，奔赴延安，并转型成为新型文学家。废名在北京沦陷后历尽艰辛迁回故乡黄梅隐居，躲避战火，并任黄梅县中小学教员，以此职业为营生。在同黄梅县底层民众的接触过程中，废名从个人的梦境中走出来，认识到中国百姓的坚韧与可贵精神，并在学术上潜心写作哲学著作《阿赖耶识论》。沈从文折回湘西，又几经辗转，最后乘汽车经过二十多天长途跋涉，经贵州到达昆明，被聘请为西南联大教授，执教于西南联大。后夫人张兆和携幼子到昆明与离散一年多的沈从文团聚。西南联大时期沈从文创作了最后的长篇小说《长河》，以及晦涩难懂的实验小说《看虹录》《摘星录》等。李广田抗战爆发后流亡于西南各地，后经河南、湖北、四川辗转到西南联大找到栖身之地。萧乾远赴欧洲，任教于伦敦大学东方学院，并兼任《大公报》驻英记者，成为第二次世界大战欧洲战场唯一的中国战地记者。芦焚、李健吾离开北平迁徙上海，长期蛰伏于沦陷的上海，从事进步文学活动和戏剧活动。朱光潜辗转到四川、武汉等地任教，出任四川大学代理校长，武汉大学教务处长等。随之京派重要刊物《文学杂志》也因主编朱光潜迁徙到四川、武汉等地而停刊。京派盟主周作人则留在沦陷区北京，随后附逆。京派成员因北京沦陷而迁徙各地，迁徙直接导致京派分崩瓦解，是促成京派瓦解的内在原因。

20世纪40年代作家迁徙不仅导致京派的瓦解，而且还促成京派的复出。上文已论，京派因抗战爆发，作家迁徙各地、刊物停刊而瓦解。但抗战胜利后，京派作家又奇迹般地迁徙复回北京、青岛等北方城市，重新聚在一起。迁徙促成京派复出，并切实成为20世纪

40年代后期颇有影响的文学流派。抗战胜利后，1946年，西南联大开始复员迁校。沈从文、李广田随西南联大复员北上，重新迁徙回京师。沈从文一家离开了昆明，张兆和和两个儿子先到苏州，随后沈从文独自回到北京，任教于北京大学，还担任了《益世报·文学周刊》《经世报》《平明日报》及《大公报》文学副刊的编辑。李广田先迁回天津，任教于天津南开大学，后赴京到清华大学任教。抗战胜利后，废名坐轮船到南京做短暂停留，到老虎桥监狱看望被关押的周作人，后坐飞机返回北京，受聘为北京大学国文系副教授，反映其黄梅隐居经历的长篇小说《莫须有先生坐飞机以后》在《文学杂志》上连载。卞之琳迁徙到南开大学任教。京派重要作家朱光潜迁徙返回北京大学，出任文学院代理院长。昔日京派成员复归京师等北方各大城市，重新聚合在一起，作家迁徙聚合京师为京派复出提供了先决条件。1947年6月1日，朱光潜将京派重要刊物《文学杂志》复刊，复刊后的《文学杂志》编辑部改设在北平沙滩中老胡同三十二号附六号。这标志着京派的复出。复刊后的《文学杂志》成为后期京派的主要阵地，它依然延续京派一以贯之的“纯正严肃”的纯文学思想。朱光潜撰写的《〈文学杂志〉复刊卷头语》指出：“我们的目标在原刊第一期已经表明过，就是采取宽大自由而严肃的态度，集合全国作者和读者的力量，来培养成一个较合理想的文学刊物，借此在一般民众中树立一个健康的纯正的文学风气。”① “我们认为文学上只有好坏之别，没有什么新旧左右之别。我们没有门

① 朱光潜：《〈文学杂志〉复刊卷头语》，商金林编《朱光潜作品新编》，人民文学出版社2009年版，第248页。

户派别之见，凡是真正爱好文学底人们，尽管在其他方面和我们的主张或见解不同，都是我们的好朋友。”① 这为后期京派指明了前进的方向，依然将“纯正严肃”的纯文学思想用来指导京派的文学创作，朱光潜成为复出后的京派文学领袖。复刊后的《文学杂志》对京派文学理论和文学创作进行了有益探索。在理论探索上，沈从文在《文学杂志》第一卷第四期上发表的《再谈差不多》，号召作家以严肃认真的责任感来创作，创作出自己风格独特的文学作品。叶公超的《新诗论》，对新诗格律问题进行了深入探讨，是一篇非常有影响的诗论。此外，《文学杂志》刊登了京派作家的小说、诗歌、散文、戏剧等。沈从文的《贵生》《巧秀与冬生》等、废名的《莫须有先生坐飞机以后》、杨振声的《抛锚》等20世纪40年代有影响的作品出现在《文学杂志》上，展示出了后期京派作家的创作实绩。这些都表明，抗战胜利后，沈从文、废名、朱光潜、戴望舒、卞之琳、杨振声、李健吾、林徽因等对京派颇有影响的作家迁徙复回北京、天津、青岛等北方重要城市，重新在北大、清华等高等学府任教，昔日的京派同人历经战火又重新聚在一起，继续畅谈文艺，形成后期京派。迁徙复出后的京派在20世纪40年代确实不容小觑。作家迁徙再次促使了京派作家的聚合与复出。

当然，复出后的京派毕竟是明日黄花，阵容和影响皆远不及抗战前，况且在新的形势和环境下，京派“纯正的文学趣味”文学观念很难继续坚守下去。沈从文开始受到批判，并停止创作，转向服

---

① 朱光潜：《〈文学杂志〉复刊卷头语》，商金林编《朱光潜作品新编》，人民文学出版社2009年版，第249页。

饰研究。《文学杂志》也于1948年11月初出版第3卷第6期后正式停刊，京派从此正式解体。

京派是20世纪30年代一个有着重要影响的文学流派，由于抗战爆发京派作家迁徙至各地而瓦解，又因战后作家重新迁徙聚合北京等城市而又复出。作家迁徙是京派瓦解及复出的先决条件，对京派瓦解及复出的影响不可忽视。而这，完全不同于中国现代文学史上其他文学流派的聚散终结。语丝社因被军阀查禁而分化，沉钟社因刊物《沉钟》停刊而解散，创造社因成员转向革命而被国民党封闭，“左联”因为新的斗争形势下要建立抗日民族统一战线而自动解散。中国现代文学史的文学流派皆因外部力量的介入而解体，全然不同于京派。作家迁徙、成员解散直接导致京派瓦解，而作家迁徙、人员重新聚合直接促使京派复出。作家迁徙促使京派的瓦解及复出。因此京派在20世纪40年代的瓦解及复出与作家迁徙有密切关系，作家迁徙对京派影响甚大。而这可以进一步透视20世纪40年代作家迁徙与文学的重要关系。

第三章　作家迁徙与40年代文学创作

以上章节从宏观上研究了作家迁徙与20世纪40年代文学格局及文学流派的关系。从微观层面讲，作家迁徙对40年代文学创作的影响同样不可忽视。研究作家迁徙与文学关系，必然涉及对作家迁徙与作家创作关系的考察。作家迁徙对作家身心产生脱胎换骨的影响，进而影响其创作。概而言之，整个40年代的文学创作或多或少都与作家迁徙有着联系。废名历尽艰险迁徙故乡黄梅，其间思想观念发生巨大变化，不仅写下艰深晦涩的哲学著作《阿赖耶识论》，而且还创作出“不是小说的小说”[①]《莫须有先生坐飞机以后》，创作风格发生巨大转变。这些都表明作家迁徙与文学创作之间的深入联系。正如有学者研究抗战时期作家迁徙流亡与文学创作的关系，指出两者之间“表面上没有直接关联，实际上有着内在联系。抗战时期作家流亡，才有了对伍子胥历史故事的深刻体验，因而才能创作

① 钱理群：《对话与漫游——四十年代小说研读》，上海文艺出版社1999年版，第309页。

出那样一种情调悲怆、节奏逼促，表现出对生命与历史具有深刻感悟的作品。乡土追忆并非萧红的个人创作行为，而是一时的风气，这是因为作家眼见山河破碎，亲历流离失所，才对故乡倍加思恋。五四时期的乡土文学很大程度上是对封建宗法制与封建礼教的批判，而抗战时期的乡土文学虽然也有这样的内容，但其比重明显缩小，追忆带有甜蜜的忧伤、暖人的温馨。即便是似乎要以创作实践来证明抗战时期也可以创作‘与抗战无关’之作的《雅舍》，也能够看出作者在抗战中以苦作乐的苦趣。至于张恨水的《山窗小品》则既有抗战内容，也有生活趣味，二者相互交织，相得益彰”①。作家迁徙对文学创作的影响不言而喻。此外，作家迁徙还影响 20 世纪 40 年代整体创作风貌，影响了“文协”的文学创作。在整体创作风貌上，由于作家迁徙，20 世纪 40 年代文学创作呈现出流动性与广场化倾向，即不仅作家迁徙流动，而且文学作品在迁徙流动过程中完成，文学刊物也随作家迁徙而流动，40 年代文学呈现出流动性特征。与之相适应，作家走向街头，一些短小的街头诗、街头剧等成为热点；文学走向广场，文学也出现广场化倾向。同时，作家迁徙与“文协”文学创作存在互动关系。20 世纪 40 年代“文协”为宣传抗战，组织作家成立战地访问团。作家深入前线，走了数千公里。而在这一迁徙行走过程中，“文协”作家在前线搜集素材，在迁徙流动过程中创作文学作品，并使“文协”取得了丰硕的创作实绩和面向战地的独特风格。

---

① 秦弓：《抗战文学研究的概况与问题》，《抗日战争研究》2007 年第 4 期，第 139 页。

第一节　作家迁徙与40年代实验性小说

中国现代文学经过20世纪30年代的深化与发展，到20世纪40年代，出现文体与风格的多种实验与探索，耸现一批在20世纪40年代影响甚大的实验性小说。这里所指的实验性小说，是20世纪40年代出现的一批在文体与风格上做出多种探讨、带有实验性质、风格迥异的小说，具体包括废名的《莫须有先生坐飞机以后》、沈从文的《看虹录》、萧红的《后花园》、路翎的《财主的儿女们》、冯至的诗化体验性小说《伍子胥》等。这些实验性小说为20世纪40年代文学多样性发展提供了可能。这些实验性小说出现原因是多样的，既与20世纪40年代大的社会环境有关，也与这一时期文学思潮相连。但如果从作家迁徙角度来考察，我们可以探讨一些答案。其内在逻辑因为作家是文学创作的主体，20世纪40年代作家非同寻常的迁徙流亡历程，使其产生非同寻常的生命体验和人生感悟，进而影响作家的人生观、文学观，从而促使作家在文体和风格上进行多重实验。下面我们通过几个个案来分析作家迁徙与文学创作之间的内在联系，以期对作家迁徙与20世纪40年代实验性小说做个全面把握。

一　废名移居黄梅与创作《莫须有先生坐飞机以后》

在论述作家迁徙与文学创作关系上，首先作家废名20世纪40年代因战争迁徙黄梅与文学创作值得深入探讨。本章着重分析废名移居黄梅与创作《莫须有先生坐飞机以后》的关系，深入分析移居黄梅这次迁徙经历给废名带来的人生观、文学观、创作心理等一系列的变化，以及由此产生的对创作的影响。

废名20世纪20年代作为语丝社重要成员踏上文坛，创作风格以清新哀婉的牧歌情调为人所知。20世纪二三十年代废名早期小说着重表现人情之美、人性之美，弱化苦难，竭力虚构幻化出如梦如诗般的黄梅乡村社会。《浣衣母》中的李妈早年丧夫，中年失子，晚年又失去驼背姑娘，是一位祥林嫂式的寡居乡间的村妇。但李妈的温蔼达观，并非如祥林嫂般凄惨悲凉，凸显出人性之美。《竹林的故事》中乡下卖青椒女孩三姑娘心地善良，美丽如水，住在竹林里，凸显人性之美、人情之美。《菱荡》中的陶家村泥墙瓦屋，青山稻田，绿树水光，长工陈聋子与主人三老爹主仆和谐，一切皆古朴宁静。长篇小说《桥》中的史家村白墙黑瓦，大树参天，小林、琴子、细竹在史家村如同生活在童话里，他们看落日、黄昏、芭茅，游鸡鸣寺……一切都显得波澜不惊，如诗如梦。综观废名抗战前小说，无论是描写黄梅乡村人情美、人性美的短篇，还是如《桥》这样的长篇，实际上都是作家虚构出来的梦境。确实如此，废名在迁徙黄梅之前的文学作品“不是对‘实生活’的‘真’的摹写，而是对人生优美‘梦境’的诗意向往，废名小说《浣衣母》将一位祥林嫂式的悲剧女性，处理为一位具有淳朴、和蔼的人情美、达观大度、慈祥温爱的人性美的‘公共的母亲’形象”[①]。废名有一首小诗《梦之

① 李俊国:《温馨柔美的人性世界的“梦之使者”——废名小说〈浣衣母〉论析》，《名作欣赏》1991年第5期，第81页。

使者》，表达了自己前期在创作中对梦境的偏好：“我在女人的梦里写一个善字，我在男人的梦里写一个美字，厌世诗人我画一幅好看的山水，小孩子我替他画一个世界。”废名自己也认为：“创作的时候应该是‘反刍’，这样才能成为一个梦。是梦，所以与当初的实生活隔了模糊的界。艺术的成功也就在这里。”① 这句话可以看作废名对自己迁徙黄梅之前的创作特点的精辟总结。在创作手法上，迁徙黄梅前，废名的创作手法也很有特点，把西方现代主义文学手法和中国唐人绝句手法融汇到自己的创作中。其作品中现代主义手法，如象征主义、意识流、内心独白等手法并不少见。此外，唐人绝句手法，如营造意境、省略、跳跃、用典等在废名的作品中随处可见。废名说：“就表现手法说，我分明地受了中国诗词的影响，我写小说同唐人写绝句一样，绝句二十个字或二十八个字成为一首诗。我的一篇小说，篇幅当然长得多，实是用写绝句的方法写的，不肯浪费语言。”② 对梦境的追求和偏好、融汇中西的创作手法，这些都是迁徙回黄梅前废名小说创作非常独特的风格和特点，也造成废名小说极其晦涩难懂。

抗战爆发后，废名历尽艰辛，长途迁徙，从京城迁回故乡黄梅。这次迁徙，是废名人生的一次重要考验，也成为废名文学创作的一次重要转折。废名迁徙黄梅后，创作了著名的长篇小说《莫须有先生坐飞机以后》。这篇风格特别的长篇小说迥异于废名之前的任何创作。小说在文体与风格上进行了多样的实验，亦不同于一般意义上

① 废名：《说梦》，中国现代文学馆编《废名·代表作：竹林的故事》，华夏出版社2008年版，第244页。

② 废名：《废名小说选·序》，《冯文炳选集》，人民文学出版社1985年版，第393页。

的小说，是一部典型的实验性小说。需要追问的是，迁徙黄梅，废名的创作风格为什么会有这样大的变化？其内心发生了哪些隐幽曲折的变化？本节试图探讨废名迁徙和创作《莫须有先生坐飞机以后》的关系，在微观上分析40年代作家迁徙对文学创作的影响。

废名在20世纪20年代登上文坛，是语丝社重要成员，20世纪30年代成为京派著名作家。同时，废名在北京大学中国文学系任讲师，是一名学者型作家。1937年抗战爆发后，北平沦陷。为了保护高等教育，国民政府决定北大内迁。但废名并未随北大内迁，因为“学校规定，副教授以上人员随校内迁，讲师以下人员自行安排。废名是讲师，不在内迁人员之列”①。此时的废名没有了教书职业，也没有了经济收入，陷入窘境。因交不起房租，寄居在雍和宫的喇嘛庙里。恰到1937年11月，废名母亲亡故，此时战火也威胁到北京，废名便决定奔丧回乡。由于战事，当时社会秩序及交通大乱，废名好不容易乘上火车，带着家人，历尽艰辛回到故乡湖北黄梅。在黄梅，日军经常骚扰，废名徒步携全家又躲避到更远的山乡里面。日军撤走后，始任黄梅第二小学国文教员，在家乡以教书为营生。关于废名迁徙返乡的艰难，正如陈建军在《废名年谱》中写道：“离开北平。时交通大乱，历经艰辛至家。”② 郭济访在废名传记《梦的真实与美——废名》中对废名在惊魂未定中迁徙回黄梅有更直接描述：“那已是1937年的冬天，真正的寒凝大地，日寇全面侵华战争已拉开序幕，交通一片混乱，逃难的人争先恐后，凄厉的警报与骇

① 陈建军：《废名年谱》，华中师范大学出版社2003年版，第209页。

② 同上书，第213页。

人的消息压得每个人透不过气来，废名在这兵荒马乱的乱世之中，譬若釜底游魂矣！并不清楚废名当年如何在战火纷飞的情况下南归的，他吃了多少苦头，受了多少惊吓，遭了多少颠簸，而终于回到他的黄梅老家了。兵火战乱中与家人团聚，悲喜浑若梦中，废名读杜甫诗歌的种种感慨也不如亲身经历来得深刻。可以庆幸的是废名终于回家了。"① "将届不惑之年的废名，竟然遭此劫难，废名对日本佬切齿痛恨了，有哪一个中国的老百姓不痛恨日本佬呢？废名自从十五岁离开他的家乡黄梅，黄梅在他的心中只是一个梦，一个美丽的梦，他的文学事业正发生在这美丽的梦中，是的，二十多年过去了，他来去匆匆，至多是黄梅的游子浪客，亲人的爱护使他酣睡于他的梦中，如今，战争的铁拳使他清醒了，他睁开了明白的眼，他看到的是黄梅苦难的现实；一个疮痍遍地、兵荒马乱、民不聊生的黑暗世界！"② 冯健男对废名历尽艰辛回到家乡悲喜交加、向隅而泣的情景也有清晰回忆："我住在我家宅院的后一重屋里，那天忽然听到前面有人喊叔父回来了，心里一喜，连忙跑到前面的小堂屋里去见叔父，只见他面墙而立，泪流满面。原来我的祖母于数月前去世，他未能回来，现在回来了，却见不着老母了。见此情景，我没有说话，退回到后面来，见了婶母（他尚未同叔父见面），婶母悄悄问我：'叔父哭了吗？'我点点头。"③ 其实废名面墙而哭，不仅仅是哭老母离世，也在哭乱世的流离，在哭自己迁徙回黄梅的艰辛，可见这次从京城迁徙黄梅对废名刻骨铭心的影响。不久，黄梅县城失

① 郭济访：《梦的真实与美——废名》，花山文艺出版社1992年版，第283页。

② 同上书，第284页。

③ 冯健男：《我的叔父废名》，接力出版社1995年版，第25—26页。

陷，废名随家人躲避到更远的南乡吕家竹林、腊树窠、金家寨、东山五祖寺等地。在故乡黄梅，废名经常携全家跑反逃难，很难安宁下来。又目睹日本侵略者的奸淫烧杀，累累罪行。这次迁徙避居黄梅经历对废名思想及文学创作产生重要影响，是废名人生的一个重要转折点。废名这期间写作了晦涩难懂的哲学专著《阿赖耶识论》和非常特别的长篇小说《莫须有先生坐飞机以后》，以及论文《新诗应该是自由诗》《以往的诗文学与新诗》等。抗战胜利后，北京大学迁回北平复校。经俞平伯、杨振声等人推荐，废名被北大聘为国文系副教授。1946 年 9 月，废名由九江乘船途经南京，探视被关押在老虎桥监狱的周作人后，坐飞机抵北平。这是废名迁回黄梅又返还北平的经历。这次迁徙黄梅，不仅是交通大乱、历尽艰辛、日寇入侵使废名终生难忘，而且这次返回北平第一次坐飞机，也使废名有深刻的记忆，有自己独特的感受："坐飞机也然，等于催眠，令人只有耳边声音，没有心地光明，只有糊涂，没有思想，从甲地到乙地等于一个梦。"（《莫须有先生坐飞机以后》第一章　开场白）并且，小说标题皆已透露出坐飞机迁徙的巨大影响。无论是在战乱中艰难迁徙回乡，还是第一次坐飞机返回北平，都对废名有极大的触动，使其思想发生转变，进而促使废名文学创作转型。迁徙对废名文学创作的影响可见一斑。

这种人生转变促使废名在思想上发生转变，首先在思想上由向往温婉的梦境转变到猛烈批判当时中国社会现实问题。这次历尽艰辛的人生迁徙，使废名从自我梦境般的桃园、竹林的故事中清醒过来，把目光投向现实，投向中国正在进行的抗日战争和在日寇侵略下的中国社会现实及黄梅社会现实。关注社会现实，对当时中国民

众生存问题、兵役问题、教育问题等种种社会现实问题都发表自己独到的见解。这些见解散见在《莫须有先生坐飞机以后》的章节中。迁徙黄梅，从梦境中清醒过来的废名，首先最关注中国百姓的生存问题，关注中国普通百姓没有人权、奴隶般的生存境况。废名抨击了国民党政府黑暗统治之下百姓永无人权的现状，“百姓奴于官，汉族奴于夷狄……中国国民不怕奴于夷狄，而确实是奴于政府，向夷狄求生存是生存，向政府求生存则永无民权”（《莫须有先生坐飞机以后》第七章　莫须有先生教国语）。并指出国民党反动政府统治下的中国社会没有法律、没有民主，“中国人没有法律，只有八股，大家都喜欢这个东西，到乡间去查考告人的状子，你如果是爱国者你将不寒而栗。国无事时，自相鱼肉罢了，无奈中国偏总有外患，你如果爱国者能不抱杞忧乎？国亡了还在那里做文章！做了奴隶还在那里高兴做文章”（《莫须有先生坐飞机以后》第八章　上回的事情没有讲完）！关于征兵问题，甚至很公愤，只不过把百姓像畜生一样地掳去，也完全没有人权，“莫须有先生一听到‘抽兵’两个字，很动了一番公愤，这公愤在他胸中积蓄已久，至少与北洋军阀时期是一样的长久了”。“征兵实际上只等于一个‘掳’字，把人‘掳’去了，然后不当一只猪养。”（《莫须有先生坐飞机以后》第十章　关于征兵）废名在这次历尽艰辛的迁徙之后，思想发生根本性的转变，从梦境走向现实，在与普通民众的接触过程中，完全以清醒的眼光来关注当时正在进行的抗日战争和日寇侵略下的社会现实，对当时中国社会进行猛烈批判。

迁徙黄梅后，废名思想的转变不仅体现在对当时中国社会问题无情的批判，还体现在对物质文明和对健全人性的重新思考，以及对当时中国社会问题答案的探寻。废名首先对机械物质文明提出质疑，对机械物质文明与人类幸福问题进行重新打量。在废名看来机械之音不及自然之音悦耳，机械文明并没有给百姓带来幸福。“我这回坐飞机以后，发生了一个很大的感想，即机器与人类幸福问题。”“机械发达的国家，机械未必是幸福。”无线电收音机的现代机器文明发出的声音，使人“发狂”或“麻木”，“不及乡下听鸟语听水泉多矣”。“坐飞机亦然，等于催眠，令人只有耳边声音，没有心地光明，只有糊涂，没有思想，从甲地到乙地等于一个梦，生而为人失去了‘地之子’的意义。”然而“机械总会一天一天发达下去，飞机总会一天一天普遍起来，然而咱们中国老百姓则不在乎这个物质文明，他们没有这需要，没有这迫切，他们有的是岁月，有的是心事”（《莫须有先生坐飞机以后》第一章　开场白）。在质疑机械物质文明的同时，对蕴藏在民间的巨大力量和健全人性进行重新认识。避居乡间，在与普通民众的接触过程中，废名不仅看到了普通民众的健全人性，还看到了蕴藏在民众健全人性中的巨大力量。黄梅乡下人不受任何束缚、处于自然原始状态，皆有着健全和谐的人性。而在废名看来，最自然的才是最美的，健全人性与自然的和谐，才是最理想的社会形态。废名由衷称赞中国普通百姓的坚韧精神与健全人性：“中国地大民众，中国的民众求生存之心急于一切，也善于求生存，只要可以求存他们无所不用其极，他们没有做奴隶的意思，在求存之下无所谓奴隶，若说奴隶是奴于政府（无论这个政府是中国人是夷狄），是士大夫求荣，非老百姓的求存。”（《莫须有先坐飞机以后》第九章　停前看会）且在废名看来，健全的人性不仅是中华文明的精华、中华民族的力量之源，还是中华民族未来的希望。

正如有论者指出："在莫须有先生（以及作者自己）看来，这种自然、自由的生存方式、生存欲望，以及由此焕发的自然生命力，正是中国普通人民，中国的'乡下人'的力量所在，也正是中国民族的希望所在。"① 因此，迁徙黄梅，蛰居乡间，经过思想转变和思索后，废名给社会问题开出自己的药方，那就是从中华传统文明中汲取营养，培养具有健全人性的民众，返回儒家的大同社会，"要使耕者有其田，同时斑白者不负戴于道路，大家懂得孝悌之义"（《莫须有先生坐飞机以后》第十一章　这一章说到写春联）。同时，推行孟子的仁政主张："我们何不去求求孟夫子的仁政？我们何不思索思索孔夫子'节用而爱人'的意思，看看大禹'菲饮食而致孝乎鬼神，恶衣服而致美乎黻冕，卑宫室而尽力乎沟洫'的榜样呢?"（《莫须有先生坐飞机以后》第一章　开场白）战争爆发，废名迁徙回黄梅偏僻乡村，在目睹战争惨烈的同时，也在深入思考当时中国现实社会问题及民族文化存与亡、个体生命的生与死等根本性问题。因此从这个角度上讲，《莫须有先生坐飞机以后》不仅仅是记录避居黄梅期间乡村生活的小说，更是一部对历史对人生进行思考的哲学著作，"它可以说是历史，它简直还是一部哲学"（《莫须有先生坐飞机以后》第一章　开场白）。迁徙黄梅，废名从梦境中清醒，进而从中国传统文化中谋求国民的健全人性，谋求社会的完美，开始对社会、文化、人性进行哲学性思考，促使废名整个思想发生根本性转折变化。

---

① 钱理群：《中国现代堂·吉诃德的"归来"——〈莫须有先生传〉、〈莫须有先生坐飞机以后〉简论》，《云梦学刊》1991年第1期，第57页。

迁徙黄梅不仅使废名从梦境转向现实，思想发生转变，同时，也导致其文学观念发生根本性转变，进而促使其创作实验性小说。那么，废名文学观念到底发生了哪些变化？迁徙黄梅，复还北京后，废名写了一篇名为《散文》的文章，对研究废名迁徙后文学思想变化有着重要意义。废名在这篇文章对自己的文学观念转变做了充分说明："我现在只喜欢事实，不喜欢想象。如果要我写文章，我只能写散文，决不会再写小说。所以，有朋友要我写小说，可谓不知我者了，虽然我心里很感激他的诚意。"① 废名特别说这番话其实是对迁徙后创作小说《莫须有先生坐飞机以后》的一个说明。因为迁徙黄梅、复还北京后，废名创作了小说《莫须有先生坐飞机以后》，其形式非常特别，以实录的方式，记叙了废名隐居黄梅期间的日常点滴，不是一般意义上的小说。小说在文体和风格上进行了多种实验，带有明显实验性特征。废名的这句话既交代了写作小说《莫须有先生坐飞机以后》的背景，又强调《莫须有先生坐飞机以后》是废名文学思想转变后的产物，特别强调了自己文学思想的转变。这里的"朋友"指的是朱光潜。《莫须有先生坐飞机以后》起因是应朋友朱光潜主编的《文学杂志》之邀而写的。朱光潜之所以邀请废名为《文学杂志》写小说，是因为非常赞赏废名的小说"表面似有旧文学的气息，而中国以前实未曾有过这种文章；它丢开一切浮面的事态与粗浅的逻辑而直没入心灵深处，颇类似普鲁斯特与吴尔夫夫人"②。但

① 废名：《散文》，冯健男编《废名散文选集》，百花文艺出版社 2004 年版，第 89 页。

② 朱光潜：《桥》，商金林编《朱光潜作品新编》，人民文学出版社 2009 年版，第 186 页。

废名在这次长途迁徙后，文学观念已经发生根本性的改变，朱光潜并不知道废名文学思想的变化，仍然邀请废名写作带有旧文学气息的小说。所以废名认为朱光潜“可谓不知我者了”①。这次长途迁徙对废名的文学观念产生很大冲击，文学观念由“想象”转向“事实”。所以，迁徙之后的废名“只喜欢事实，不喜欢想象”，“如果要我写文章，我只能写散文，决不会再写小说”，可见，迁徙之后废名的文学创作特别重视散文式的实录性，出于对朋友的感激之情，因此，以实录的手法写下了这篇散文式的、非小说的小说。

以上阐释了废名创作《莫须有先生坐飞机以后》的写作背景及文学思想的变化。那么，废名经历迁徙黄梅之后为什么特别强调“事实”？是什么原因促使废名对想象的驱逐和对事实的重视？对于这个问题，废名在《散文》中也做了回答。废名在《散文》后面特别强调了“大乱”对自己创作转向的影响，说：“在《竹林的故事》里有一篇《浣衣母》，有一篇《河上柳》，都那么写得不值再看，换一句话说把事实都糟蹋了。我现在很想做简短的笔记，把那些事实都追记下来。其实就现实说，我所谓的事实都已经是沧海桑田，我小时的环境现在完全变了，因为经历过许多大乱。”② 在这段话中，废名已经说得很清楚了，《浣衣母》《河上柳》迁徙黄梅之前的前期小说，“都那么写得不值再看”，说明废名对自己以前的创作都做了否定，文学观念完全发生改变。同时，这段话又说明了废名文学观

① 关于《莫须有先生坐飞机以后》的写作背景分析参见钱理群《对话与漫游——40年代小说研读》，上海文艺出版社1999年版，第309—310页。

② 废名：《散文》，冯健男编《废名散文选集》，百花文艺出版社2004年版，第89页。

念大变的原因是“因为经历过许多大乱”，强调“大乱”是促使废名文学观念、创作风格转变的根本原因。而废名这里所说的“大乱”，包括当时的战乱，也更包括了自己在社会秩序大乱中历尽艰辛迁徙黄梅的经历，以及在黄梅躲避日本人骚扰这些自己有着直接生命体验的事实。这些“大乱”让废名感同身受，产生特别的生命体验。所以，从这个角度上说，废名经历的包括战乱、迁徙等在内的“大乱”，根本性地颠覆了废名之前的文学观念，促使其文学观念从“想象”转向“事实”。所以，废名反复强调自己是经历“大乱”“沧桑”才喜欢“事实”的，并借莫须有先生之口重新比较了散文与小说的区别，道出了自己新的文学观，认为：“莫须有先生现在所喜欢的文学要具有教育的意义，即是喜欢散文，不喜欢小说。散文注重事实，注重生活，不求安排布置，只求写得有趣，读之可以兴观，可以群，能够多识于鸟兽草木之名更好；小说则注重情节，注重结构，因之不自然，可以见作者个人的理想，是诗，是心理，不是人情风俗。必于人情风俗方面有所记录乃多有教育的意义。最要紧的是写得自然，不在乎结构，此莫须有先生之所以喜欢散文。他简直还有心将以前所写的小说都给还原，即是不假装，事实都恢复原状，那便成了散文，不过此事已是有志未逮了。”（《莫须有先生坐飞机以后》第八章　上回的事情没有讲完）因此，包含迁徙黄梅在内的“大乱”“沧桑”深刻地影响了废名的创作。钱理群在《文体与风格的多种实验—— 40 年代小说研读札记》中也特别指出废名历尽大乱、迁徙黄梅对其文学观的影响：“正是这样历尽沧桑而获得的新的历史观导致了废名文学观与写作追求上的三个方面的重大变化。其一是以‘恢复原状’为创作的最高追求。他认为‘小说’的

想象、虚构，对情节、结构的注重，都有‘装假’之嫌；自己过去的那些作品对‘事实（人情风俗）’进行的‘小说化’处理，其实是失其本来面目的，因此他想重写而‘还（其）原’。其二，废名还对‘小说’（主要是他自己原来写的诗化小说）作了这样的反省：‘可以见作者理想，是诗，是心理，不是人情风俗’。……这就是说，废名原来的小说里的平凡的人情风俗都是经过作家主观过滤的，是由‘内’向‘外’投射的，因而是‘诗’的，而现在废名正是要抛弃‘诗’的‘梦’的主观色彩，变成客观‘实录’。其三，如仔细分析，就不难注意到，废名的发现，既是对原生态‘事实（人情风俗）’的特意关注，更是对‘事实（人情风俗）’的‘意义’的重新认识。”① 从这个意义上说，废名20世纪40年代经历的迁徙黄梅及复还北京这些大乱事实，直接影响了废名的文学思想和观念，促使其发生根本性的转变，即从追逐“想象”转向强调“事实”。

因此，对“事实”的强调和对“想象”的驱逐，使废名小说趋向散文化、非小说化。废名迁徙黄梅后创作的长篇小说《莫须有先生坐飞机以后》以作家迁徙黄梅、避居乡间生活经历写成。小说真实地记录了作家在黄梅乡间买白糖、避难腊树窠石老爹家、卜居腊树窠、莫须有先生教国语、停前看会、关于征兵、写春联、民国庚辰元旦、五祖寺、莫须有先生教英语、莫须有先生动手著论等原生态事实。小说没有中心的事件及情节，是避难黄梅期间乡间见闻的真实记录，连小说中地名、人名、社会风俗都是确实存在的事实，

---

① 钱理群：《文体与风格的多种实验—— 40年代小说研读札记》，《文学评论》1997年第3期，第59页。

如腊树窠、五祖寺等地名，冯花子、冯三记等人名，黄梅县的放猖、送油等风俗。在真实记录避难黄梅乡间事实的过程中，在与普通民众的接触过程中逐渐认识到民族国家的真正力量蕴藏在普通百姓之间，认识到普通民众的话都是事实："莫须有先生从此毅然决然地信任老百姓的话，他简直这样地告诉自己：'乡下人的话大约都是事实'。"（《莫须有先生坐飞机以后》第三章　无题）经历大乱、迁徙黄梅的切身体验，废名文学观念从"想象"转向"事实"，文学创作风格从"梦境"转向"实录"。迁徙后创作的《莫须有先生坐飞机以后》，以散文的笔法实录避居黄梅乡间的原生态事实，并且在小说中大量使用议论，把议论提高到与叙述、描写、抒情同等的位置，这些都从根本上颠覆了传统的小说观念和小说样式，带有强烈的实验色彩。有学者指出："《莫须有先生坐飞机以后》具有特别强烈的主观性，内省性，这是根本区别于废名前期作品的。正如作者自己所说，《莫须有先生传》写的是'一场梦'，《莫须有先生坐飞机以后》'它可以说是历史'，'简直还是一部哲学'——废名的'哲学'。"① 由以上分析可见，迁徙黄梅促使废名文学观念、创作手法、文学风格发生根本性的改变，由"想象"转向"现实"，从描写转向议论，尽量以散文手法使小说还原成生活原生态。

所以，废名一再强调《莫须有先生坐飞机以后》是自己经历"战乱"后的思想升华，废名经历的"战乱"正如前文分析主要是包含从北京迁徙回故乡黄梅、避难乡里、复返北京等迁徙过程和

---

① 钱理群：《中国现代堂·吉诃德的"归来"——〈莫须有先生传〉、〈莫须有先生坐飞机以后〉简论》，《云梦学刊》1991 年第 1 期，第 55 页。

大乱事实。而废名一再强调的东西，却一直被研究者所忽视。况且，迁徙黄梅，在同普通民众的接触过程中，有着健全人性的普通民众的无拘无束与散文化小说的随行随止、任意而谈有着内在一致性。这为废名思想和文学转型提供了契机和动因。正如研究者指出："此时的废名正在中国偏远农村普通农民原生态的生活方式中寻找中华民族和知识分子的出路；这与生活化、散文化的小说的追求之间，自然存在着内在的和谐。"① 迁徙黄梅与废名文学、哲学思想转型节点的巧妙契合，促使废名重新思索，这对废名整个哲学思想、文学思想、文学创作都有重要影响。因此，废名迁徙黄梅与文学转型及创作实验性小说《莫须有先生坐飞机以后》有着深入联系。

二　沈从文迁徙昆明与创作《看虹录》

迁徙不仅促使作家废名在文学上进行实验性探索，而且也影响了沈从文的文学探索与实验。关于沈从文迁徙昆明与创作转型，一般研究者将其归结为20世纪40年代社会风云变幻莫测给作家造成的冲击，认为"沈从文在面对40年代巨变的环境中显得不合群，现实与心梦的矛盾冲击着他，那湘西昔日的光荣与梦想被现实摧毁了。心痛之后的平静，使他能不顾一切投入内心思考，由于他思考的范围有限，虽然他思考的深度加深了，但离开了熟悉的题材范围以及有意避开现实中的矛盾，他已无法写出小说了，只好写出大量的随

① 钱理群：《对话与漫游——四十年代小说研读》，上海文艺出版社1999年版，第17页。

笔杂感。即使形成的文字此时也显得矜持、艰涩了，它们正是沈从文在40年代巨大社会变革中的精神痛苦、紧张的文本反应”①。诚然，社会风云变幻、战争等因素皆对其创作转型产生影响，但从作家迁徙的角度来看，沈从文长途跋涉、经历颠沛流离之苦迁徙昆明，这一事件本身对沈从文有深入启发和触动，由此而带来的身心变化调整，以及导致文学转型是不可忽略的。正如有学者指出：“在全民族抗战这一重大历史事变的震撼和荡涤下，向内地迁徙的沈从文也在整个情感、理性与心灵世界，以及相应的文学观念上经受了一系列的变迁与调整，酝酿和准备着思想和艺术上的‘新的重大突破’。”② 从这个意义上讲，长途迁徙促使沈从文文学转型。

抗战爆发后，沈从文从内地辗转迁徙到昆明西南联大，在历尽艰辛的长途迁徙过程中，不仅作家肉体受到战火的考验，而且内心也经受起伏跌宕，外在人生与内在灵魂反复激荡，这促使他在文学上寻找新的突破。20世纪40年代沈从文昆明时期的实验性创作，包括小说《看虹录》《摘星录》及《新摘星录》等。其中《看虹录》比较典型。我们着重分析迁徙昆明与创作《看虹录》的内在联系，由此透视其迁徙昆明与整个实验性小说创作的关联。

沈从文迁徙西南联大之后创作的《看虹录》是一部典型的实验性小说。《看虹录》创作于1941年7月，发表于1943年7月桂林《新文学》杂志的创刊号。目前国内对沈从文西南联大时期文学创作

---

① 邱艳萍：《措手不及的痛苦——40年代初沈从文的精神世界》，《西南民族大学学报》2005年第8期，第232页。

② 李丽：《论西南联大时期沈从文的实验小说》，《文艺争鸣》2008年第1期，第102页。

关注不多，有关《看虹录》及其实验性探索的研究也是凤毛麟角。《看虹录》的实验性特征非常明显。小说没有传统小说的情节模式，亦不似之前《边城》等散文化小说，而是以唯美的笔调描写了一对男女在二十四小时内的生命形式。小说分为三个部分。第一部分写“我”经过“一个老式牌楼”，“忽嗅到梅花的清香”，便“进到了一个小小的庭院”，进入“一间素朴的房子中”。在火炉旁，“开始阅读一本奇书”。第二部分写男客人“我”与女主人在漫无边际的对话中，在火炉旁，共同度过一个寒冷的雪夜。在这个雪夜，男客人“我”不仅欣赏女主人“身体活泼轻盈”，“纤弱的双腿”，“微凸的踝骨，敛小的足胫，半圆的膝盖”，“发柔而黑，颈白如削玉刻脂，眉眼斌媚迎人，脸颊边带有一小小圆涡，胸部微凸”。还深入描写了男客人“我”为女主人讲述正在写的一部在雪中猎鹿的故事的小说，小说写了“一个荒唐而又浪漫的故事，独自在大雪中猎鹿”。猎鹿故事本身没有多少文字，但大量精微地展示鹿的身体，“莹莹如湿的眼光”，“光滑的皮毛”，“纤细的毫毛”，“颈那么有式样”，“腰那么小”，“柔软而美的一对奶子”。然后是长时间的沉默。第二天，女主人独自坐在火炉边读男客人的信。第三部分写男客人“我不知道什么时候离开了那个‘房间’”，走到老式牌楼下，回到了住处，在疲累中“依然活在一种有继续性的荒唐境界里”。小说唯美而又抽象，故事的进行没有时间，没有开始，也无法探寻故事的时代背景及社会环境，女主人与客人“我”身份姓名模糊不清。作家通过如真似幻的人物和故事描绘，展示“一个人二十四点钟内生命的一种形式”，在一定程度上表达了对“神在我们生命里”的神性生命本质的抽象思考。小说展示出扑朔迷离的特征与奇幻荒唐的境界。

小说的实验性特征非常明显，既不像沈从文之前创作的散文化小说，亦非传统小说模式。从思想内容到文体形式及语言风格上皆带有实验性特征。小说极其抽象，以“一个空灵、虚幻的喻体为题目，与写实性的《边城》、《贵生》、《如蕤》等比较，显然具有一种象征色彩。这类作品基本具有统一的思想主旨和共同的现代色彩。沈从文有意通过这些作品确立一种具有诗人气质的思想体系，在世界本体（生命本体）、审美主体、对社会的文化批判等方面都力图做出独特的具有感性体验的表述，从而使作品具有浓厚的哲理色彩和象征意味。同时，为了寻求合适的表达方式，他进行了多种文体实验。既有隐喻性语言模式的极致表达，转喻式多种故事结构方式的尝试，也有心理现实主义和弗洛伊德思想影响下的心理分析小说的实践。其创作多以个人体验为主，不同于前期创作的具象化色彩而趋于抽象化”①。同时，小说唯美抒情风格，诗化语言，显然不同于《边城》《柏子》《长河》等小说。《看虹录》中抒情得到极大的膨胀而叙事极其减弱，象征性意味浓厚，体现出抽象的哲理。猎鹿故事本身得到最大的压缩，而转变为对鹿形体的描述和欣赏；小屋里男女爱情故事本身并不重要，并非叙述重点，而是用大量的文字对女性身体的展示。在这个隐隐约约的爱情故事中，大量的充满抽象意味的比喻，以及充满隐喻色彩的叙述营造了小说扑朔迷离的意境，和看似荒诞实则唯美的氛围。在主旨上，小说对男女两情相悦、近乎艳遇似的爱情故事的描写，绝非延续沈从文小说一贯宣扬的讴歌健康

---

① 贺桂梅：《〈看虹录〉的追求与命运》，钱理群《对话与漫游——四十年代小说研读》，上海文艺出版社 1999 年版，第 136—137 页。

人性和对高尚爱情歌赞的主题，表现出极大的模糊性和混沌性。主旨的模糊性和混沌性为人们理解小说提供了多样性思考。小说开头的题记——“一个人二十四点钟内生命的一种形式”，似乎为理解小说的主旨提供了一种参照，但是从任何角度阐释，都无法穷尽小说内在层面表现出的极富个性而又模糊混沌的宏大追求。小说通过隐喻、暗示、象征等手法，展示出抽象本质，剥离出抽象的哲理。在叙事上，小说展现出许多新的技巧与反常规手法，“第一部分将回忆心理与奇遇故事叠合，把心理过程外化为一个戏剧化动作；第二部分中的外物细节（如‘炉火’、‘奔马’等）对心理推进的暗示、潜对话、同构故事（男人/女人、‘我’/鹿）、书信补述等；第三部分回忆、向往、感叹、抒情、焦虑等复杂心态的准确表叙。而月下牌楼、炉火小屋与单人书房三个空间的转换与二十四点钟时间标志造成的叙事流向，以及两者共同造成的叙述情绪的流动和转换，将小说的三个部分糅合在一起，传达其主旨”①。《看虹录》完全偏离了沈从文前期作品讴歌人性的主题，抽象而模糊，表现出强烈的实验性特征。② 这些都宣示迁徙昆明后的沈从文正在寻求艺术上新的探索与突破。

《看虹录》的实验性探索，显然与沈从文迁徙昆明有内在联系。20 世纪 40 年代长途迁徙昆明是沈从文一生中抹不去的事情，对其身心有着深刻影响。1937 年 7 月 7 日卢沟桥事变以后，战火威胁着北平。8 月中旬，沈从文冒险撇下家小，与杨振声、朱光潜等人辗转到天津。此时，淞沪会战打响，沈从文一行又坐上英国商船，途经烟

① 贺桂梅：《〈看虹录〉的追求与命运》，钱理群《对话与漫游——四十年代小说研读》，上海文艺出版社 1999 年版，第 139—140 页。

② 关于《看虹录》的实验性分析参见同上书，第 133—142 页。

台、济南等地到达南京。但由于战事影响，南京早已乱作一团。沈从文等人挤上一艘英国客轮到达武汉。在武汉，沈从文与杨振声等人在武大珞珈山下租了所小独院的平房，编纂中小学语文教材。不久，南京沦陷，战火逼近武汉，沈从文等人辗转到长沙，并遇见从北大、清华迁徙过来的长沙临时大学的熟人和朋友，便决心和他们一起去昆明西南联大。1938 年 4 月，沈从文离开沅陵，经贵州，经过二十多天的汽车颠簸，到达昆明。时代风云变化及刻骨铭心的颠沛流离迁徙经历，使沈从文不仅对社会、战争有了重新认识，而且对生命、文学进行了哲学式的深入思考。

迁徙昆明，动荡不安中，沈从文一直追求的湘西人性的“爱”与“美”，“供奉人性的希腊小庙”及“神性小庙”已经坍塌，并对与商业政治合流下的市侩文学也极其不满，他说：“我正感觉楚人血液给我一种命定的悲剧性。生命中储下的决堤溃防潜力太大太猛，对一切当前存在的‘事实’‘纲要’‘设计’‘理想’，都找寻不出一点证据，可证明它是出于这个民族最优秀头脑与真实情感的产物。只看到它完全建筑在少数人的霸道无知和多数人的迁就虚伪上面。政治、哲学、文学、美术，背面都给一个‘市侩’人生观在推行。由于外来现象的困缚，与一己信心的固执，我无一时不在战争中，无一时不在抽象与实际的战争中，推挽撑拒，总不休息。”① 又说：“表面上看来，事事物物自然都有了极大进步，试仔细注意注意，便见出在变化中那点堕落趋势。最明显的事，即农村社会所保有那点

① 沈从文：《长庚》，刘一友等编选《沈从文别集·七色魇》，岳麓书社 1992 年版，第 155 页。

正直素朴人情美，几乎快要消失无余，代替而来的却是近二十年实际社会培养成功的一种唯实唯利庸俗人生观。敬鬼神畏天命的迷信固然已经被常识所摧毁，然而做人时的义利取舍是非辨别也随同泯灭了。'现代'二字已到了湘西，可是具体的东西，不过是点缀都市文明的奢侈品大量输入，上等纸烟和各种罐头在各阶层间广泛的消费。抽象的东西，竟只有流行政治中的公文八股和交际世故。"[①] 正如有学者分析沈从文昆明时期的文化心理时，也指出了这一时期文化价值失重而由此带来的沈从文的内心矛盾与悖论："正是在这熟悉与陌生复杂心理体验背后，深刻凸显出沈从文由文化价值失重带来的生命无所归依的尴尬处境：既无法在过去边城空间中寻到心灵栖息所；也无法在现时城市中为自己找一个稳固价值立足点。可以说，沈从文对'抽象的抒情'的追求，以及由此而来文本建构与解构并在的独特形式，都与他这一时期对抽象与具象，生活与生命等的多方思考紧密相关，更是联系着他个人内部生命这一时期无所归依的独特精神体验。"[②] 迁徙昆明，由于文化失重带来的内心矛盾使沈从文不断对人性、文学进行重新思考，在前期"神性""人性"的基础上，抽象出"爱"与"美"作为生命的最高意义，并且比较全面地阐述了自己对"爱"与"美"的重新理解。关于"爱"，沈从文认为唯有"一个人过于爱有生一切时，必因为在一切有生中发现了'美'，亦即发现了'神'。必觉得那个光与色，形与线，即是代表

---

① 沈从文：《长河题记》，刘一友等编选《沈从文别集·长河集》，岳麓书社1992年版，第17页。

② 凌宇、张森：《论沈从文昆明时期的文学创作》，《中国文学研究》2006年第1期，第85页。

一种最高的德性，使人乐于受它的统治，受它的处置。人类的智慧亦即受其影响而来。然而典雅词令和华美仪表，与之相比都见得黯然无光，如细碎星点在朗月照耀下同样情形”①。而关于“美”，沈从文又认为：“这种美或由上帝造物之手所产生，一片铜，一块石头，一把线，一组声音，其物虽小，亦可以见世界之大，并见世界之全。或即造物，最直接简便那个‘人’。流星闪电于天空刹那而逝，从此烛示一种无可形容的美丽圣境，人亦相同，一微笑，一皱眉，无不同样可以显出那种圣境。一个人的手足毛发在此一闪即逝更缥缈的印象中，并印象温习中，都无不可以见出造物者之手艺无比精巧。”“美固无所不在，凡属造形，如用泛神情感去接近，即无不可以见出其精巧处和完整处。生命之最高意义，即此种‘神在生命中’的认识。”② 因而，迁徙昆明，沈从文在这种焦虑中以文学不断对自己进行拷问和解构，对生活与生命、人性与神性进行重新思考，在具象的现实和虚空的抽象中重新寻找内心的平衡点。③ 迁徙带来的这种新的精神变化和哲学思考，这种对现实的重新认识，对“爱”与“美”的重新发现与哲学思考，都是沈从文迁徙昆明后新的美学追求，必将反映到文学创作上，为其探索新的文学创作形式提供了基础与动力。

此外，迁徙到昆明，沈从文不仅读书多，而且杂，涉及中国现代文学、外国文学、人类学，如黑格尔的《小逻辑》、弗洛伊德的著作等。开阔的文学视野及对文学的重新思索和反省，都致使文学向

---

① 沈从文：《美与爱》，《沈从文文集》（第 11 卷），花城出版社 1984 年版，第 376 页。

② 同上书，第 377 页。

③ 关于沈从文在动荡不安中迁徙昆明对自己进行拷问解构及对生活与生命、人性与神性进行重新思考的问题参见凌宇、张森《论沈从文昆明时期的文学创作》，《中国文学研究》2006 年第 1 期，第 81—85 页。

内转，向抽象化靠拢，不再拘泥于传统小说模式，引入新的艺术元素。这一时期创作的散文集《烛虚》《七色魇》，长篇回忆性散文《水云——我怎么创造故事，故事怎么创造我》等都介入了关于生命、关于文学新的思考。正如沈从文自己所总结的那样："生命一种最完整的形式，这一切都在抽象中好好存在，在事实前反而消灭。"① 这是沈从文迁徙昆明所产生的思想认识的变化及其文学实验性探索的内在因素分析。

同时，迁徙到昆明，西南联大这个新的地方，新的文学环境，新的文学氛围，为沈从文打开一扇接触西方文学尤其是西方现代主义文学的窗口，这自然为他参照西方文学而进行实验性创作提供了可能。20世纪40年代的西南联大会聚了一批中外文学精英，文学活动相当活跃。尤其是西方现代文学名家的到来，为西南联大输入现代主义文学思潮。英国现代主义诗人燕卜荪在西南联大授课，并掀起现代主义文学热。美国现代主义诗人奥登访华，使西方现代派及批评理论在西南联大产生广泛影响。此外，一批深受现代主义影响的诗人加盟西南联大，他们或从国外留学归来，或深受西方现代主义影响。20世纪40年代加盟西南联大的冯至在德国柏林大学、海德堡大学留学并获哲学博士学位，受过系统的存在主义哲学教育，在文学上《十四行诗》《伍子胥》亦受存在主义的影响，现代主义特征比较明显。醉心于西方象征主义的卞之琳也被聘为西南联大教授。围绕在冯至、卞之琳等周围一批才华横溢的学生，穆旦、袁可嘉、杜运燮等青年诗人，更容易接受西方现代主义，他们共同掀起西南

① 沈从文：《生命》，《沈从文文集》（第11卷），花城出版社1984年版，第295页。

联大现代主义文学浪潮。小说的诗化与哲理化实验性探索是西南联大小说家的普遍追求，大家谈论较多的冯至的《伍子胥》及汪曾祺的小说比较有代表性。这些小说浓郁的抒情氛围、诗化的语言、象征性的意境，以及行云流水的结构、诗与哲理的结合，都是在一定程度上对传统小说模式的一种颠覆和对小说形式的新发展，凸显出实验性特征。迁徙昆明，新的文学环境对沈从文的浸染是不可忽视的。在西南联大这样的文学氛围中，沈从文不仅与冯至、卞之琳、袁可嘉等现代主义诗人联系紧密，而且受现代主义的影响，自己创作的作品也开始变得看不懂了。所以，沈从文迁徙昆明可以说是其文学创作的转折点。迁徙昆明，西南联大这个新的文学环境中，各种中外文学资源为其探索实验性创作提供了可能。而这不同于沈从文任何时期受到的文学影响，此期沈从文的实验性创作与迁徙昆明后内心变化及新的文学环境的浸染息息相关。迁徙昆明导致了沈从文小说的诗化和哲理化的追求。

因此，西南联大时期，沈从文创作出《看虹录》这样的实验性小说并不是一时心血来潮的偶然之作，此期的相似小说《摘星录》，以及《新摘星录》也完全可以看作《看虹录》的姊妹篇，这说明沈从文这一时期的实验性小说是有意识的自觉行为。从 1938 年在隆隆炮声中迁徙到昆明，到 1946 年离开昆明重返北京，沈从文在这漫长的 8 年多时间里一共仅仅发表了 11 篇小说，而他 20 世纪 30 年代初一年的创作量远远超过这 8 年的创作量。此期也是沈从文创作最少的时期，是进行艺术上自觉探索的时期。这说明迁徙昆明，沈从文在艺术的沉潜中，在寻找新的探索和突破。

由上两方面分析可以看出，20 世纪 40 年代沈从文迁徙昆明，对

沈从文一生有着重要影响，不仅是颠沛流离的迁徙经历对沈从文有刻骨铭心的影响，进而影响文学创作，而且迁徙到西南联大新的文学环境对沈从文创作亦产生了深远影响。迁徙昆明，使沈从文经历了外在生命与内在灵魂的反复激荡，从而促使沈从文在文学上进行一系列实验性探索。实验性体现为在小说形式上借鉴西方现代主义的一些东西，且小说的叙事功能得到压缩，抒情、议论功能得到膨胀，呈现出了极其浓厚的抽象色彩和哲理意味。因此，西南联大时期沈从文小说创作呈现出典型实验性特征，也就不足为奇了。所以，从这个意义上说，这次颠沛流离的长途迁徙对沈从文的影响是全面而深入的，促使沈从文对文学的重新思考，促使其实验性作品的产生。因此，沈从文昆明时期的实验性创作是在长途迁徙后文化心理发生转变的必然结果。

三　萧红奔波香港与创作《后花园》

萧红在20世纪40年代历经颠沛流离后奔波到香港，创作了带有极大实验色彩的小说《后花园》。这里简略论述萧红奔波香港与创作带有实验色彩的小说《后花园》的关系，以进一步印证本书所论作家迁徙与文学的内在关系。《后花园》是萧红的晚期作品，虽为小说，但又不同于一般的小说。小说极其散文化，以儿童视角和成人视角交替观察后花园的磨坊、人物，以及后花园的动物与植物。前半部分以儿童的视角，特别是儿童的视觉和听觉来描写后花园灿烂的颜色和热闹的声音。后半部分冯二成子出场的时候，作者又游移到成人视角，对冯二成子的悲剧命运进行了冷静的叙述。冯二成子封闭的内心被隔壁邻居家女儿“咯咯”的笑声打开。虽然冯二成子单相思隔壁邻居女儿，但终究有一天那姑娘穿上了新衣裳，涂上了脂粉嫁作他人妇。冯二成子的生活又冷清下来，最后和王寡妇好上结了婚。等到女人死了，孩子死了之后，冯二成子又恢复了平静。后花园的园主死了，后花园拍卖换了主人，冯二成子跟了新的主人。后花园冯二成子平淡无奇的悲剧经历是注定的，如同古老的磨盘，没有年轮，没有历史，重复上演，小说充满了寂寞的情调。《后花园》不同于一般的小说，迥异于之前创作的《呼兰河传》等小说，既带有人世轮回的宿命意识，又传达出人的存在、命运与选择、时间意识等哲理意味。

20 世纪 40 年代萧红在战火中迁徙流亡，从重庆坐飞机逃亡到香港后，与端木蕻良居住在香港九龙尖沙咀乐道八号。此时的萧红难得有闲余时间从事写作，在续写 1937 年就开始创作的《呼兰河传》的同时，并先期完成了散文体小说《后花园》。《后花园》先后发表于 1940 年 4 月 15 日至 25 日香港《大公报》文艺副刊《文艺综合》和《学生界》上。从内容上看，《后花园》可以看作《呼兰河传》的姊妹篇，主人公冯二成子的故事与《呼兰河传》的第七章磨官冯歪嘴子的故事大同小异。小说散文化笔法、儿童视角与成人视角交替的模式，语义内涵的丰富混沌，以及在叙事上的创新，都使小说带有实验特征。“这篇小说在小说艺术（即萧红所说的‘小说学’）上也进行了许多自觉的探讨，除上文已经提到的‘写实与象征的结合’之外，也还有：‘叙述、描写、分析的交叉运用’，‘儿童视角与成人叙述的灵活转换’，‘说书人叙述的插入’，‘隐含作者的隐显变换’，‘中心意向的营造与转移’等等，结合创作实践，总结这些

实践的得失，对建立‘中国现代小说诗学’是有很大意义的。”①

那么，萧红在写作《呼兰河传》的同时，为什么还要写作《后花园》？以前的研究者把《后花园》简单地当作《呼兰河传》重复写作。实际上，两者写作重心明显不同。《呼兰河传》实际上还是在续写《生死场》，继续写东北人民在日寇铁骑蹂躏下“对于生的坚强，对于死的挣扎”②。而《后花园》内涵混沌而丰富，它蕴含着象征、哲理意味。可以理解为人的哲学存在、存在与时间的关系等抽象的东西，甚至在探讨生命漂泊者与固守者的价值与命运等主题，而不能简单地看作一个普通人的悲剧故事来读。③《后花园》的实验性特征非常明显。而这种实验性探索显然与萧红20世纪40年代漂泊迁徙经历有关。

萧红一生居无定所，贫病交加。早年家乡沦陷，流亡上海，又漂泊到东京、北平、上海、武汉、临汾、重庆等地，即使在上海也是四处搬家。1940年1月，又与端木蕻良一起坐飞机奔波到香港。这种四处颠簸、亡命天涯的迁徙体验非一般人所能体会，且个人生活屡遭不幸，感情也备受打击。迁徙香港，萧红给白朗写信，述说身处异乡的寂寞之苦，这种苦实际上也是迁徙颠簸之苦，她说：“不知为什么，莉，我的心情永久是如此的郁郁，这里的一切景物都是多么恬静和优美，有山，有树，有漫山遍野的鲜花和婉声的鸟语，更有澎湃泛白的浪潮，面对着碧澄的海水，常会使人神醉的。这一

---

① 钱理群：《对话与漫游——四十年代小说研读》，上海文艺出版社1999年版，第78页。

② 鲁迅：《萧红作〈生死场〉序》，《鲁迅全集》（第6卷），人民文学出版社2005年版，第422页。

③ 关于《后花园》的多重意味参见钱理群《对话与漫游——四十年代小说研读》，上海文艺出版社1999年版，第77页。

切不都是我往日所梦想的写作的佳境吗？然而呵，如今我却只感到寂寞！在这里我没有交往，因为没有推心置腹的朋友。因此，常常使我想到你。莉，我将尽可能在冬天回去……”① 所以，在历经战争、漂泊后创作的《后花园》中，把自己漂泊无定的苦汁与漂泊、迷茫、焦虑、寂寞等生命体验转化为文学形象，创造出了一个寂寞、无奈、迷茫、焦虑的世界。正如钱理群指出：“小说所要探讨的大地（生命）的‘漂泊者’与‘固守者’的价值、命运与选择，是现代文学、特别是40年代文学的一个重要主题，这自然是与作家的战争体验有关的。《后花园》不能仅当作故事来读，它蕴含着象征的、哲理的意味。这就是萧红在写了《呼兰河传》之后，还要在类似的素材基础上，再写《后花园》这篇小说的原因所在。”②

从这个角度讲，萧红漂泊到香港后创作的实验性小说《后花园》与其在战争年代的迁徙经历有很大关联。战争年代百转千回的迁徙经历，使萧红产生与众不同的生命体验，进而将这种体验投射到小说创作中，创作了带有实验色彩的《后花园》。而这，进一步说明了，20世纪40年代作家迁徙与文学创作的内在联系。

以上以个案研究的方式，深入具体分析了废名移居黄梅与创作《莫须有先生坐飞机以后》、沈从文迁徙昆明与创作《看虹录》、萧红奔波香港与创作《后花园》的内在联系，可见，作家迁徙不仅在宏观上对20世纪40年代文学格局、文艺思潮产生深远影响，而且在微观上也影响了20世纪40年代的文学创作。20世纪40年代作家

---

① 白朗：《遥寄——纪念知友萧红》，《文艺月报》1942年6月15日。

② 钱理群：《对话与漫游——四十年代小说研读》，上海文艺出版社1999年版，第77—78页。

异乎寻常的迁徙历程，对作家的人生观、文学观等皆产生颠覆性的影响。因为，历经亡命天涯的迁徙经历，中国现代作家“一起进入了人生与艺术道路上难得、少遇的‘沉潜’状态。这首先是生命的‘沉潜’——这是一种经历了战乱中的流亡，有了丰富的生命体验（这正是他们的前辈30年代的校园诗人所匮缺的）以后的生命沉潜：他们面对现实与自然凝然默思，将中国土地上的生活的沉重与灾难潜入内心深处，将民族本位的、更具感性（非理性）的战争体验转化为（融入）个人与人类本位的、更具形而上色彩的生命体验与思考。这又是艺术的‘沉潜’——而且是在最广泛的吸取基础上的‘沉潜’”①。20世纪40年代耸现的这些实验性小说，就是作家历经亡命天涯后，经过“沉潜”后慢慢凝结而成的作品。所以，深入剖析20世纪40年代作家迁徙与20世纪40年代实验性小说创作之间内在联系对研究20世纪40年代文学具有启发意义。

第二节　作家迁徙与40年代文学创作的流动性及广场化倾向

20世纪40年代作家迁徙对文学创作的影响，还造成了20世纪40年代文学创作的流动性及广场化倾向特征，这也是20世纪40年代文学有别于其他任何时期文学的一个重要特征。这一特征显然与

① 钱理群、温儒敏、吴福辉：《中国现代文学三十年》（修订本），北京大学出版社1998年版，第579页。

作家迁徙紧密相连。由于作家四处迁徙，作家创办的刊物也随作家一起迁徙流动，文学刊物在迁徙流动中此消彼长。作家在迁徙途中创作，文学作品在迁徙流动中产生。在迁徙流动中作家与作家相遇，交流文学，不同文艺思想相互碰撞。20 世纪 40 年代文学表现出流动性特点。并且由于作家迁徙，以及抗战的需要，20 世纪 40 年代作家纷纷走向街头，走向广场，产生了许多短小轻快的广场文学作品，20 世纪 40 年代文学表现出广场化倾向。这些都是中国现代文学以前从来没有过的现象。作家迁徙造成 20 世纪 40 年代文学流动性及广场化倾向的突出特征。

一　作家迁徙与 40 年代文学创作的流动性

作家迁徙促使文学的流动性，主要表现在作家迁徙改变了作家静坐书斋的静止的创作方式，文学创作在迁徙流动中完成，文学创作表现出流动性。作家迁徙也导致了文艺刊物随作家迁徙流动，文艺刊物表现出流动性。作家迁徙也促进了文艺思潮的传播流动。下面从这三方面具体展开阐述作家迁徙与文学的流动性。

（一）作家迁徙与文学创作的流动性

首先在创作方式上，作家迁徙改变了作家的创作方式，以往静坐书斋一气呵成的创作方式被打破，取而代之的是作家在迁徙流亡途中流动性创作，文学作品大多是陆陆续续间断性写成。甚至有的手稿丢失，不得不重新续写完成，《财主的儿女们》即为一例。文学作品在迁徙流动中产生是 20 世纪 40 年代文学作品产生的一个重要

方式。20世纪40年代作家在动荡不安的迁徙过程中坚持创作，以文学为抗战服务。这些充分说明了20世纪40年代迁徙与文学的互动关系及文学流动性特征。

20世纪40年代代表性作家萧红，上文已论其迁徙路径，这里还要简略论述其迁徙与迁徙中的创作简况。萧红抗战爆发后开始了漂泊之旅。从上海与萧军一起漂泊到武汉，又一同转折至山西临汾，在临汾与萧军分手后，萧红与端木蕻良一起返回武汉，又辗转到重庆，后与端木蕻良一起辗转漂泊到香港。在动荡不安的迁徙途中，萧红创作了长篇小说《呼兰河传》《马伯乐》、短篇小说《后花园》《小城三月》《北中国》《马房之夜》等。迁徙到香港，因病终结了年轻的生命，病逝于迁徙途中。可见，萧红的主要作品皆在迁徙途中完成。《呼兰河传》的写作过程比较典型地体现了文学创作的流动性。萧红在武汉即开始了长篇小说《呼兰河传》的创作，由于迁徙流亡，动荡不安，迁徙途中断断续续写作部分章节。直到1940年迁徙到香港才续写完成。

萧军也是一例。抗战爆发后萧军与萧红一起到了武汉，并开始创作长篇小说《第三代》，在《七月》上连载。但由于亡命天涯，只完成部分章节。在西安与萧红分手后，萧军到达兰州。漂泊兰州写作过杂文《补白二章》《消息》《略论“形式”加“主义”》等。与王德芬完婚后，萧军携王德芬经西安，流亡到成都。在成都完成散文集《侧面》及四幕剧《幸福之家》。因成都白色恐怖严重，萧军离开成都到重庆，开始创作话剧《恩仇以外》。不久，离开重庆到达延安。在延安续写长篇小说《第三代》，创作完成了话剧《恩仇以外》。在延安相对安定的环境中，萧军写作了大量杂文，如《论同志之间的“爱”与“耐”》《杂文还废不得说》《作家面前的“坑”》等。抗战胜利后，萧军转战东北解放区等地。迁徙时期，也是萧军文学创作的高峰期。萧军大部分文学作品都是在迁徙流动中创作完成的。

沈从文在抗战爆发后，沿烟台、济南、南京到达武汉，又从武汉辗转到长沙临时大学，又撤退到沅陵，辗转到昆明。在沅陵，沈从文开始构思长篇小说《长河》，写作长篇系列散文《湘西》。离开沅陵，乘坐二十多天的汽车，沈从文经贵州到达昆明。在昆明西南联大开始创作《长河》，并创作了《摘星录》《看虹录》等带有实验性的小说。抗战爆发后，沈从文在迁徙途中构思写作了后期主要代表性小说。

20 世纪 40 年代作家在迁徙流动中创作绝非个案。因为，由于战争，作家颠沛流离，四处迁徙，迁徙见闻及生命体验往往引发情思，激发作家的创作灵感，并提供了创作素材。作家在迁徙中创作，在创作中迁徙。作家迁徙与文学创作存在互动关系。这是 20 世纪 40 年代作家特殊的存在方式，也是 20 世纪 40 年代作家特殊的写作方式，这种迁徙中的创作方式深深影响了 20 世纪 40 年代作品的样式和风格。文学创作的流动性是 20 世纪 40 年代文学流动性的第一个表现。

（二）作家迁徙与文学刊物的流动性

20 世纪 40 年代文学的流动性不仅表现为文学作品创作的流动性，在迁徙中写作，在写作中迁徙，而且表现在文学刊物在迁徙中创刊、壮大、消亡，在迁徙流动中编辑出版，呈现出流动性特征。

《七月》是 20 世纪 40 年代影响甚大的大型文艺刊物，文学刊物的流动性，以及作家迁徙与文学刊物编辑出版的互动关系在《七月》

上体现得淋漓尽致。《七月》在抗战的烽火中创刊，伴随着作家迁徙而壮大，又在迁徙中消亡。抗战爆发后，日军进攻上海，抗日情绪高涨，胡风决定创办一个刊物，《七月》便诞生了。后由于战争，《七月》作者等文艺人士纷纷离开上海，胡风迁徙到武汉。在武汉，《七月》再登记重新出版。此期，《七月》不断发展壮大，“第一期出版的上午，总代售生活书店两小时内被抢买去了四百多份”①。后又赶印了三千份。除了数量之外，武汉时期《七月》集聚了丘东平、曹白、阿垅等一批实力派作家，还发表了《第七连》《我们在那里打了败仗》等一批有影响的作品。后胡风迁徙到重庆。《七月》在重庆复刊后，已经成为抗战时期最有影响力的文艺刊物，会聚了路翎、贾植芳、何剑薰、彭燕郊、鲁藜、白危等一批有影响力的作家，发表了《从攻击到防御》《半个十月》《在敌后穿行》《警卫团生活小景》等颇有影响的作品。1941 年，胡风奔赴香港，计划推出《七月》港版，但未成功。撤离香港，经东江游击区辗转到桂林，再返重庆。见到阿垅、路翎、何剑薰、庄涌、化铁、舒芜、绿原，并登记出版《希望》。《希望》可以看作《七月》的续刊，两者的办刊宗旨基本一致。1945 年抗战胜利后，胡风复返上海，《希望》也随即迁到上海。有趣的是，在上海相对安定的环境中，《希望》却反而停刊了，“由于国民党对文化投资公司一再明里暗里捣乱，使得《希望》的印刷和发行都很困难……这样，《希望》在上海新出了四期后，只得停刊了”②。

---

① 胡风：《胡风回忆录》，人民文学出版社 1997 年版，第 85 页。

② 梅志：《胡风传》，北京十月文艺出版社 1998 年版，第 526 页。

《七月》从在炮声隆隆的上海创刊，到《希望》在上海停刊，《七月》伴随着胡风一路不停迁徙，从武汉、重庆、香港、桂林，再返回重庆、上海，作家迁徙与刊物发展紧密相连。办刊是胡风的文学理想和人生追求，胡风每迁徙到一处，便收集稿件，编辑出版刊物。但《七月》迁徙到不同地方，作家群体不尽相同，稿件质量也参差不齐，因此作家迁徙与刊物流动实质上影响了刊物版面、文字字数、文章风格及刊物质量。所以，作家迁徙与文学刊物消长流动，作家迁徙对文学刊物产生相当大的影响。

茅盾的迁徙也导致《文艺阵地》的流动性。抗战爆发后，作家茅盾从上海经武汉等地辗转到香港，在香港创办《文艺阵地》，《文艺阵地》成为抗战时期最有影响的刊物之一。此后，茅盾与《文艺阵地》一起迁徙，茅盾在迁徙中收集稿件、编辑出版刊物，迁徙与刊物互动。《文艺阵地》创刊之初在香港编辑，在广州排印，后又改在上海排印。此期《文艺阵地》团聚了张天翼、姚雪垠、刘白羽、叶圣陶、楼适夷等作家，发表了《华威先生》《差半车麦秸》等脍炙人口的作品。茅盾离开香港后，由楼适夷代行编务。茅盾去新疆后，《文艺阵地》自第三卷第五期（1939 年 6 月 16 日）起，随楼适夷转移到上海编辑出版。茅盾在新疆脱险，经西安、延安复返重庆后，又继续在重庆编辑出版《文艺阵地》。此期《文艺阵地》团聚了沙汀、叶以群、宋之的、曹靖华、欧阳山等一批名作家，发表了沙汀的小说《老烟的故事》、艾青的长诗《玛蒂夫人像》、茅盾的散文《风景谈》等 20 世纪 40 年代有影响的文章。

《文艺阵地》随着茅盾、楼适夷迁徙各地而迁移流动，且作家迁徙也影响了《文艺阵地》的编辑发行。起初茅盾在香港编辑发行

《文艺阵地》，后楼适夷将刊物移编上海，《文艺阵地》水准及影响力皆不如从前。“《文阵》从三卷后半卷起，作者的范围就明显地日渐狭窄，香港和孤岛上海两地的进步作家几乎成了作者队伍的主力。因而，反映的面就不能不比前期缩小得多。”① 究其原因，出现“这样的状况是非常不得已的事。其时，全国的政治、文化、教育等等的重心在重庆，即陪都。文化人大都集合在那里，文艺刊物也层出不穷，与上海的通讯仍很困难，邮资又那么高。而对于远离‘中心’，又处于敌人包围圈的‘孤岛’环境中，时局变化莫测，‘孤岛’的藩篱随时有被冲破的可能。这样的不稳定性，对于编辑组稿工作来说，无疑带来更为严重的困难。也只能‘香港和孤岛上海两地的进步作家几乎成了作者队伍的主力’”②。后编委会作家纷纷离开，编委会欧阳山去了延安，宋之的等去了香港，只有沙汀、曹靖华还留在四川，《文艺阵地》不得不停刊了。作家迁徙与《文艺阵地》的流动性直接影响了刊物的发行与存亡。《文艺阵地》比较典型地说明了文艺刊物的流动性特征。

（三）作家迁徙与文学思潮的传播

作家迁徙与文学思潮传播的关系表现得尤为明显。毋庸置疑，作家是创作的主体，作家迁徙直接将文学思潮从一个区域传播到另一个区域，促进了文学思潮的传播，这也是20世纪40年代文学流

---

① 以群：《〈文艺阵地〉杂忆》，《中国现代文艺资料丛刊》第一辑，上海文艺出版社1962年版。转引自孔海珠《楼适夷编辑生涯的重要台阶——楼适夷与〈文艺阵地〉》，《鲁迅研究月刊》2005年第5期，第19页。

② 同上书，第19—20页。

动性的又一个表现。

丁玲是一个例子。受五四文学影响的丁玲即使迁徙到延安这样一体化的文学环境中，也仍然跳出五四的音符，在延安创作《在医院中》《我在霞村的时候》这样带有强烈启蒙色彩的小说深受关注。此外，丁玲还在延安发表了《三八节有感》等鲁迅风杂文。在丁玲的影响下，延安掀起一股鲁迅风杂文热潮。在丁玲的影响下，《勇气》《适合群众与取媚群众》《我们需要杂文》《野百合花》《了解作家，尊重作家》等充满五四批判精神的杂文相继在延安报刊上发表，这些杂文针砭时弊，在延安引起较大反响。这些在下面章节论述作家迁徙促使区域文学互动中还要深入详细论述，这里只做简要概述。所以，丁玲迁徙到延安，将五四启蒙文学思潮传播到延安，这对丰富延安文学内涵，打破延安文学单一化英雄叙事，都具有积极意义。

作家迁徙对抗战时期文学思潮传播起到重要的促进作用。作家迁徙不仅促进了文学思潮从国统区传播到解放区和沦陷区，也促进了文学思潮从解放区向国统区和沦陷区的传播。作家迁徙促进了文学思潮的传播，表明作家迁徙导致了20世纪40年代文学的新的特质，即造成了20世纪40年代文学流动性，这一特征非常明显。

二　作家迁徙与40年代文学创作的广场化倾向

作家迁徙，不仅造成了20世纪40年代文学创作的流动性，还使20世纪40年代文学创作呈现出广场化的特征。所谓文学广场化，即作家不再静坐书斋埋头创作，将作品束之高阁，而是作家与作品一起走向街头，走向田间，走向广场，在广场街头创作短小、简洁、

明快的作品，张贴在广场的墙头供人阅读。广场文学追求一种通俗、鲜明、昂扬的风格，冲击人们的眼球。一般是紧密配合当时斗争需要，迅速发挥文学宣传作用，旨在唤醒国人的抗日爱国情绪和保家卫国的决心，极富鼓动性、震撼性和斗争性。如，田间在1938年写的一首很有名的街头诗《假使我们不去打仗》，很能体现文学广场化的特征。

假使我们不去打仗，
敌人用刺刀
杀死了我们，
还要用手指着我们骨头说：
"看，
这是奴隶！"

（《假使我们不去打仗》）

这首街头诗是20世纪40年代广场文学的代表作品，与一般的现代诗歌明显不同。这首诗没有现代诗歌的抒情、铺垫等手法，而是以直陈方式简洁明快地写出了我们不去打仗、不去反抗的下场，敌人可以轻易地杀死我们，并轻蔑地称这是奴隶的下场，诗歌表达了我们不愿做奴隶的反抗精神。诗歌在语言结构上也很有特点。诗歌语言没有任何的陈述、过渡，也没有任何的铺叙抒情，而是以直白的口语，以直陈的方式，将一个人人都懂的简单的事实和推断展现出来。诗句简单直白，短小明快，但极具震撼力和感染力，能很好地配合当时的斗争需要，起到宣传抗日，教育民众的作用。《假使我们不去打仗》展现出文学广场化的基本特点。

20世纪40年代作家迁徙，走向田间，走向街头，走向广场，深入民间，从民间汲取文学资源，创作出广场化的新的文学样式，导致了20世纪40年代文学创作的广场化倾向。这是作家迁徙对文学的又一深入影响。本节论述20世纪40年代作家迁徙与文学广场化倾向，着重从如下方面进行阐述。第一，作家迁徙与诗歌创作的广场化倾向。20世纪40年代作家走向广场，创作出的街头诗、传单诗、枪杆诗、朗诵诗等新型诗歌样式，导致诗歌创作广场化。第二，作家迁徙与轻型大众化文艺创作的广场化倾向。20世纪40年代作家走向田间地头，创作出故事、鼓词、街头剧、戏曲等通俗文学样式，是文学广场化的又一表现。第三，作家迁徙与墙报文学创作的广场化倾向。20世纪40年代作家走向街头，在墙头上写下文学作品，各种墙报文学在街头巷尾兴盛起来。

（一）作家迁徙与诗歌创作的广场化倾向

20世纪40年代因抗战的需要，作家走出书斋，走上街头，宣传抗战，唤醒民众的抗日情绪和保家卫国的决心。因文学宣传的需要，便于记忆、诵咏、传唱的诗歌，尤其是短小精悍的、具有鼓动性的诗歌，成为文学主角，诗歌走向广场，诗歌创作呈现出广场化倾向。

街头诗的大量涌现是诗歌广场化的主要表现。街头诗，通俗地讲，就是把诗歌写在街头或贴在街头，供民众诵读，以达到宣传抗日、动员群众的目的，是一种短小简约的诗歌形式。街头诗主要出现在陕北各根据地。街头诗运动是新诗产生以来，最深入群众，最贴近群众的一次诗歌运动，影响深远。边区诗人柯仲平、田间、高敏夫、史塔等是街头诗的发起人和提倡者。1938年8月，边区文协

战歌社诗人柯仲平、林山等与西北战地服务团战地社诗人田间、邵子南等联合发表《街头诗歌运动宣言》，这标志着街头诗的诞生。《街头诗歌运动宣言》指出："在今天开展大众街头诗（包括墙头诗）运动，不但利用诗歌作战斗的武器，同时能使诗歌走到真正大众化的道路上去。有名氏、无名氏的诗人们，不要让乡村的一堵墙，路旁的一片岩石，白白的空着，也不要让群众会上的空气呆板沉寂。写吧——抗战的、民族的、大众的！"① 街头诗发展迅猛，边区的城墙、土墙、城镇废墟、街头广场，都写满了街头诗。此后，一些诗人对街头诗的创作及语言特点等进行专门总结，边区报纸上出现了关于街头诗的介绍文章。不久，延安诗人把街头诗传播到各根据地，街头诗运动迅速在边区如火如荼地开展起来。边区文学社团战地社、铁流社是街头诗运动的两个中心。成员包括田间、史轮、邵子南、力军、曼晴、魏巍、钱丹辉等。这些延安诗人从延安到各边区慰问演出，他们一边行军迁徙，一边将诗写在墙头上。随着街头诗的影响不断扩大，不仅边区墙头村边留有街头诗，而且边区报纸及诗歌刊物也开始发表墙头诗，还出现油印出版的街头诗集，如《粮食》（田间、邵子南、力军、石群）、《战士万岁》（田间）、《文化的民众》（邵子南）、《在晋察冀》（力军）、《街头》（曼晴）、《给自卫军》（赵景中、丹辉、魏巍）、《力量》（邵子南、丹辉、魏巍、荒冰、沙漠）等都是当时影响较大的街头诗集。

街头诗都是和边区的生产生活、对敌斗争紧密相连的，有的是

---

① 边区文协战歌社、西北战地服务团战地社《街头诗运动宣言》，《新中华报》1938年8月10日。转引自艾克恩编《延安文艺运动纪盛（1937年1月—1948年3月）》，文化艺术出版社1987年版，第85页。

号召妇女支援前线，有的是号召组织开荒生产，有的是揭露敌人血淋淋的暴行，有的是反汉奸，有的是宣传拥军爱民等，非常全面地反映了边区军民的生产生活和斗争。“街头诗一开始便代表着人民的，它需要从人民的生活和工作找取创作的主题、言语和感情；它的运动更需要展开在人民队伍当中，它需要人民明白，是人民自己的东西，终于渐渐地学着接受和应用与制造这把匕首。”① 因为根据地民众文化层次较低，大多处于文盲半文盲状态，街头诗短小简约，通俗易懂，富有号召力，是教育群众、争取群众的极佳方式。诗人史轮曾经自豪地说：“我们的街头诗，不用说都会了解到，它决不是所谓‘诗人’在象牙塔里低吟慢唱的‘诗’，而是参加在大时代斗争的行动里面的人，奏出的大时代群众的行动的旋律；同时又是正确地指导群众的行动的，故我们的街头诗是需要充满着行动的街头诗。”② 街头诗与民众紧密相连，街头诗和老百姓的关系，“象银行和食堂同老百姓发生关系一样”③。在宣传抗日，发动群众，打击敌人方面，街头诗起到了枪炮所不能有的作用。④

街头诗的创作与作家迁徙紧密相连，因为街头诗不仅在迁徙辗转过程中酝酿，而且在迁徙过程中创作完成，写在迁徙流转的各地城墙街头上供百姓阅读。诗人田间在 1938 年提倡街头诗后，就没安

---

① 田间：《关于街头诗》，转引自周进祥《街头诗在晋察冀》，《新文学史料》1983 年第 1 期，第 203 页。

② 史轮：《关于街头诗》，《抗敌报》1938 年 10 月 26 日，第 4 期。转引自周新民、段炜《论田间的街头诗的现代性》，《淮北煤炭师范学院学报》（哲学社会科学版）2000 年第 4 期，第 9 页。

③ 艾青：《展开街头诗运动》，《解放日报》1942 年 9 月 27 日。

④ 关于根据地街头诗的创作概况参见周进祥《街头诗在晋察冀》，《新文学史料》1983 年第 1 期，第 200—208 页。

定下来，迁徙辗转各根据地。在迁徙辗转的过程中，写下了诸多街头诗。因其创作的街头诗简短有力、节奏密如鼓点而被称为鼓点诗人，是街头诗的开创者和引领者。刚到延安不久，田间创作的诗歌《义勇军》就是其中比较有名的一首街头诗：

在长白山一带的地方，
中国的高粱，
正在血里生长。
大风沙里，
一个义勇军，
骑马走过他的家乡。
他回来：
敌人的头，
挂在铁枪上！

《义勇军》诗作抓住一个义勇军战士凯旋的一个片断，以白描的手法，刻画义勇军战士的英雄形象。诗歌上半节展现了东北沦陷后血染山河的图景，下半节描写了一个义勇军战士奋勇杀敌的高大形象。义勇军战士杀敌凯旋，“敌人的头，挂在铁枪上”。诗歌没有细节描写义勇军战士如何杀敌，但通过凯旋的情景，突出了义勇军战士的高大英勇形象。从形式上来看，诗作形式短小，语言简洁，很能体现街头诗的一般特点。

街头诗的写作与迁徙联系在一起，没有迁徙就没有街头诗，就没有诗歌的广场化。田间随西北战地服务团出征，在各敌后根据地，在行军迁徙过程中写下大量街头诗，宣传抗日、发动群众。1938 年末至1939年初，田间随西战团行军来到黄河边蛟潭庄，一个不大的集镇，田间在这里创作了街头诗《多一些》。

“多一些稚食，
就多一些消灭敌人的枪弹!”

听到吗，
这是好话哩!

听到吗，
我们要赶快鼓励自己的心，
到地里去。

要地里，
长出麦子;

要地里，
长出谷穗;

拿这些东西，
当作
持久战的武器。

(多一些!

多一些!)

多点粮食,
就多点胜利。

《多一些》以群众口语形式,采取与百姓拉家常的口吻,述说了多生产点粮食的重要性。诗作全部采用直白的口语,告诉百姓一个简单的常识:“‘多一些稚食,就多一些消灭敌人的枪弹!’”诗歌语言直白易懂,容易为百姓所接受,在平淡的语调中,蕴藏着巨大的感染力。

从延安到黄河岸边,田间随即向大龙华进发,到杨成武将军部队所在地,目睹八路军英勇战斗,写作《烧掉旧的,盖新的》等。行军到三将台,边区腹地阜平的一个小村庄。到平西抗日根据地,访问贺龙将军并了解到陈庄大战,写作《山中(名将录之二)——题贺龙将军》。来到易县南娄山,访杨成武将军,了解到八路军黄土岭战斗,写作《马上取花(名将录之四)——题杨成武将军》。又迁徙辗转到野三坡,访问萧克将军及平西挺进军,写作《林中之战(名将录之五)》等诗。又迁徙来到晋察冀根据地司令部,访问聂荣臻将军。1943年夏,从边区文协下乡到盂平,写作《康元》《拜年》等诗。[①] 田间作为诗人、战士、战地记者,20世纪40年代在边区各地之间迁徙,足迹踏遍了整个晋察冀根据地,每到一处,深入生活,

① 关于20世纪40年代田间迁徙及街头诗创作参见田间《田间自述》(四),《新文学史料》1985年第1期,第100—122页;田间《田间自述》(五),《新文学史料》1985年第2期,第78—87页;田间《田间自述》(六),《新文学史料》1985年第3期,第126—140页。

写了许多街头诗。田间街头诗的写作和迁徙各地是分不开的。

除田间之外，邵子南、曼晴、谷扬、丹辉等诗人也在迁徙辗转晋察冀根据地各地过程中，写下了许多街头诗。如在延安，邵子南在石头上写下了《诗人——岩头诗之一》。

诗人呵
让你的诗
站在那跟它一样坚强的岩石上吧。
那是很好的岗位——
保卫边区！

诗人曼晴的《匕首》：

你的诗，
象匕首。
闪闪发光。

写吧，
让所有的墙壁。
都披上武装。

在蛟潭庄，诗人谷扬写了街头诗《献给前线的战士们》：

你们是中华民族
最优秀
最勇敢

最坚决的男儿，
中华民族有了你们，
我们敢这样说：
中华民族是不会亡的！

在蛟龙潭，还有钱丹辉的《红羊角》《消灭敌人》：

敌人从那里进攻，
就把它消灭在那里，
对再来的敌人说：
“中国越打越强了！”

（《消灭敌人》）

在三将台，诗人陈辉英勇牺牲，留下遗作：

英雄非无泪，
不洒敌人前；
愿将五尺躯，
化为红杜鹃。

在边区，许多诗人走向街头，在行军中将诗歌写在墙头、岩石上，向群众大声朗读街头诗。街头诗在20世纪40年代是一个新鲜事物，它以短小精悍的形式、新鲜活泼的风格为文化层次不高的普通民众所接受，被群众所熟悉，在晋察冀、在整个边区产生轰动性反响。随着街头诗的发展，稍后产生了形式更加新颖的诗歌形式，如传单诗、枪杆诗等。这些诗歌形式是街头诗的演变体，本质上还是街头诗，依然具有街头诗短小精悍的诗歌形式、通俗易懂的诗歌语言，只不过宣传形式、书写载体发生了变化。

传单诗，顾名思义，将诗作印刷在传单上，散发给读者，同样能够起到宣传群众、发动群众的效果。传单诗与街头诗的形式完全一样，但不是写在街头墙头上，而是写在传单上。传单诗也是与作家迁徙紧密相连的。例如，1939 年，钱丹辉在晋察冀一分区保卫麦收动员大会上，在传单上创作了《夏收》，这首诗是以传单诗的形式出现的。

抗战末期，还出现了枪杆诗，这种诗有的刻在战士的枪柄上，有的写在报纸上，因为这种诗是表现战士生活和意志的，所以统称为枪杆诗。与街头诗一样，枪杆诗短小精悍，语言通俗易懂。枪杆诗是受街头诗启发而创作出的一种诗歌形式。比较有名的枪杆诗如《大三八》。此外，街头诗还派生出岩壁诗、路边诗、战壕诗、地雷诗、手榴弹诗、背包诗等多种活泼多样的形式，这里就不一一列述。①

街头诗是 20 世纪 40 年代文学广场化的最直接表现，而作家迁徙是街头诗创作的直接动因和动力。“让诗和人民在一起。”这是当年街头诗运动总的口号。的确，街头诗自产生以来，改变了中国新诗束之高阁的缪斯形象，第一次自觉地将诗歌与人民相结合，用群众的语言表达群众的感情。不仅是诗人，农民、村支书、儿童等也都加入了街头诗的写作队伍。作家迁徙促进了街头诗的创作，促使了文学的广场化。

---

① 关于街头诗、传单诗、枪杆诗、岩壁诗、路边诗等相关情况参见周进祥《街头诗在晋察冀》，《新文学史料》1983 年第 1 期，第 204—205 页。

（二）作家迁徙与轻型大众化文艺及墙报文学创作的广场化倾向

20世纪40年代除了诗歌创作的广场化倾向之外，还出现了街头剧、戏曲、故事、鼓词、唱本、戏曲等创作的广场化倾向。这些小型轻便文学走向广场，通俗易懂，鼓舞教育群众。这是文学广场化的另一形式。一个特别的现象，在民族存亡的危急时刻，20世纪40年代的作家普遍放弃自己“五四”以来的文学个性追求，转而创作与群众相结合的通俗易懂的大众化作品，甚至许多作家身体力行，不仅创作作品，还走向街头表演街头剧、鼓词等艺术。

鼓词是各种大鼓唱词的总称。它是一种说唱艺术，流行于我国北方民间和南方部分地区。在演唱的时候，表演者自击鼓板，掌握节奏，是一种以鼓板击节说唱的汉族曲艺形式。鼓词的形式是有说有唱，说唱结合，韵散并用。老舍作为满族后裔，从小耳濡目染民间曲艺，八角鼓、三弦、二胡等乐器为其所熟悉，爱好鼓词等民间曲艺。抗战爆发后，老舍在青岛中断了一贯熟悉的长篇小说创作，毅然终止了已经写了十多万字的长篇小说《病夫》和《小人物自述》的创作，积极投身到抗战洪流中来。宣传抗战，最好的形式是通俗文学。老舍义无反顾地积极投身到鼓词等民间艺术形式的创作中来。其间，老舍向不少京韵大鼓名家如白云鹏、张小轩、富少舫等学习鼓词，并开始鼓词等通俗文艺的创作。老舍回忆说：“在抗日战争以前，无论怎样，我绝对想不到我会去写鼓词与小调什么的。抗战改变了一切。我的生活与我的文章也都随着战斗的急潮而不能不变动了。‘七・七’抗战以后，济南失陷以前，我就已经注意到如何利用鼓词等宣传抗战这个问题。记得，我曾和好几位热心宣传工作的青年去见大鼓名手白云鹏与张小轩先生，向他们讨教鼓词的写法。”[①] 迁徙到武汉、重庆等地，老舍创作了《张忠定计》《游击战》《打小日本》《王小赶驴》等揭露日本暴行、宣传抗战的鼓词作品。《张忠定计》揭露了日寇奸淫烧杀的罪恶行径：“满地尸身遍地火，树上人头地下肠。娃娃炸死娘怀里，老人炸倒在门旁。”“见着男儿刀朝下，见着娘们就上床。杀完鸡犬抢粮草，哈哈大笑再烧房。”《游击战》告诉百姓如何帮助军队、如何打仗等问题：“若是没有我军在，敌人来到怎样行。到处都该早准备，临阵磨枪定不成。年青的齐去操演，喊队分排可以去请教人。各将职务安排妥，枪刀磨好把敌迎。有枪勤练瞄准法，贼兵一到定难生。老幼先把粮备好，夜间退走保安平。妇女牵牛带衣物，扶老携幼不虚惊。前村约好后村友，进退全把号令听。前面有山山里躲，后边有树树里便安营。造饭不把烟来冒，嘱咐孩子莫出声。腿快的男儿迎敌去，远远的偷着探敌情。由哪边进来哪边走，回来报信说明。”这些通俗易懂的鼓词在街头巷尾表演，受到群众欢迎，不仅很能起到宣传抗战、鼓舞士气的作用，而且还能帮助群众，教育群众。

同样，另一种轻型文艺街头剧是20世纪40年代作家走向广场的又一文艺形式。街头剧以街头为剧场，以最便捷的方式、最简单的设备传达出剧情，街头剧一般剧情简单，通俗易懂，形式灵活。与剧院中戏剧相比较，它不受舞台、灯光、布景、音乐的限制，能迅速反映现实生活，拥有大量的观众。20世纪40年代作家走向街

---

① 老舍：《我怎样写通俗文艺》，《老舍文集》（第15卷），人民文学出版社1990年版，第218页。

头，走向广场，街头、茶馆、广场都成为街头剧的剧场所在。商卒走贩、车夫酒客等城镇下层民众是最直接的观众。抗战街头剧带来观众群体的巨大变化，文化层次较低的下层民众是街头剧的忠实观众。这样，一则可以在绝大多数底层群众中间宣传抗战；二则可以教育群众，开启民智。胡绍轩在抗战时期曾指出："凡在舞台外演出的戏而观众并不知那是在演戏的戏剧，就叫作街头剧。""也许是我的偏见，我认为街头剧的本身它带有一种在街头偶发事件和有偶发事件的可能的性质的。"① 《放下你的鞭子》是街头剧的代表作，也是影响最为广泛的作品。剧本描写一对父女流落街头，靠卖唱为生，卖艺老汉因女儿香姐饥饿晕倒、表演不力而用鞭子抽打，这引起围观群众的不满，有群众当面怒斥老汉"放下你的鞭子"。女儿香姐出面制止群众，说出了二人原是父女关系，并诉说九一八事变东北三省沦陷，家乡被毁，自己与家人被迫流亡卖艺的经历。剧本将香姐家庭苦难转变为民族苦难，激起群众的严厉控诉和"打倒日本帝国主义！打倒卖国汉奸"的怒吼。街头剧通过特定情景，让青工等群众无意识地参与到剧情中来，唤醒底层民众抗日救亡意识。比较有影响力的街头剧还有《三江好》《最后一记》等。街头剧直接面对20世纪40年代中国最底层、数量最大、文化层次最低的普通群体，其意义非同一般。作家在迁徙中创作的街头剧是20世纪40年代作家文学创作广场化的又一表现。

除了街头剧外，还有故事、唱本、壁报文学等广场文学形式，

---

① 胡绍轩：《街头剧论》，《文艺月刊》1939年第2期。转引自胡斌《改编、大众化与抗战话语——论街头剧"好一计鞭子"》，《广西社会科学》2015年第5期，第175页。

都在20世纪40年代产生广泛影响。作家迁徙促进了墙报文学的广场化。由于篇幅限制，这里不一一展开论述。

在这里描述当年的街头诗、鼓词及街头剧等各种大众化文艺的广场化倾向，并非简单地重现当年各种大众化文艺轰轰烈烈的壮烈场面，而是重点对20世纪40年代作家迁徙，以及由此带来的文学创作的广场化倾向做个初步的描述。20世纪40年代街头诗、鼓词及街头剧等各种大众化文艺的产生，是作家辗转迁徙，深入生活，用文学为抗战服务，用文学为群众服务的最直接结果。作家迁徙不仅丰富了作家的见闻和阅历，扩大了作家的创作领域和素材，还改变了文学的样式，催促街头诗、鼓词及街头剧等各种新的轻型、大众化文艺文学形式的产生。这是作家迁徙对20世纪40年代文学的又一影响。20世纪40年代作家都真诚地放弃自己熟悉的创作风格与个性追求，在迁徙中追求大众化的品格，使文学真正地与群众相结合，与时代相结合。作家迁徙促进文学创作的广场化倾向，而这又表现出20世纪40年代文学的鲜明特色。

第三节　作家迁徙与40年代“文协”的文学创作

作家迁徙与20世纪40年代“文协”的文学创作存在互动关系。“文协”推动作家走向战地，长途迁徙，辗转大半个中国，而作家迁徙又促使作家掌握战地真实素材，促进了“文协”的文学创作。1938年3月27日，中华全国文艺界抗敌协会在武汉成立。随后，

“文协”迁徙到重庆。“文协”是抗战时期全国最大的文艺组织，由老舍主持“文协”日常工作，并出版了会刊《抗战文艺》。其成立宣言指出：“漫天轰炸，遍地烽烟，焦毁的城市，血染的山河，在日本强盗帝国主义的横暴侵略中，中华民国正燃起了争取生存与解放的神圣炮火。……我们感到文艺抗战工作的重大，散处四方的文艺工作者有集中团结，共同参加民族解放伟业的必要。……我们应该把分散的各个战友的力量团结起来，像前线将士用他们的枪一样，用我们的笔，来发动民众，捍卫祖国，粉碎寇敌，争取胜利。民族的命运，也就是文艺的命运，使我们的文艺战士能发挥最大的力量。”① 正是因为“文协”这样的宗旨，“文协”在成立之初就提出了“文章下乡，文章入伍”的口号，鼓励作家走出书斋，到前线去采访，到战地去访问，到街头广场去创作。“文协”的成立决定了20世纪40年代作家开始了一种更新的、更加反映现实的创作方式。这种更新、更加反映现实的创作方式表现在团结在“文协”旗帜下的作家再也不是静坐在书斋奋笔疾书，而是在“文协”的号召和组织下走出书斋，走向战地，走向广场，作家在迁徙流动中创作文学作品，而这也成为“文协”作家非常特别的创作方式。“文协”不仅从根本上促使了作家的流动迁徙，而且使作家的文学观念发生了极大的改变，文学是宣传的观念已经得到20世纪40年代作家的普遍认可。正因为“文协”作家迁徙走向前线，“文协”作家创作凸显出新闻性、纪实性的显著特征。在创作上大多与20世纪40年代

---

① 《中华全国文艺界抗敌协会发起旨趣》，《文艺月刊·战时特刊》1938年第9期。转引自杨洪承《抗战文学中活跃的“笔部队”作家群体考察》，《文艺争鸣》2015年第7期，第14页。

抗战救亡图存的主旋律相结合，重视通俗易懂的大众化作品创作，表现个人情感的文学作品极大减少。在“文协”的号召和组织下，“过去丛集在上海、北京等大都市的作家，这时都走出亭子间和书斋，分散到各地，或投笔从戎，或参加战地群众工作。作家们的生活环境根本变了，真正接触和体验了民众的现实生活，思想情感和创作观念都发生了巨大的变化，文艺创作活动在非常实际的意义上与广大民众结合，这种结合的广度与深度又是空前的。文学必须充当时代的号角，必须直接反映现实，必须为普通民众所接受，这些观念都成为众多作家的共识”①。因此，作家迁徙与20世纪40年代“文协”文学创作的互动关系表现得尤为突出，一方面，在“文协”的号召和组织下作家走出书斋，走向战地，促使了作家的流动迁徙；另一方面，作家在流徙中开阔视野，搜集素材，这种迁徙又更好地促进了作家的创作。作家迁徙与“文协”的互动关系，在一定程度上改变了现代文学的生产方式和存在样式，其对中国现代文学的影响不可忽视。

作家迁徙与“文协”文学创作的互动关系在“文协”作家战地慰问团得到充分体现。“文协”组织的作家战地慰问团，深入前线慰问前方将士，同时，在慰问流徙中搜集素材，创作完成诸多文学作品，迁徙与文学创作互动。1939年6月14日，“文协”正式组建作家战地访问团，王礼锡为团长，宋之的为副团长，成员包括白朗、葛一虹、李辉英、罗烽、以群、杨骚、陈晓南等。作家战地访问团

① 钱理群、温儒敏、吴福辉：《中国现代文学三十年》（修订本），北京大学出版社1998年版，第447页。

的工作主要包括慰问前方将士和创作文学作品，主要落脚点还是文学创作。具体而言，作家战地慰问团工作任务“第一是写作，写游击区，为游击区而写作。第二是材料搜集，供给全中国的作家写，因为这样一部大历史、大小说、大诗史、大场面，绝非我们这一团人来写就够的。第三是建立联系，就是把战地的作家和后方紧紧联系起来，同时要在士兵中、工人中、农民中、一切民众中发现新的作家”①。且在出发前，“文协”作家战地访问团就有明确的创作目标，详细计划好了所要完成的文学作品，包括“访问团集体创作的《笔游击（访问团团体日记）》和《战地文艺》论文集，已故团长王礼锡的日记《笔征》，葛一虹的戏剧《红缨枪》，宋之的的报告文学《凯哥》，白朗的中篇小说《老夫妻》，罗烽的《短篇小说集》，杨骚的《独幕剧集》，以群的《报告文学集》，方殷的《长诗》，李辉英的《短篇小说集》，陈晓南的画册《战地写生画集》”②。作家战地慰问团历时半年，流徙数万里，从重庆出发，经西安、洛阳、山西、河北、河南、绥远、陕西，经陕北回西安，折回重庆，行程走遍了近大半个中国。在前方慰问采访期间，不仅各位作家艰难跋涉，来回迁徙，而且战地访问团团长王礼锡在访问过程中不幸患病去世。同时，作家杨朔在迁徙途中经晋东南参加了敌后抗日根据地的抗战文艺工作，留在了根据地，这次慰问迁徙改变了作家杨朔的人生轨迹，使杨朔获得新生。

---

① 王礼锡：《王礼锡日记——记“作家战地访问团”1939 年 6 月 18 日—8 月 12 日》，《新文学史料》1982 年第 2 期，第 225 页。

② 段从学：《〈文协〉与抗战时期文艺运动》，北京大学出版社 2012 年版，第 162 页。

“文协”作家战地慰问团迁徙各地与文学活动相互促进。作家战地访问号称团笔游击队，用笔记下了在辗转迁徙途中的所见所闻，在迁徙行程中创作。迁徙到陕西华阴，敌人盘踞黄河北岸，但居住在南岸的百姓可以清楚看到对岸的敌人，却还在农田里平静耕作。普通民众面对侵略者是那样的无惧，面对战争是那样的平静，好像什么都没发生一样，作家们感叹道：“但是居住在南岸的农民，一点都不感到战争的恐怖，这一点我们昨天曾亲眼见过：当风陵渡敌人用密集炮火轰击潼关的时候，华阴附近的农民，依然不动声色地在大地上耕耘。”① 迁徙至洛阳，作家战地访问团记录下了抗日战士的坚毅果敢，技术娴熟，能打胜仗，英勇顽强，且富有朝气的精神面貌：“站在口径七寸半，性能非常良好的野炮跟前的炮手，动作起来，那种敏捷、迅速、正确、优美的神态，不但表述出勃勃的朝气、坚强的毅力和纯熟的训练；而填充在那神态之中的新中国军人的新气魄和活跃生命动力，却使人感受到了民族抗战的前途，被他们炫耀的像白昼一样的光明。”② 作家罗烽在访问行程中用诗歌刻画了战地的诸多精彩片段，如《新的战士——战地小诗之十一》刻画了前线战地新战士的音容笑貌：“新的战士，/穿着新的征衣，/他们愉快地走向北战场，/互相交谈着/从未接触过的顽敌。//他们视武器如生命，/用碎步做成一件枪衣，/他们也知道爱惜自己，/折下路旁的柳枝/编织一顶草笠。”新的战士的清新活泼形

---

① 作家战地访问团：《陕西行纪（笔游击）》，《抗战文艺》第5卷2/3期（1939年12月10日）。转引自段从学《〈文协〉与抗战时期文艺运动》，北京大学出版社2012年版，第163页。

② 同上。

象跃然纸上。[①] 这些都是“文协”战地访问团在迁徙过程中的文学创作，没有迁徙，战地慰问团作家就没有这多鲜活的创作。

此外，作家战地慰问团迁徙慰问催促作家战地慰问团日记的写作诞生。“文协”战地慰问团作家在迁徙行走过程中坚持创作，创作素材在迁徙行走中获得，日记是典型的迁徙与创作的结合物。“文协”战地慰问团规定轮流写集体日记，每人写三天，在慰问迁徙过程中记录艰苦而有特殊意义的行程。日记成为战地访问团行走迁徙过程中最好最真实的文学作品。特别是团长王礼锡，在迁徙慰问过程中除了轮流写集体日记外，他还坚持写自己的个人日记。王礼锡的日记从1939年6月18日作家战地访问团从重庆出发写起，一直到1939年8月12日结束，具有极高的文学价值和史料价值。在两个多月的时间里，王礼锡在日记中详细记录了战地访问团迁徙行走所经地区的史地沿革、风俗民情、团员挑灯夜话、冒险夜行、民众抗日等前线抗战军民的生活面貌。6月18日，王礼锡日记记录了战地访问团出发第一天的所思所想，以及纪念高尔基逝世三周年的文学活动，同时记录了义无反顾地到前线去的决心，“暂别了，重庆文艺界的同志们。我们到前方去，那边的工作是紧张的，兴奋的，只好把笨重的，比较枯燥的而实际上比前方还重要的经常工作留给你们。至于说到危险，前方虽然时常有各种生命的威胁，过黄河，过铁路公路，遇到敌人或汉奸……后方也天天有飞机的威胁。不过我们知道，你们是不怕死的，对工作能忍耐的，我们无论在前方在后

① “文协”作家迁徙与创作活动参见段从学《〈文协〉与抗战时期文艺运动》，北京大学出版社2012年版，第162—165页。

方，是一条心，是做一件事。同时，我们必须把工作展开，展开在文学的各部门，展开在各地区。我们的分开是必要的。有了你们看守大本营，我们放心去了”①。6 月 19 日，访问团辗转抵达成都，日记记录了成都沿途的秀丽风景、历史古迹，“沿途的古迹所可引起的思古幽情，也和空间景物的壮美一样，是远古的。譬如下午经过资阳时，望见三贤祠门廊上一块石碑，刻着‘苌弘故里’（注：苌弘，周景王、敬王的大臣刘文公所属大夫）四个大字，就使我立刻把想象置于孔老夫子时代。这悠远的时间，高山所衬出的浩大的空间，和六月炎热的天气，交织成一种壮美”②。6 月 22 日，夜宿剑阁，日记描述了中国百姓的苦，表达了对人民的敬爱，“可就是苦了老百姓。修路的时候，派老百姓的工，全家男女老小都得做。没有工钱，还要带东西来吃。有些派到两三百里以外去作工。东西吃完了，还得讨饭回家”③。6 月 29 日，抵达宝鸡，在宝鸡参观中国工业合作社西北分社的工作，对中国民众投入抗战的热情感到赞叹，“敌人把我们以沿江沿海为中心的工业破坏了，我们的工业却在内地，在乡村中，甚至在最原始的窑洞中，甚至在敌人的后方，作普遍的，合理的，有计划的发展。当我走出最后的一个窑洞，展开在我们面前的许多土山的金字塔，现在能使我们了解这里面不仅是农业的宝藏，还是中国将来工业化的发轫，我们望着广阔素朴的田野，澄蓝高旷的天空，而想象着中华民族的伟大的将来”④。7 月 30 日，抵达太行

① 王礼锡：《王礼锡日记——记“作家战地访问团”1939 年 6 月 18 日—8 月 12 日》，《新文学史料》1982 年第 2 期，第 225 页。

② 同上。

③ 同上。

④ 同上书，第 237 页。

山，记叙了中国军民粉碎敌人扫荡，太行山战事由敌人主动到我们主动的转变，以及中国军民抗战到底的坚韧与决心，并把目光聚焦于普通民众，透视中国普通民众身上表现出来的传统崇高文化，“一个干瘦的老太婆从土房子里面出来看飞机。看见我们坐在石头上，忙着去搬运椅子凳子。不用说，凳子是四角不方，两边不齐，椅子是只剩一个框子。还忙着烧水，一会儿三大碗白开水出来了。飞机在头上，还顾得到对过路客人的礼貌。在这些地方表现中国文化的古老，穷和死的威胁上，她还要尽她的主谊。这种崇高的文化是深入在人民的骨髓中了”①。8 月 12 日，行至孙蔚如将军总司令部，对初秋中条山的美景及抗敌将士的崇高精神由衷赞叹，“立秋好几天了。山中雨后居然有点秋意。就景物也像有点秋色。满地的落槐，漫山遍野的红透了的山枣，微显得干老的蝉声，织成中条山的初秋。在这样的环境里面，中条山的十万战士是艰苦，可是趣味也很浓郁的。这雄伟而美丽的游击队之家，对于我们从南方来的巡礼者，一草一木一片岩石，一个石头，一条深沟，都是无上的诱惑”②。王礼锡与战地服务团一行，或步行，或坐车，跋山涉水，迁徙行走各地，到广元、褒城、宝鸡、西安、华阴、灵宝、洛阳、中条山等地，慰问前方抗敌将士。在迁徙慰问过程中，王礼锡不幸身染重病，于 8 月 26 日在洛阳病逝。王礼锡在迁徙慰问途中写下的日记竟成为绝笔，成为中国现代文学史上可歌可泣的篇章。

“文协”作家战地慰问团在行走迁徙的途中，在同抗日将士和群

① 王礼锡:《王礼锡日记——记“作家战地访问团”1939 年 6 月 18 日—8 月 12 日》,《新文学史料》1982 年第 2 期，第 243 页。

② 同上书，第 248 页。

众的接触过程中，感受到中国军民的巨大抗战热情和必胜的决心，以这些见闻和素材为基础，不仅完成了出发前计划的作品，还创作了诸多作品，为中国现代文学浓墨重彩地写上一笔。战地访问团作家迁徙慰问过程中创作发表的作品计有罗烽的短篇小说集《粮食》，以及在《大公报・战线》副刊、《新蜀报・蜀道》副刊等发表了诸多战地小诗。白朗创作的《老夫妻》、王礼锡的日记《笔征》、葛一虹的戏剧《红缨枪》、宋之的的报告文学《凯哥》，以及团体创作的署名笔游击的《访问团团体日记》等。这些作品表现前方将士奋勇杀敌的顽强精神，揭露了日寇的杀戮和残暴，并表现中国军民抗战必胜的信念。作家战地访问团署名笔游击在《抗战文艺》1939 年 12 月 10 日第 5 卷 2/3 期发表的《陕西行纪》中，描述了据守中条山游击根据地的战区司令长官卫立煌将军的乐观信念和大将风范，虽然大敌当前，他却稳如泰山，岿然不动。卫立煌将军最爱说“不要紧”三个字，“他谈到目前敌人九路来犯，山西战局紧张之后；他谈到交通不便，与冲过敌人封锁线的困难之后，总是以如上的三个字做一次坚决自信的结论”①。罗烽的《樱井大尉哭坟——战地小诗之二十六》揭露了日军的残酷杀戮暴行。②“文协”战地慰问团的作家们在基本安全和基本生活得不到保障的情况下，毅然踏上征程，采访慰问前方将士，赠书送报，辗转五省，行程万里，边行走，边创作，不仅慰问安抚前方抗敌将士，且创作出优秀作品极大地鼓舞了前方

① 作家战地访问团：《陕西行纪（笔游击）》，《抗战文艺》第 5 卷 2/3 期（1939 年 12 月 10 日），转引自段从学《〈文协〉与抗战时期文艺运动》，北京大学出版社 2012 年版，第 163 页。

② “文协”作家创作情况及作品内容参见段从学《〈文协〉与抗战时期文艺运动》，北京大学出版社 2012 年版，第 156—171 页。

将士的抗敌情绪。“文协”战地慰问团文学迁徙与创作是相辅相成、互相促进的。

除了“文协”战地访问团外，“文协”组织的南北慰劳团，也在迁徙流动中慰劳前方将士，创作作品。老舍、胡风参加北路慰劳团，慰劳大西北地区抗战将士。姚蓬子、王平陵随南路慰劳团，慰劳在东南地区的抗战将士。南北慰劳团作家历时大半年，行程数千里，历经陕西、甘肃、新疆、青海、内蒙古、宁夏、绥远、福建、广东，辗转大半个中国。伴随慰劳迁徙的同时，南北慰劳团作家搜集了大量的创作素材，创作了诸多作品。老舍于1939年6月28日，随北路慰劳团从重庆出发，当天抵达内江，29日到成都，7月1日经绵阳、剑阁、广元到达沔阳。7月5日，入陕西到汉中，参观了留侯祠。7月9日，到达西安，慰问前方抗敌将士。然后，经华阳、灵宝，转向洛阳，频频进入驻军军营慰问。7月30日离开洛阳，8月1日到达南阳，8月3日辗转到老河口，又折到襄阳、樊城等地慰问。这一期间，剧本《残雾》开始在《文艺月刊·战时特刊》第3卷第8、9期合刊上开始连载。8月19日返回西安。继续慰问前方将士，游历终南山、隋唐大都遗址、临潼骊山等地。8月27日，迁徙慰问过程中，老舍在报纸上看到“文协”战地访问团王礼锡病逝于洛阳，以悲痛和惋惜的心情写了《哭王礼锡先生》一诗。9月1日，随慰问团祭扫黄帝陵，到宜川、秋林等地驻军军营慰问。9月9日，到达延安，见到毛泽东等延安领导人，并在延安及周边米脂、榆林等地慰问。后返回西安。10月4日到达甘肃平凉，10月6日到达兰州，在兰州展开慰问的同时，应兰州师范学院之邀，做了《抗战两年来的文艺运动的演讲》。10月14日，到达青海省会西宁。10月20日到达古凉州武威，参观满族人聚居区，写下《过乌纱岭》和《别凉州》两首诗。11 月中上旬，经吴忠堡、石嘴山、渡口堂等地，向在陕坝、五原和临河驻军慰问。11 月 14 日，重过石嘴山，经宁夏、中宁、固原、平凉等地，第三次重返西安。11 月 27 日，离开西安，经宝鸡、宁羌、广元、梓橦、成都、内江等地，返回重庆。老舍在半年迁徙奔波劳军的过程中，行程两万多里，共创作发表 18 篇作品，包括话剧剧本《残雾》等。[①] 姚蓬子在迁徙慰劳过程中，也根据所见、所闻、所感，创作了许多散文和诗歌。

还有，作家郁达夫于 1938 年 4 月 6 日台儿庄大捷后，受国民政府军事委员会政治部的派遣，前往台儿庄劳军。郁达夫与盛成从武汉乘火车出发，先抵郑州，驱车去台儿庄前线视察，还辗转到山东、河南等地视察战地防务。郁达夫劳军之行，辗转千里，在掌握大量第一手素材的基础上，写下了报告文学《警报声里》，详细记录了中国军民顽强作战、英勇不屈的抗战精神。[②] 姚雪垠、臧克家等作家深入皖北第五战区，建立“文协”鄂北分会，创建《中原文化》等文艺刊物，自称“大别山中的文艺孤军”。姚雪垠在战地广泛搜集素材，为日后创作《春暖花开的时候》提供了基础。此外，并在迁徙行走中创作了小说《戎马恋》、随笔《春到前线》《四月交响曲》等。臧克家在迁徙中创作了散文集《随枣行》，孙陵创作了散文《突围记》，田涛创作了报告文学《战地剪集》《大别山荒僻的一角》

① 老舍劳军历程与文学创作参见薛苾《老舍与劳军慰问团》，《文史月刊》2003 年第 9 期，第 36—38 页。

② 郁达夫的劳军历程与文学创作参见李海流《郁达夫的台儿庄劳军之行》，《春秋》2012 年第 3 期，第 8—9 页。

等作品。[①] 可见，作家迁徙慰劳活动与文学创作密不可分，迁徙慰劳深刻影响了作家的文学创作。

20世纪40年代，“文协”号召组织作家参加战地访问团、南北慰问团、劳军等活动，是“文章下乡，文章入伍”的具体表现。这促使“文协”作家走出书斋，走向前线，跋山涉水，长途流徙，有的作家付出生命代价，有的作家改变人生轨迹，对作家而言意义深远。而作家迁徙与“文协”的文学创作紧密相连，一方面作家长途迁徙，慰问前方抗敌将士；另一方面作家在迁徙中，搜集材料，创作作品，写作发表大量文学作品，宣传抗战，迁徙与创作交织在一起。因为，“‘文协’组织和发动的全国作家奔赴战地前线的主要目标乃是搜集素材，实地了解和体验战地生活，最终的落脚点仍然是后方的文学创作”[②]。从这个意义上说，“文协”推动了旗下作家迁徙慰问，作家迁徙慰问促进了“文协”的文学创作，两者深层的互动关系显而易见。因此，服务于抗战大局需要，“文协”改变了作家的存在方式与创作方式，迁徙及在迁徙中创作成为“文协”作家的新常态，“文协”作家在迁徙中创作的新创作方式也导致作家们新的文学取向，那就是创作新闻性纪实性作品成为文学主流，对中国现代文学影响深远。迁徙中作家奋笔疾书、不断创作，为《抗战文艺》等刊物源源不断地寄送稿件，作家迁徙与“文协”的文学活动的深层互动促进了20世纪40年代文学的发展繁荣。

---

① 姚雪垠、臧克家的劳军历程参见杨洪承《抗战文学中活跃的“笔部队”作家群体考察》，《文艺争鸣》2015年第7期，第17页。

② 段从学：《“文协”与抗战时期文艺运动》，北京大学出版社2012年版，第165页。

第四章　迁徙视域中的区域文学互动

从宏观上来看，作家迁徙不仅影响20世纪40年代文学格局，催生新的文学中心，而且20世纪40年代作家在不同区域之间迁徙流动直接促进了解放区文学、国统区文学、沦陷区文学区域文学之间的交流互动，促使了不同区域文学之间发生多样联系。本章分别以解放区文学与国统区文学、解放区文学与沦陷区文学、国统区文学与沦陷区文学为切入点，深入探究各区域文学之间深层次的互动联系，从迁徙视域全面揭示20世纪40年代各区域文学之间的互动关系。

第一节　迁徙视域中的解放区文学与国统区文学的互动

20世纪40年代，由于战争等原因，作家在解放区与国统区之间迁徙奔走十分频繁，且人数众多，许多作家从国统区迁徙到解放区。

据估计“从1938年开始，先后有数万知识分子历尽艰险，从各个地方涌向延安”①。这些知识分子当然包含众多作家。艾青、舒群、周立波、柯仲平、周扬、丁玲、何其芳等作家，或因战争，或因国统区白色恐怖，纷纷奔赴延安。艾青，出生于浙江金华一个地主家庭，后去法国留学，边做工边自学绘画、文学等艺术。1932年年初回国，加入中国左翼美术家联盟。后几次被捕，出狱后浪迹常州、上海、武汉、西安、杭州、桂林、重庆等地。抗战爆发后，艾青在国统区生活并无着落，在周恩来的关心和鼓励下，1941年3月迁徙到延安。柯仲平，出生于云南省广南县小南街一个中等景况的家庭。北平法政大学法律系肄业后，辗转于上海、西安、武汉等地。抗战爆发后，迁徙奔赴延安。周立波，湖南益阳人。1928年随周扬一起到上海。1937年抗日战争爆发后，赴华北抗日前线八路军前方总部和晋察冀边区参加抗战救亡工作。1939年在桂林编辑《救亡日报》，接到张闻天、周扬邀他去延安工作的电报，周立波与正在南方的胡乔木同路去了延安。因各种原因，大量作家从国统区迁徙到解放区。从这几个例子可以看到20世纪40年代从国统区迁徙奔赴解放区的作家人数众多，颇具规模。诚然，在20世纪40年代作家从国统区迁徙红色延安已成为一种时代潮流。作家从国统区迁徙解放区，自然而然将国统区文学的诸多元素传播到解放区。

同时，解放区红色政权为了发动全民抗战，打败侵略者，也为了传播革命思想，发展革命文学，经常派遣文艺骨干到国统区去领

① 赵学勇、孟绍勇：《“文学中心”的转移与当代文学“新方向”的确立》，《山西大学学报》（哲学社会科学版）2006年第1期，第110页。

导文艺工作。这样，也有一部分解放区作家迁徙到国统区。茅盾、何其芳、刘白羽等人都是接受党的派遣从延安奔赴国统区重庆去领导文艺工作的例子。此外，也有作家因其他各种原因从解放区迁徙到国统区。抗战爆发后，茅盾和上海进步文艺界人士一起投入抗日救亡的洪流，上海沦陷后，辗转于武汉、长沙、广州、香港等地，后赴新疆从事抗战文艺工作。从新疆脱险后，经兰州、西安等地到达延安。茅盾在延安并没有停留多久，因革命工作需要，茅盾又被党派遣到重庆去领导文艺工作，担任重庆军政部文化工作委员会常务委员，并将《文艺阵地》从上海搬到重庆来复刊出版。著名汉园三诗人之一的何其芳在延安整风运动中，作为思想改造比较彻底的小知识分子典型，受到中央领导人的认可。后被委以重任，1944 年 4 月随同中国共产党代表团赴重庆与国民党进行谈判，后再次迁徙到重庆成为中国共产党重庆文艺界领导人，出任四川省省委委员、宣传部副部长，兼任新华日报社的副社长，领导重庆文艺界整风运动。沙汀 1938 年奔赴延安后，任鲁迅艺术学院文学系代主任。1940 年从解放区迁徙到国统区重庆。还有卞之琳抗战初期随何其芳迁徙到延安后，在延安短暂停留，从事过临时性教学工作，后迁徙到国统区昆明在西南联大任教。所以，从解放区迁徙到国统区的作家也不在少数，作家从解放区迁徙到国统区对促进解放区文学在国统区的传播起到不可小觑的作用。

由以上分析可知，既有大量作家从国统区迁徙到解放区，也有不少作家从解放区迁徙到国统区，这种双向迁徙促进了两个区域文学之间的互动，促使解放区文学与国统区文学之间产生深层联系。

作家从国统区迁徙到解放区，有意无意地将国统区文学的一些东西传播到解放区，使解放区文学显现出一些国统区文学的印记。所以在解放区文学前期，能看到国统区文学的一些东西，如启蒙精神等。丁玲、王实味、艾青等人的例子颇能说明问题。丁玲1927年开始写作，抗战爆发前已经是全国有名的女作家，1933年在上海遭到国民党的秘密逮捕，1936年出狱后随即奔赴延安。她是当时第一个从国统区迁徙延安的作家。丁玲到达延安之后，全身心地投入延安各项工作中。丁玲在延安不仅满怀豪情地上前线与红军战士一起行军打仗，并且还在戎马倥偬之中，写下了《到前线去》《记左权同志话山城堡之战》《彭德怀速写》等散文。尽管丁玲在延安努力适应延安意识形态，能迅速地进行文学转型，但丁玲还是有意无意地将国统区文学的一些东西传播到了延安。如丁玲在国统区从事新文学创作时，深受五四启蒙思想的影响，20世纪30年代创作的《莎菲女士日记》《韦护》等作品描写了当时社会青年男女寻求个性解放的精神历程，流露出苦闷彷徨的五四气息和启蒙色彩。丁玲到达延安后，依然没有停止对启蒙思想的追求和探索，将国统区启蒙精神传播到延安。具体表现在，丁玲在延安一边从事实际革命工作，一边写下了带有强烈启蒙色彩的《我在霞村的时候》《在医院中》等小说，展现出延安民众愚昧落后的一面，对延安民众进行了一次精神洗涤。这些带有启蒙色彩的小说在延安引起很大反响。《我在霞村的时候》里的贞贞本是一个活泼可爱的女孩，对生活充满热情，在五四个性解放、婚姻自主的思潮影响下，敢于大胆追求爱情，敢于反抗包办婚姻。被日军掳去惨遭蹂躏后，贞贞身心受到极大的伤害。更让贞贞受伤的是，回到村子后，村民们还是以封建贞洁观念来看待贞贞，因此贞贞受到同村人的嘲笑、挖苦、鄙视，也不被家人所理解。在背后指指点点的村民，完全是愚昧无聊的看客。在这些无聊村民看客的背后，作家以悲悯的目光嘲笑着看客村民的麻木愚昧。《我在霞村的时候》展示出一个个愚昧麻木的灵魂，表现出强烈的批判蒙昧的启蒙精神。而小说《在医院中》，叙述了青年知识分子陆萍从上海产科医学院毕业来到边区一所医院工作，她热爱工作，以最好的服务对待病人。但是，陆萍这位受到五四启蒙思想影响的青年知识分子到达边区医院后，发现医院不仅是环境脏乱破败，而且从院长、医生到勤杂人员，对病人都缺乏起码的关心和同情，没有人过问病人的痛苦，他们是那么的麻木不仁。陆萍以一位启蒙知识者的眼光来打量边区的这座小医院，对麻木愚昧的民众进行了全方位透视，展现出一个个需要精神救治的愚昧灵魂。丁玲延安时期文学创作显然承续了国统区的启蒙精神，将国统区启蒙精神传播到延安。不仅如此，丁玲在延安还特别强调了启蒙精神对铲除封建恶习的重要性，指出："鲁迅先生因为要从医治人类的心灵下手，所以放弃了医学而从事文学。因为看准了这一时代的病症，须要最锋锐的刀刺，所以从写小说而到杂文。""即使在进步的地方，有了初步的民主，然而这里更需要督促、监视，中国几千年的根深蒂固的封建恶习，是不容易铲除的，而所谓进步的地方，又非从天而降，他与中国旧社会是相连的。"① 丁玲从国统区迁徙到延安，将国统区的启蒙精神传播到延安，不仅促

① 丁玲：《我们需要杂文》，雷加主编《中国解放区文学书系·散文杂文编》（二），重庆出版社 1992 年版，第 1158 页。

进了国统区文学与解放区文学的联系，还对丰富延安文学创作，拓展延安文学视野，都具有重要意义。而这也导致丁玲在整风运动中成为批判改造的对象。①

与丁玲相似，王实味、艾青等人从国统区迁徙到延安，也主张在延安改造人的灵魂，将国统区文学的启蒙精神传播到延安。王实味1925年考入北京大学预科班，在五四启蒙思潮的影响下，从事新文学创作。到达延安后，王实味更加惊世骇俗，创作的仅有的两篇杂文《政治家·艺术家》和《野百合花》都凸显出明显、强烈的启蒙精神。《政治家·艺术家》以启蒙的眼光指出了中国社会的特殊性及改造人的灵魂的重要性，即旧中国是包脓裹血的社会，因此从旧社会转换过来的民众身上不可避免地带有精神奴役创伤，就连身经百战、出生入死的革命战士也是如此，认为："旧中国是一个包脓裹血的，充满着肮脏与黑暗的社会，在这个社会里生长的中国人，必然要沾染上它们，连我们自己——创造新中国的革命战士，也不能例外。"② 所以王实味指出了在延安改造人的灵魂的迫切性及重要性，"这是残酷的真理，只有勇敢地正视它，才能了解在改造社会制度的过程中，必须同时更严肃更深入地做改造灵魂的工作，以加速前者底成功，并作它成功底保证"。而改造人的灵魂的重任便落在艺术家肩上，因此，艺术家自觉地负担起"改造灵魂的伟大任务"，并且"大胆地但适当地揭破一切肮脏和黑暗，清洗他们，这与歌颂光

① 关于丁玲在延安的启蒙文学创作可参见祝学剑《论延安启蒙文学的三种精神取向》，《延安大学学报》（社会科学版）2010年第3期，第30页。

② 王实味：《政治家·艺术家》，黄昌勇编《王实味：野百合花》，中国青年出版社1999年版，第109页。

明同样重要，甚至更重要。揭破清洗工作不只是消极的，因为黑暗消灭，光明自然增长”①。王实味提出要改造人的灵魂，明显地继承了国统区改良人生的启蒙思想，将国统区启蒙精神传播到解放区。而《野百合花》这组杂文，犹如一把匕首，针对延安的种种落后及不合理现象进行尖锐的批判。例如《我们生活里缺少什么》尖锐地批判了延安的一些特殊主义，《平均主义与等级制度》批判了延安社会的等级制度与不均现象。王实味迁徙奔赴延安后仍然高扬国统区文学的启蒙精神，将启蒙精神传播到延安，也与延安的文学体制产生激烈冲突。艾青迁徙到延安后，也坚持五四启蒙精神，将国统区文学启蒙精神传播到延安。受启蒙精神的影响，艾青延安时期创作的杂文《了解作家，尊重作家》也反复强调了文学改造社会的特殊作用，流露出启蒙意识。杂文《了解作家，尊重作家》强调了作家精神工作的重要性，那就是清洁保卫人类的精神健康，“假如医生的工作是保卫人类肉体的健康，那么作家的工作是保卫人类精神的健康——而后者的作用则更普遍、持久、深刻”。因此，“作家并不是百灵鸟，也不是专门唱歌娱乐人的歌妓。他的竭尽心血的作品，是通过他的心的搏动而完成的。他不能欺瞒他的感情去写一篇东西，他只知道根据自己的世界观去看事物，去描写事物，去批判事物。在他创作的时候，就只求忠实于他的情感，因为不这样，他的作品就成了虚伪的，没有生命的”②。艾青的杂文指出了独立自由精神在作家创作活动中的重要性，凸显出启蒙精神。这些都是作家从国统

① 王实味：《政治家·艺术家》，黄昌勇编《王实味：野百合花》，中国青年出版社1999年版，第112页。

② 艾青：《了解作家，尊重作家》，《解放日报》1942年3月11日。

区迁徙解放区，将国统区启蒙精神传播到延安的真实表现。[①]

抗战时期，大量作家从国统区奔赴迁徙延安，有意无意地将国统区文学传播到解放区，促进了国统区文学与解放区文学的交流。所以，延安前期文学彰显出来的启蒙精神不是空穴来风，它是随着作家从国统区迁徙到延安而传播到延安。这种迁徙活动，在一定程度上促进了国统区文学在延安的传播与交流。

作家从国统区迁徙到解放区促使国统区文学传播到解放区，反过来，作家从解放区迁徙到国统区，也促进了解放区文学在国统区的传播。作家从解放区迁徙到国统区的例子并不少见。如上文所述，解放区亦有许多作家迁徙到国统区，受上级派遣迁徙到国统区的作家肩负的使命更明确，目的性更强，产生的反响也更大，对文学的影响也更大。上文论及的茅盾案例颇能说明问题。茅盾受上级指派从延安迁徙重庆，肩负在国统区发展革命文艺的重任，是一种有意识、有目的的迁徙，更好地促进了解放区文学在国统区的传播。茅盾从解放区迁徙重庆后，重庆文艺界领导人郭沫若、田汉等到茅盾住处与茅盾见面，茅盾将解放区文学介绍给大家，使大家了解解放区文学的最新动态，了解延安的文艺情况。不仅如此，茅盾迁徙重庆，深入推动了国统区文艺界“民族形式”问题论争。众所周知，“民族形式”问题论争本是20世纪40年代解放区文学的一次重大文艺论争，是在毛泽东的直接影响和推进下展开的文学论争。1938年，抗日战争持续进行，同仇敌忾的对敌斗争导致民族意识的张扬，文

---

① 关于王实味、艾青在延安的启蒙文学创作可参见祝学剑《论延安启蒙文学的三种精神取向》，《延安大学学报》（社会科学版）2010年第3期，第31—32页。

学民族化随之也成为这一时期的主要理论追求。毛泽东在此情势下提出了“民族形式”的口号。“民族形式”问题论争随即在解放区展开。初始，周扬、艾思奇分别发表《我们的态度》和《抗战文艺的动向》，陈伯达也同时在《新中华报》上发表《关于文艺的民族形式问题杂记》，“民族形式”问题论争在延安揭开序幕。不久，艾思奇和陈伯达又分别发表《旧形式运用的基本原则》《关于文艺的民族形式问题杂记》两篇文章，继续论争“民族形式”问题。《文艺战线》1939 年 6 月和 11 月两次开辟民族形式问题讨论专题，发表了冼星海《论中国音乐的民族形式》、沙汀《民族形式问题》、罗思《论美术上的民族形式与抗日内容》、何其芳《论文学上的民族形式》、萧三《论诗歌的民族形式》、艾思奇《旧形式，新问题》、杨松《论新文化运动中的两条路线》、柯仲平《介绍〈查路条〉并论创造新的民族歌剧》和《论文艺上的中国民族形式》等文章，在延安掀起“民族形式”问题论争高潮。这些文章代表了当时延安对“民族形式”问题的看法。① 后民族形式论争逐渐扩散到国统区。虽然在茅盾迁徙重庆之前，民族形式问题论争已经扩散到国统区，但国统区对“民族形式”问题的认识比较肤浅，甚至是错误的。为推进“民族形式”问题论争，茅盾专门参加田汉以《戏剧春秋》社名义组织召开的戏剧民族形式问题座谈会，茅盾与阳翰笙、老舍、陈望道、洪深、郑伯奇、杜国庠、胡风、安娥等重庆文艺界三十多人见面，“这次座谈会的目的是想把民族形式问题的讨论引向更深更

① 关于延安民族形式论争问题参见石凤珍《从“旧形式”到“民族形式”——文艺民族形式运动发起过程探略》，《西南民族大学学报》（人文社科版）2006 年第 3 期，第 45—47 页。

广，所以除作家、评论家外，还有戏剧家、音乐家、画家参加讨论”[①]。在座谈会上，茅盾“介绍了延安关于民族形式问题的意见和讨论经过，也谈了自己的基本观点”。还说：“建立中国文艺的民族形式，要紧的是深入今日中国的民族现实，向现实生活学习。因为现实生活是主导的东西，只有根据现实生活的需要，才能更正确地接受固有的遗产和外来的影响。”[②] 此外，茅盾此期专门撰写《抗战期间中国文艺运动的发展》一文，其中列有专节“关于文艺的内容与形式问题”阐述自己对“民族形式”问题的理解，是“针对国统区的文艺论争而写的”[③]。茅盾迁徙重庆，不仅引导国统区文艺界正确理解认识“民族形式”问题，而且为国统区“民族形式”问题论争做了全面而深刻的总结，对深入推动国统区文艺界“民族形式”问题讨论起到重要作用，对促进解放区与国统区文学之间的交流互动所起到的作用显而易见。可见，作家从解放区迁徙到国统区，不仅促进了解放区文学在国统区的传播，而且促进了两个区域之间文学的交流互动。

不仅茅盾迁徙重庆产生巨大反响，促进了解放区文学在国统区的传播，而且何其芳、刘白羽受上级指派从解放区迁徙到重庆，这对于推动国统区作家学习《讲话》精神，推进《讲话》在国统区的传播起到至关重要的作用。《讲话》之后，延安指派出席过延安文艺座谈会的何其芳、刘白羽到重庆宣传《讲话》精神。何其芳、刘白羽肩负明确的革命任务迁徙重庆，因而更能达到在国统区宣传《讲

---

① 茅盾：《我走过的道路》，人民文学出版社 1988 年版，第 232 页。
② 同上。
③ 同上书，第 237 页。

话》的目的，更能促进解放区文学在国统区的传播。迁徙重庆后，何其芳、刘白羽通过郭沫若组织召开文艺界人士会议，向统一在“文协”旗帜下、战斗在国统区的进步文艺工作者详细地介绍了《讲话》相关精神，对延安的秧歌、解放区文艺的蓬勃发展做了详尽介绍。在何其芳等人的努力下，1944 年 11 月，重庆文艺座谈会召开。重庆国统区文艺工作者认真学习《讲话》精神，自觉以毛泽东文艺思想指导文艺批评和创作，国统区掀起学习《讲话》的高潮。1944 年元旦，《新华副刊》整版分别以总题“毛泽东同志对文艺问题的意见”和三个分题“文艺上的群众和如何为群众”“文艺的普及和提高”“文艺和政治”发表《讲话》的主要内容，并向国统区印发了大量《讲话》的小册子。此后，《新华日报》还多次突出宣传《讲话》主要精神，并组织陕北秧歌剧演出，以实际行动宣传贯彻《讲话》精神。1945 年，新华日报社公开出版了《讲话》的单行本，使《讲话》得以在国统区全文公开发行。在《讲话》精神指引下，解放区文学优秀作品《兄妹开荒》《白毛女》《小二黑结婚》《王贵与李香香》等也都相继传入国统区。① 《讲话》在国统区产生巨大影响，使国统区文艺界统一到《讲话》的旗帜下，国统区作家们发出了走进大众、走进生活的呼声。何其芳、刘白羽受党的指派迁徙到重庆宣传《讲话》精神，不仅将《讲话》传播到重庆，并以《讲话》精神为指引，组织重庆文艺整风运动，指导国统区作家文学创作，收到实际的效果。何其芳、刘白羽迁徙重庆，以明确的目的

① 关于《讲话》在国统区传播问题参见章绍嗣《〈讲话〉在国统区的传播和影响》，《中南民族学院学报》（哲学社会科学版）1992 年第 3 期，第 80—84 页。

和行动推动了解放区文学在国统区的传播，为解放区文学成为全国性的主流文学做好充分的铺垫。

20 世纪 40 年代作家迁徙是促进解放区文学与国统区文学联系的主要动因。40 年代饱受战火侵扰的作家在解放区与国统区之间奔走迁徙，有力地促使了解放区文学与国统区文学相互间深层次的交流互动。大量作家从国统区不断迁徙到解放区，将国统区文学的启蒙精神等相关要素传播到解放区，同时作家从解放区迁徙到国统区，将解放区文学的"民族形式"问题论争、《讲话》精神传播到国统区。从作家迁徙视域看，解放区文学与国统区文学并未完全隔绝，而是存在深层互动关系。且从作家迁徙视域来探究两者间的互动，还可以发现一个有趣的文学现象，虽然从国统区迁徙到解放区的作家人数远远多于从解放区迁徙到国统区的作家人数，但解放区文学对国统区文学的影响力要远远大于国统区文学对解放区文学的影响力。这说明了解放区文学与国统区文学之间互动交流的不平衡性与复杂性。

第二节　迁徙视域中的解放区文学与沦陷区文学的互动

20 世纪 40 年代作家不仅在解放区与国统区之间迁徙，而且还在解放区与沦陷区之间迁徙。而这，同样也促进了解放区文学与沦陷区文学之间的交流互动，使之发生多样联系。从迁徙视域来考察解放区文学与沦陷区文学之间的深层互动，可对以往被研究者忽略的解放区文学与沦陷区文学互动关系进行全面深入探讨。需要指出的是，抗战爆发不久，1937 年 11 月日军就占据了除租界以外的上海，到 1941 年 12 月日军进入租界，上海完全沦陷。所以，沦陷区文学一般包括东北沦陷区文学、华北沦陷区文学、上海沦陷区文学。这里做个简单的说明。

抗战爆发后，随着战火蔓延，20 世纪 40 年代中国东南沿海多地沦陷，众多作家流离失所，四处迁徙，大多经历了九死一生的迁徙流亡过程。很多作家从沦陷区迁徙到解放区，亦有不少作家从解放区迁徙到沦陷区。作家在解放区与沦陷区之间迁徙，不仅人数众多，而且迁徙频繁。九一八事变后，东北成为最早的沦陷区。许多东北沦陷区作家因东北沦陷、家园被毁，而被迫离开东北黑土地，从关外流亡到关内，最后迁徙到解放区。萧军是东北作家群代表性作家，也是从沦陷区迁徙到解放区的代表性作家，其迁徙经历颇具代表性。萧军，原名刘鸿霖，出生于辽宁省锦州市义县。萧军在哈尔滨时期就开始了文学创作。东北沦陷后，流亡到青岛、上海、武汉等地，在鲁迅的指导和帮助下，逐步成为知名作家。1938 年 3 月，萧军拄着拐杖，衣衫褴褛，独自步行二十多天，第一次到达延安，参加西北战地服务团。1940 年春季第二次去延安，出任延安鲁迅研究会主任干事、“文协”分会理事，并创办《文艺月报》，参加延安文艺座谈会，和其他作家一起积极开展延安群众性文艺活动。直到抗战胜利，萧军一直工作生活在延安，为延安文学发展做出了自己的贡献。舒群，原名李书堂，黑龙江哈尔滨人。1932 年参加革命工作，1935 年流亡到上海，开始发表作品，并加入“左联”。抗战爆发后，辗转

于南京、西安、武汉、桂林等地。1940 年，经党组织安排，迁徙进入延安。还有沦陷区小说家马加、雷加、师田手等也先后奔赴延安。马加出生于辽宁省新民市，此后在关外读书写文章。1938 年马加到达延安，先后在陕北公学、中央党校学习，此后在八路军文工团工作。雷加，辽宁丹东人，为东北作家群作家之一。1938 年雷加到达延安后，先在抗日军政大学学习，后从事写作。作家师田手，吉林扶庆人，1936 年肄业于北京大学中文系。1938 年 10 月师田手迁徙到达延安，先后任延安边区文化协会党支部书记、组织部秘书等职。[①] 这是东北沦陷区作家迁徙解放区的案例。还有不少上海沦陷区作家迁徙解放区各根据地。阿英，原名钱杏邨，安徽芜湖人，著名剧作家、文艺批评家、文艺理论家。抗战爆发后，阿英仍坚守在上海沦陷区，在极端恶劣的环境中从事抗日救亡文艺活动，曾任《救亡日报》编委会委员，《文献》杂志主编，其歌颂民族气节的剧作《碧血花》《海国英雄》《杨娥传》在沦陷区产生轰动性的影响。上海沦陷后，一直坚持在沦陷区工作，直到 1941 年上海完全沦陷才迁徙到苏北淮南根据地，从事新四军革命文艺工作，还从事宣传、统战工作。延安及解放区作为自由光明之地，对于没有人身自由，甚至惨遭迫害的沦陷区作家有很大的吸引力，许多沦陷区作家历尽艰辛，迁徙到解放区。从沦陷区迁徙奔赴解放区是 20 世纪 40 年代作家迁徙的主流现象，甚至在当时成为一种潮流。从沦陷区奔赴解放区的作家大多颇有文学成就，比较有影响，他们奔赴延安

---

① 关于东北沦陷区作家奔赴延安可参见蒋星煜《东北作家与抗战文艺》，载《河北师范大学学报》（哲学社会科学版）2004 年第 1 期，第 70—74 页。

不仅为解放区文学发展做出自己的贡献，而且自然而然地将沦陷区文学传播到解放区。

不仅有许多作家从沦陷区奔赴解放区，而且同时，从解放区迁徙到沦陷区的作家也不少。作家从解放区迁徙到沦陷区大多是从解放区到沦陷区进行革命工作和文学工作。为了加强沦陷区文学的领导组织工作，延安常常派文艺骨干迁徙到沦陷区去领导沦陷区文艺工作。所以，作家从解放区迁徙到沦陷区，不仅将沦陷区作家组织起来团结在党的旗帜下，而且有目的、有意识地将解放区文学传播到沦陷区，激发起沦陷区作家和民众的斗争热情。如，为了加强对上海及沦陷区工作的领导，1936 年 4 月上旬，党中央委派冯雪峰到上海工作。冯雪峰到上海虽然主要是从事革命工作，但由于他在文艺界的巨大影响及与上海作家的良好关系，冯雪峰实际上做了不少文学方面的工作。冯雪峰在上海的文艺领导工作一直坚持到 1937 年年底。上海沦陷后，冯雪峰成为延安在上海沦陷区的实际文艺领导人。又如，潘汉年是职业革命家，也是作家，抗战爆发后，在解放区与沦陷区之间迁徙奔走，多次从解放区迁徙到上海沦陷区。由于潘汉年的文学造诣及与沦陷区作家的友好关系，潘汉年除在上海沦陷区从事革命工作外，还做了诸多文学方面的工作，将党的文艺政策与解放区文学传播到上海沦陷区。此外，解放区作家迁徙到沦陷区还有一种情况就是解放区文艺工作者深入沦陷区宣传抗日，开展群众性文艺活动，无形地将解放区文学传播到沦陷区。如西北战地服务团是丁玲领导的延安有名的文艺团体，成员包括丁玲、吴奚如、贾克等人。1942 年，西北战地服务团就曾经深入当时的沦陷区繁峙县西三区开展文艺工作，发动群众，演出幕表剧《枪毙王家祥》。①因此，沦陷区文学并不因为沦陷区在日本人的控制之下就与解放区文学断绝了关系，解放区作家与文艺工作者迁徙到沦陷区，深入沦陷区，促使解放区文学传播到沦陷区。

因此，从迁徙视域来研究解放区文学与沦陷区文学互动，可以看到既有沦陷区作家迁徙到解放区，又有解放区作家迁徙到沦陷区，作家在解放区与沦陷区之间的迁徙也是双向互逆的。正是这种双向互逆的迁徙使两个区域文学之间产生交流互动。

首先，作家从沦陷区迁徙到解放区促使沦陷区文学传播到解放区。奔赴解放区的沦陷区作家人数多、影响大。沦陷区作家奔赴解放区将沦陷区文学的鲁迅精神、鲁迅风杂文等要素传播到解放区。鲁迅精神、鲁迅风杂文是沦陷区文学的精神旗帜。上文已论，东北沦陷后，许多不堪日寇蹂躏、不愿做亡国奴的东北沦陷区作家离开生于斯长于斯的黑土地，流亡到关内。这些流亡到上海等地的沦陷区作家逐渐团结在鲁迅的周围进行文学活动，受到鲁迅的影响和鼓励。虽然鲁迅先生在1936年就已经去世，但鲁迅与黑暗势力坚决斗争的硬斧头精神成为上海沦陷区文学的精神旗帜，沦陷区文学张扬着鲁迅精神。上海沦陷后，沦陷区作家在极其恶劣的环境中，依然继承鲁迅精神，以文学为匕首，同日伪、黑暗社会进行坚决的斗争。沦陷区作家迁徙到解放区，将沦陷区文学相关要素自然而然传播到解放区，沦陷区文学与解放区文学产生互动。所以，受沦陷区文学

---

① 参见贾克《战斗在敌人后方——我在西北战地服务团的艺术、战斗生涯》，《山西文史资料》1998年第8期，第193页。

影响，解放区文学也夹杂着一些沦陷区文学的声音。

萧军在沦陷区深受鲁迅精神影响，迁徙到延安后，将沦陷区鲁迅精神等文学要素传播到延安，并将鲁迅精神在延安发扬光大。为了在延安弘扬鲁迅精神，萧军在延安组织成立了延安鲁迅研究会，同时撰写一系列纪念鲁迅的文章。这些文章都始终高举鲁迅旗帜，维护鲁迅传统，弘扬鲁迅精神。在《〈鲁迅研究丛刊〉前记》中，萧军突出强调“立人”思想在鲁迅全部思想中的重要意义，试图在解放区还原鲁迅，回到鲁迅原点，他指出：“鲁迅先生留给我们的产业是他的二十部全集；留给我们的理想是怎样把自己的民族从奴隶和奴才的地位提到一个真正‘人’的地位；把人类从半虫豸的地位提到人的地位……留给我们的事业，就是：中国新文化的开展和提高。”① 而在《为纪念而战斗，为战斗而纪念!》这篇纪念鲁迅的文章中，萧军有力反驳延安被遮蔽的鲁迅传统，还原真实的鲁迅，指出鲁迅批判奴隶思想的重要意义，指出：“我们流泪，我们痛哭……并不单是哭的鲁迅先生，而是在哭我们自己底奴隶的命运！我们不愿做任何异族或同族的奴隶，我们要反抗，我们要战斗，而鲁迅先生就是我们这不愿做奴隶行列里面最英勇最伟大的旗手。”② 萧军迁徙到延安，随之将沦陷区鲁迅精神传播到解放区，在延安坚持真正的鲁迅传统，弘扬真正的鲁迅精神，凸显出不同一般的自我价值之个性。③

---

① 萧军：《两本书底〈前记〉》（二），《解放日报》1941 年 10 月 14 日。

② 萧军：《为纪念而战斗，为战斗而纪念!》，雷加主编《解放区文学书系》之《散文·杂文》卷（二），重庆出版社 1992 年版，第 1515 页。

③ 关于萧军在延安弘扬鲁迅精神可参见祝学剑《论延安启蒙文学的三种精神取向》，《延安大学学报》（社会科学版）2010 年第 3 期，第 30—31 页。

鲁迅极力批判过的阿Q劣根性是愚昧落后国民的一面镜子，每个人都能从阿Q身上找到自己的影子。萧军在延安弘扬鲁迅精神，还对延安形形色色的阿Q进行批判。在延安这块明朗的天空下，阿Q劣根性在延安并没有像人们想象的那样死去，相反还在滋生蔓延。萧军针对延安民众身上的落后性、劣根性议论道："阿Q的时代究竟过去了吗？阿Q底可憎恶和可爱，以致应该嗤之以鼻或同情，以至于应该'嚓'了的理由在哪里呢？阿Q的子孙怎样了？"[①] 萧军的话指出了从封建社会过来的延安民众还没有摆脱阿Q劣根性的阴魂，在延安批判阿Q劣根性任重而道远。

萧军还在在延安创作鲁迅风杂文、批判落后现象，将沦陷区鲁迅风杂文传播到解放区。这是萧军在延安继承发扬鲁迅精神的又一方面。萧军在延安继承鲁迅杂文传统，指出了杂文的重要性，"我们不独需要杂文，而且很迫切。那可羞耻的'时代'不独没有过去，而且还在猖狂"[②]。萧军在延安继承鲁迅杂文传统，对延安儿童、妇女、人性等问题表现出极大的关注，用杂文抨击延安各种时弊和落后现象。延安保育院因为少数保育员缺乏应有的爱心和耐心，致使一些小孩营养不良，患上疾病。萧军对延安社会人性的弱点感慨万千，在杂文《纪念鲁迅，要用真正的实绩!》中，呼吁要尽可能地善待和关爱儿童，要发扬鲁迅先生的"用无我的爱，自己牺牲于后起的新人"的爱心和精神来关爱儿童。因此疾呼："我懂得，人世间没有绝对没有办法的事……希望后一代比自己更幸福，更聪明……的

---

① 萧军：《两本书底〈前记〉》（一），《解放日报》1941年10月13日。

② 萧军：《杂文废不得说》，《延安文艺丛书》编委会《延安文艺丛书·散文卷》，湖南人民出版社1984年版，第619—620页。

人！那些今年要以‘真正的业绩’来纪念鲁迅先生的人……‘好些！再好些！’”[1] 针对延安的结婚离婚问题，萧军写有《论“终身大事”》《续论“终身大事”》倡导人们不要以强者欺负弱者，要消除男性头脑中的封建思想，以平等的思想对待女性。

在萧军等人的影响下，延安兴起鲁迅风杂文，可进一步说明沦陷区文学对延安文学产生的直接影响。延安鲁迅风杂文继承沦陷区鲁迅杂文传统，针砭时弊，批判社会种种不良现象，在延安产生很大影响。丁玲、罗烽等人的杂文为其代表。身为《解放日报》文艺副刊编辑的丁玲在延安当时鲁迅风杂文兴盛时，大力提倡杂文，强调发挥杂文的匕首功能，主张要继承鲁迅先生“为真理而敢说，不怕一切”[2] 的精神，由于特殊身份因而影响巨大。《我们需要杂文》《三八节有感》《勇气》《适合群众与取媚群众》《谈鬼说梦的世界》等杂文揭露延安生活中的阴暗面与缺点。罗烽的《还是杂文时代》也强调清除边区民众身上的“云雾”和“脓疮”等封建陈腐思想的重要性，而清除民众封建陈腐思想最有力的武器是杂文，作家应该用杂文来清除这些封建陈腐思想。延安鲁迅风杂文的兴起并不是空穴来风，它与沦陷区鲁迅杂文传统有紧密联系。这些曾经在鲁迅周围学习战斗过的作家，与鲁迅先生一起共同支撑起沦陷区文学，深受鲁迅及鲁迅风杂文的影响。当奔赴延安之后，他们把沦陷区鲁迅风杂文也传播到了解放区。鲁迅精神及鲁迅风杂文对延安文学的影响是沦陷区文学影响解放区文学的最直接表现。这些都说明作家迁

---

① 萧军：《纪念鲁迅，要用真正的实绩！》，《解放日报》1941 年 10 月 21 日。

② 丁玲：《我们需要杂文》，《解放日报》1941 年 10 月 23 日。

徙将沦陷区文学传播到解放区所起到的重要作用。

不仅如此，反过来，作家从解放区迁徙到沦陷区，亦将解放区文学传播到沦陷区。从地理位置上看，边区紧接着沦陷区，上文所论及的西北战地服务团等解放区文艺工作队曾经深入沦陷区工作演出，这是将解放区文学传播到沦陷区的一种最常见、最简单的方式。

不仅如此，作家从解放区迁徙到沦陷区将党的文艺方针、解放区文学作品传递到沦陷区，深入影响了沦陷区文学创作、文学思潮。上文提到的冯雪峰的例子就能够说明问题。冯雪峰被党派到上海工作，他迁徙到上海后，不仅做了许多革命工作，而且做了许多文学工作。据冯雪峰回忆："中央给的任务是四个：1. 在上海设法建立一个电台，把所得到的情报较快地报告中央。2. 同上海各界救亡运动的领袖沈钧儒等取得联系，向他们传达毛主席和党中央的抗日民族统一战线政策，并同他们建立关系。3. 了解和寻觅上海地下党组织，取得联系，替中央将另派到上海去做党组织工作的同志先做一些准备。4. 对文艺界工作也附带管一管，首先是传达毛主席和党中央的抗日民族统一战线政策。"① 冯雪峰在上海除夜以继日地完成党交代的各种任务外，还千方百计与作家们接触，了解上海及沦陷区文坛状况，把延安党中央的当前文艺方针及延安文学作品介绍到上海，延安文学随着冯雪峰迁徙到上海而传播到沦陷区。抗战爆发前夕，上海文坛一盘散沙，"左联"解散后上海文艺界当时还有许多党员作家过着散兵游勇的生活。冯雪峰做了许多工作尽量使文艺界团

---

① 冯雪峰：《有关一九三六年周扬等人的行动以及鲁迅提出"民族革命战争的大众文学"口号的经过》，《雪峰文集》（第4卷），人民文学出版社1985年版，第506页。

结起来。冯雪峰努力与周扬、夏衍、茅盾等人取得联系，以尽快使上海及沦陷区作家组织起来。冯雪峰凭着自己高度的责任心，使上海文艺界的工作初见成效。上海沦陷后，冯雪峰写了《鲁迅与中国民族及文学上的鲁迅主义》《关于鲁迅在文学上的地位》《关于鲁迅》等研究鲁迅的文章，使鲁迅精神在沦陷区得到继承和弘扬。避居义乌乡间时期冯雪峰还创作了小说《卢代之死》，表现了红军伟大的长征。从冯雪峰在上海的政治活动与文学活动来看，[①] 既加强了党对上海及沦陷区的文学领导，也将解放区文学传播到上海沦陷区，促进了解放区文学与沦陷区文学的联系。

潘汉年因本人文学方面的深厚造诣，从解放区迁徙到上海沦陷区工作期间也做了许多文学方面的工作，促进了解放区文学在沦陷区的传播。潘汉年文学方面的成就与贡献众所周知。潘汉年 20 世纪 20 年代是创造社的小伙计，创作了许多杂文与小说，20 世纪 30 年代是上海“左联”的实际负责人之一，因此尽管潘汉年做的是实际革命工作，但由于他是上海“左联”负责人之一，与中国左翼作家保持着良好的关系。因此，潘汉年在上海沦陷区做实际革命工作的同时，也做了许多文学工作。七七事变后，潘汉年在上海沦陷区建立八路军办事处，并任办事处主任，同时参与创办《救亡日报》，指派夏衍担任总编辑。潘汉年不仅在上海沦陷区从事情报工作，而且与坚守在上海沦陷区的作家阿英等人一起进行许多文学活动。此期，潘汉年写了诸多政论文，如 1937 年 9 月写的《广泛的游击战争》、

① 关于冯雪峰当时在上海的政治活动与文学活动可参见陈早春、万家骥《冯雪峰评传》，人民文学出版社 2003 年版，第 189—223 页。

1937 年 10 月写的《从辛亥以来的抗日运动到今年的全民抗战》都是气势浑厚的美文。上海沦陷后，上海八路军办事处被迫转入地下，潘汉年在上海、香港等地开展统战工作。此后，潘汉年迁徙奔走于香港、上海与延安等地。1938 年 8 月，潘汉年奉命从香港返回延安，后任中共中央社会部副部长。后迁徙上海等地从事情报工作。1942 年 11 月，潘汉年依据中央指示从上海沦陷区撤离到淮南新四军根据地，在淮南根据地，与同在淮南新四军根据地的阿英、李一氓等人诗文唱和，创作旧体诗六十余首。旧体诗《次一氓中秋一律》《赠陈毅》等驰骋挥洒，颇有豪气。潘汉年在延安与上海沦陷区之间的迁徙奔走，对加强解放区文学与沦陷区文学联系起到不可忽视的作用，促进了沦陷区文学与解放区文学之间的互动。[①]

冯雪峰、潘汉年等人从解放区迁徙到沦陷区，不仅加强了党在沦陷区的文学领导组织工作，还将党的文艺方针、解放区文学作品传递到沦陷区。这使得上海沦陷区作家依然能够在恶劣的环境中坚持党的领导，团结在党组织周围，在特殊的环境中创办进步刊物，弘扬民族气节，同日伪进行毫不妥协的斗争。所以，上海沦陷区不仅创办了《新中国文艺丛刊》《文艺新潮》《译文丛刊》《上海周报》《妇女》《戏剧与文学》《奔流文艺丛刊》《奔流新集》《文献丛刊》《文学新林》《文艺》《公论丛书》等影响甚大的进步期刊，还发表了《大明英烈传》《碧血花》《郑成功》等一大批宣扬对敌斗争、弘扬民族气节的历史剧。此外，一大批解放区领导人讲话、文艺通讯

---

① 关于潘汉年的文学生涯以及在抗战中的迁徙与文学活动参见曹铁娟《潘汉年的文学活动与贡献》，载《昆明师专学报》1998 年第 3 期，第 30—36 页。

和文学作品传播到沦陷区，出现在沦陷区进步报刊上。阿英主编的《文献》不仅刊登许多八路军、新四军英勇战斗的图片和新闻，还公开发表了毛泽东在中共中央六届六中全会上的报告《论新阶段》，发表了毛泽东在陕北公学纪念鲁迅逝世周年大会上的讲话《论鲁迅》。王叔任主编的《公论丛书》经常转载党中央这一时期的社论与文章。斯诺的《毛泽东访问记》发表在《文艺》上。许多反映边区军民斗争的通讯也在上海沦陷区发表，如殷参的《民主——在模范抗日根据地陕甘宁边区第一届参议会开幕典礼上》、何为的《皖南通讯》、姜涣的《边区女参议员高敏珍女士访问记》等反映边区军民生活面貌和斗争精神的文艺通讯大量发表。[①] 作家从解放区迁徙到沦陷区，将延安党的文艺方针与文学作品传递到上海沦陷区，解放区文学作品出现在沦陷区报刊上，使沦陷区民众能够了解解放区党的文艺方针、文艺动态及文学作品，无形地激发了沦陷区人民的抗日热情和民族情感，鼓舞了沦陷区民众的斗志。

20 世纪 40 年代作家或从沦陷区迁徙到解放区或从解放区迁徙到沦陷区，在两个区域之间的迁徙流动，自然促进了两个区域文学之间的互动。正如刘勇所说："'孤岛文学'以其辉煌实绩成为抗战文艺的重要组成部分，'孤岛文学'其实不孤，它还与国统区和陕北、华北、苏北等抗日民主根据地，以及西南'大后方'的文学运动乃至香港和南洋的爱国华侨遥相呼应互相联系，密切配合了全国的进步的抗日文艺运动，同时又充分显示了自己独特的个性。"[②] 作家迁

---

① 关于上海文艺期刊情况及上海文艺期刊发表延安文学情况参见黄志雄《上海"孤岛"文艺期刊》，《抚州师专学报》1993 年第 1 期，第 39—43 页。

② 刘勇：《上海"孤岛文学"》，《文艺理论与批评》1993 年第 5 期，第 140 页。

徙将沦陷区文学的鲁迅精神、鲁迅杂文传统等传递到解放区，丰富了解放区文学的内涵，同时又将解放区党的文艺方针、解放区文学作品传播到沦陷区，极大地鼓舞了沦陷区民众的抗日热情。通过作家迁徙，解放区文学与沦陷区文学互相影响，产生互动。

第三节　迁徙视域中的国统区文学与沦陷区文学的互动

抗战爆发，在国统区与沦陷区之间迁徙的作家也不少，这自然而然地促进了国统区文学与沦陷区文学之间的联系与互动。本小节深入分析 20 世纪 40 年代作家在国统区与沦陷区之间的迁徙路径，以及由此带动的国统区文学与沦陷区文学之间的交流互动，以进一步印证本书的判断：作家迁徙促进了区域文学之间的互动和联系。

如上文所述，20 世纪 40 年代沦陷区范围包括东北沦陷区、华北沦陷区、上海沦陷区等区域。九一八事变后，东北成为最早的沦陷区。七七事变后，以北平为中心的华北广大地区相继沦陷，称为华北沦陷区。抗战全面爆发后，直到 1941 年 12 月日军进入租界，上海完全沦陷，称为上海沦陷区。由于战争的影响，从沦陷区迁徙到国统区的作家人数众多。东北、北平、上海沦陷后，许多沦陷区作家从北东北、北平、上海等沦陷区迁徙到国统区。

作家梁实秋的例子比较典型。梁实秋抗战爆发前在北京大学任外文系主任。七七事变后，北平沦陷。梁实秋只身逃离北平到天津。

此时天津并不太平，梁实秋与罗隆基逃往南京。此时的南京政府亦准备迁徙，南京社会混乱不堪。梁实秋又赴长沙滞留了将近一个月。因思念家人，乃冒险北上，在途中差点丧生。潜回北平沦陷区家中，与家人相拥而泣，在沦陷区家中度过了短暂几天。后又只身南下，经香港辗转到汉口任国民参政会参政员。1938 年 9 月，梁实秋随国民参政会一同迁往重庆。在教育部任国民政府教育部小学教科书组主任等职，后负责编辑《中央日报》副刊《平明》。抗战胜利后迁回北平，在北京师范大学英文系当教授。

还有上文论及的京派作家废名在抗战爆发、北平沦陷后，从北平沦陷区迁回故乡黄梅，也是作家从沦陷区迁徙到国统区的个案。

此外，东北沦陷后，许多东北籍文学青年被迫离开家园，结伴从关外流亡到关内，从沦陷区流亡到国统区。这也是作家从沦陷区迁徙到国统区的案例。罗烽，本名傅乃琦，出生于辽宁沈阳。九一八事变后，与萧军、萧红、白朗、舒群等东北作家一起从沦陷区关外流亡到关内。1935 年 7 月流亡到上海，并加入“左联”。上海沦陷后，流亡到国统区，辗转于武汉、重庆等地。在此期间写作了大量的诗歌、小说等，如其代表作长诗《碑》三部曲、长篇小说《满洲的囚徒》、中篇小说《莫云与韩尔谟少尉》等均写作于这一时期，影响广泛。由于日寇入侵，东北、北平、上海等地相继沦陷，东北、北平、上海等沦陷区的作家不仅失去了赖以生存的工作，而且人身安全亦得不到保障，多种原因促使沦陷区作家从东北、北平、上海等沦陷区迁徙到国统区。由于战争所迫，从沦陷区迁徙到国统区的作家和文学青年不在少数。以上仅仅列举了几例从沦陷区迁徙到国统区的个案，以一斑窥全豹，使大家对 20 世纪 40 年代作家从沦陷

区迁徙到国统区的现象有个初步了解。20 世纪 40 年代作家从沦陷区迁徙到国统区可谓颠沛流离，险象丛生，是作家人生中的一段刻骨铭心、挥之不去的重要经历。

20 世纪 40 年代作家从沦陷区迁徙国统区人数众多。同时，从国统区迁徙居留沦陷区的作家也不在少数。因为北平、上海沦陷区文化事业较为发达，能更好从事文学工作，所以吸引了不少作家前往。作家钱钟书，1938 年秋从法国回国后，被清华大学破例聘为教授。后随清华大学迁徙昆明，在西南联大任教。一年后，又至湖南任国立师范学院外语系主任。1941 年，钱钟书与夫人杨绛从广西坐船到上海，但不久上海沦陷，钱钟书被困沦陷区上海，无法脱身，只能留在沦陷区上海，在震旦女子文理学院任教。在这一时期，钱钟书完成了《谈艺录》《写在人生边上》等名篇，并写作长篇小说《围城》。钱钟书夫人作家杨绛，也与钱钟书一起由广西进入沦陷区上海，并滞留在沦陷区上海。此期，杨绛创作的剧本《称心如意》《弄假成真》《游戏人间》等相继在上海公演。作家楼适夷，浙江余姚人。抗战爆发后，楼适夷到广州等地编辑《文艺阵地》。此后广州遭到大轰炸，出于安全考虑，1939 年 7 月，楼适夷迁徙流亡到上海，《文艺阵地》编辑部也随即迁徙到上海，由楼适夷继续主持《文艺阵地》的编务。沦陷区文学虽然在日本人的控制之下，但作家迁徙促使沦陷区文学与国统区文学产生紧密联系。

作家在沦陷区与国统区之间迁徙，促进了国统区文学与沦陷区文学之间的交流互动。这种互动具体表现为国统区的文学论争通过作家迁徙、书信往来等方式传播到沦陷区。

1938 年 12 月 1 日，梁实秋在《中央日报·平民副刊》上抛出了“与抗战无关”论，在国统区引起强烈的反响与论争。之后，随着国统区作家在国统区与沦陷区之间的迁徙，以及报刊传播等方式，梁实秋的“与抗战无关”论在沦陷区引起论争。沦陷区的《鲁迅风》与《世纪风》等刊物随即发表文章，对梁实秋的论调进行批判。当时还在沦陷区的茅盾发表《普及、提高与抗战八股》认为在民族生死存亡的抗战时期，不可能有“与抗战无关”的文学，批驳了“与抗战无关”论的反动论调。为了响应论争，沦陷区作家林淡秋还写过总题名为《抗战文艺讲座》的系列文章，王元化精心收集出版有关抗战的言论集子《抗战文艺论集》，王任叔写有《有关与无关》。他们在驳斥“与抗战无关”论、提倡抗战文艺的同时，对抗战文艺的偏颇也有些反思。此外，《文艺》还专门召开过“关于抗战文艺的形式座谈会”讨论抗战文艺问题，《浅草》《万人小说》等在抗战文艺影响下，展开过关于人民文艺、文艺大众化等问题的讨论。① 国统区发生的“与抗战无关”论文艺论争，随着作家迁徙等方式传播到沦陷区，并在沦陷区掀起关于“与抗战无关”论的论争，作家迁徙促进了国统区文学与沦陷区文学的联系与互动。

不仅作家迁徙本身促进了国统区文学与沦陷区文学互动，而且20世纪40年代作家在迁徙过程中主办的文艺刊物，随着作家在国统区与沦陷区之间的迁徙而流动，这也在一定程度上促进了国统区文学与沦陷区文学之间的互动。20世纪40年代战火纷飞，作家迁徙流亡。作家在迁徙过程中并没有放弃文艺刊物，而是在迁徙路上创办

① 关于“与抗战无关”论在沦陷区的传播与论争可参见黄志雄《上海“孤岛”文艺期刊》，《抚州师专学报》1993年第1期，第42—43页。

诸多文艺刊物，继续以文艺报刊唤起民众的抗日热情，揭露打击敌人，以报刊这个独特的方式参加抗战。文艺刊物随作家迁徙而流动，这是20世纪40年代文艺刊物的一个独特现象。20世纪40年代作家在迁徙过程中创办的文艺刊物非常多，著名的有胡风创办的《七月》《希望》杂志，茅盾主办的大型文艺刊物《文艺阵地》，夏衍主编的综合性刊物《救亡日报》等。作家在迁徙过程中主办的文艺刊物不仅随作家一起迁徙流动，而且在流动过程中不断与不同区域作家之间进行文章稿件联系，刊登不同区域文学动态。并且，其刊物本身也在不同区域之间发行，扩大了传播范围，这些都自然而然促进了国统区文学与沦陷区文学之间的交流互动。

以《文艺阵地》和《七月》为例。上文在论述文学刊物流动性时，也专门论及《文艺阵地》和《七月》的迁徙流动概况。这里依然以这两个刊物为案例，因为这两个刊物不仅是20世纪40年代在文学方面最有代表性的刊物，而且40年代文学诸多问题都与这两个刊物有关。这里重新论及《文艺阵地》和《七月》，更着重论述刊物流动而促成的区域文学之间的联系与互动。

茅盾主编的《文艺阵地》是抗战时期纯文学刊物的典范，“它的编辑、印刷、发行的复杂情况，可以称作中国现代出版史之最。在主编们和同道的努力下，《文艺阵地》成了抗战时期寿命最长、影响最广、内容上乘、最受读者欢迎的全国性重要的文艺刊物”①。《文艺阵地》在20世纪40年代随着茅盾、楼适夷辗转迁徙各地，在

---

① 孔海珠：《楼适夷编辑生涯的重要台阶——楼适夷与〈文艺阵地〉》，《鲁迅研究月刊》2005年第5期，第8页。

沦陷区与国统区之间迁徙流动。《文艺阵地》在20世纪40年代的迁徙流动、编辑发行都颇具有代表性，很能代表40年代文艺刊物迁徙的一般情况。

《文艺阵地》在辗转迁徙过程中与不同区域作家之间稿件往来、在不同区域发行传播促进了沦陷区文学与国统区文学的交流。《文艺阵地》是茅盾创办并主编，后楼适夷一直代理主编的位置。但茅盾无论是在广州、新疆、延安，还是在重庆，都时刻关心着《文艺阵地》的编辑发行情况，并通过书信与不在同一文学区域的楼适夷及《文艺阵地》成员保持紧密的联系。如，茅盾迁徙到达新疆后，旋即给楼适夷写信，楼适夷收到远在新疆的茅盾的信，并将其发表在《文艺阵地》第三卷第十期的卷首。可见，即使在当时交通不便，两地通信困难的情况下，茅盾依然通过书信与《文艺阵地》保持联系。茅盾迁徙到新疆与在沦陷区的《文艺阵地》书信往来，实际上促进了国统区文学与沦陷区文学的交流。

此外，《文艺阵地》在辗转迁徙流转过程中，不断与不同区域作家稿件往来，不同区域的作家向编辑部寄送稿件，传达文艺动态，参与文艺问题论争。迁徙到国统区，《文艺阵地》与沦陷区作家之间有许多稿件往来；迁徙到沦陷区，《文艺阵地》与国统区作家之间有许多稿件往来。通过这种方式，迁徙流动中的《文艺阵地》实际上促进了国统区文学与沦陷区文学之间的交流互动。萧红、老舍等不同区域作家都曾寄送稿件给《文艺阵地》，在上面发表文章。骆宾基、司马文森等不同区域作家报告文学作品也发表在《文艺阵地》上。不仅如此，《文艺阵地》还开设“各地通讯”“文阵广播”“报导”等栏目，大量刊发不同区域文艺通讯、消息，及时反映不同区域的文艺动态，加强了国统区与沦陷区之间的文学联系，为国统区与沦陷区作家提供互相交流的平台，形成一个联系紧密的网络，国统区文学与沦陷区文学在这个平台上交流互动，[①] 打破了战争对区域文学之间交流造成的隔离。

不仅《文艺阵地》如此，随胡风迁徙流动的《七月》也促进了国统区文学与沦陷区文学之间的交流互动。抗战爆发后，胡风主编的《七月》周刊创刊于上海，上海沦陷后，《七月》随胡风迁徙到武汉、重庆等地。《七月》虽然主要在国统区流动，但《七月》作者囊括了国统区、沦陷区。如艾青、萧军、舒芜、阿垅、路翎、聂绀弩、萧红、端木蕻良、胡愈之、胡兰畦、丽尼等，他们或在沦陷区或在国统区，不同区域作者的文章在《七月》上汇聚交流，使国统区文学与沦陷区文学在抗战时期能够交流互动。此外，在国统区流动的《七月》与沦陷区作家的书信往来，自然而然地带动了国统区文学与沦陷区文学之间的交流。作家迁徙及随作家迁徙而流动的《文艺阵地》《七月》代表了战时文艺刊物的大致情况。《文艺阵地》《七月》等众多文艺期刊的流动及数以百计的作家在国统区与沦陷区之间迁徙，促进国统区文学与沦陷区文学之间的交流互动。正如有研究者指出的那样，抗战时期“文学期刊作为抗战宣传的窗口和喉舌，其生存和发展自然要追随着抗战中心的转移而转移。随着抗战脚步的迁徙，抗战时期文学期刊的传播中心几次异地，而各个地区各种刊物的传播之间又形成了一种相互影响、互成张力的巨大网

① 关于抗战时期《文艺阵地》的相关情况可参见孔海珠《楼适夷编辑生涯的重要台阶——楼适夷与〈文艺阵地〉》，《鲁迅研究月刊》2005 年第 5 期，第 8—18 页。

络……武汉的《群众》、《全民周刊》，桂林的《文艺杂志》、《当代文艺》等刊物凭借着地理空间的战略优势，与上海文学基地的信息传播遥相呼应”[①]。作家及文学期刊迁徙流动促进了国统区文学与沦陷区文学之间的交流互动。

战争将全国分为几个不同的政治区域，并迫使作家在不同区域之间迁徙流动。所以解放区文学与国统区文学、解放区文学与沦陷区文学、国统区文学与沦陷区文学相互之间有着多样的联系。作家迁徙及其主编的文艺刊物在解放区、国统区、沦陷区之间的迁徙流动，直接促使区域文学的互动交流。从作家迁徙视域来考察解放区文学、国统区文学、沦陷区文学之间的互动，不仅可以看到各区域文学之间的紧密联系，也启发我们用普遍联系的观点来理解各区域文学及20世纪40年代文学。因此，用孤立静止的眼光看待解放区、国统区、沦陷区各区域文学之间的关系只见树木，不见森林，看不到20世纪40年代区域文学关系的本质。20世纪40年代作家在不同区域之间迁徙奔走，解放区文学、国统区文学、沦陷区文学相互之间的联系其实十分紧密，并非像以前的观点所认为的完全处于绝缘状态。这在一定程度上颠覆了孤立静止地看待各区域文学的观点。所以，从作家迁徙视域来考察解放区文学与国统区文学、解放区文学与沦陷区文学、国统区文学与沦陷区文学之间的互动，对于理解解放区文学、国统区文学、沦陷区文学之间关系的复杂性，对于打破孤立静止地看待各区域文学的观点都有重要意义。

---

① 赵凌河：《抗战时期文学期刊的文化增殖传播》，《文艺争鸣》2007年第10期，第134页。

结　语

20 世纪 40 年代中国国土上空始终笼罩着战争的阴云，七七事变后，经过八年抗战，中国军民付出了巨大代价，最终取得了抗战的胜利。这是中国现代史上一段特殊的动荡时期，也是中国现代文学巨大的蜕变期和转折期。战争对 20 世纪 40 年代中国的影响是全面而深刻的，不仅影响中国社会历史进程，而且对社会思潮、人的审美方式、20 世纪 40 年代文学都产生深刻影响。关于这一点很多文学史及专著都注意到了。在涉及 20 世纪 40 年代文学时很多文学史都不约而同地从战争出发，阐述战争与文学、与人的关系。这固然是 20 世纪 40 年代文学的一个宏大命题。

在战争与文学的宏大命题上，20 世纪 40 年代文学研究主要关注以下几个方面。一、对战争制约下的 20 世纪 40 年代文学史料的重新整理与汇编，其代表性成果有，刘增杰、赵明、王文金等编的《抗日战争时期延安及各抗日民主根据地文学运动资料》（上、中、下）（山西人民出版社 1983 年版），任孚先等的《山东解放区文学概况》（山东人民出版社 1983 年版）、《国统区抗战文艺研究论文集》（重庆出版社 1984 年版）等；二、对战争制约下的 20 世纪 40 年代文学史尤其是解放区文学史方面的纵向研究，其代表性成果有，苏光文的《抗战文学概观》（西南师范大学出版社 1985 年版）、魏华龄的《桂林文化城史话》（广西人民出版社 1987 年版）、刘增杰的《中国解放区文学史》（河南大学出版社 1988 年版）等；三、战争视域中 20 世纪 40 年代文学的纵深研究，对 20 世纪 40 年代文学研究的不断深化，其代表性成果有，黄万华的《史述和史论：战时中国文学研究》（山东大学出版社 2005 年版）、周燕芬的《超越　反拨　执守——七月派史论》（中华书局 2003 年版）、黄科安的《延安文学研究——建构新的意识形态与话语体系》（文化艺术出版社 2009 年版）、房福贤的《中国抗战文学新论》（中国社会科学出版社 2012 年版）、文天行的《历史在这里闪光——抗战文学与中国传统文化》（四川教育出版社 2002 年版）、段从学的《“文协”与抗战时期文艺运动》（北京大学出版社 2012 年版）等。这些著作都用新视野，从多维度对 20 世纪 40 年代文学进行研究，将 20 世纪 40 年代文学研究进一步深化。同时，围绕战争与文学，产生了一批重要的学术论文，其代表性成果有，段从学的《夏季大轰炸与大后方文学转型——从抗战文学史的分期说起》（《中国现代文学研究丛刊》2011 年第 7 期）、王学振的《大后方抗战文学的兵役题材》（《中国现代文学研究丛刊》2011 年第 7 期）、黄晓华的《医学与政治的双重变奏——论解放区文学的疾病书写》（《中国文学研究》2008 年第 3 期）、郭国昌的《集体写作与解放区的文学大众化思潮》（《中国现代文学研究丛刊》2005 年第 5 期）、李光荣的《抗战文学的别一种风姿——论西南联大文学》（《西南民族大学学报》2007 年第 2 期）等。这些专著和论文都是从战争与文学维度研究20世纪40年代文学的代表性成果。

这些专著和论文注意到了20世纪40年代战争与文学、与人的关系，注意到了战争背景下文学史料的收集与整理，也将20世纪40年代文学研究推向纵深，填补了20世纪40年代文学研究的一些空白，达到了一定的深度，从不同的视角对20世纪40年代文学做出观照。但这些研究的视角还比较单一，大多停留在战争（抗战）与文学的关系上，因而其观照有限，也难以对20世纪40年代文学相关问题做出更深入的探讨。文学研究应该对文学进行多方面观照，寻找新的学术增长点，而不能拘泥于现有的模式和结论。因此，20世纪40年代文学研究值得深入挖掘更多新的学术空间和探讨新的学术增长点。

20世纪40年代文学并非战争的单一衍生物，其多样性及丰富性言说可以使我们从各个角度对20世纪40年代文学做出开掘探讨，而不仅仅是从战争单一的视角进行观照。20世纪40年代文学的丰富性言说体现在沈从文、废名、萧红、芦焚等作家在小说观念和艺术样式上做出新的探索。其丰富性又如，关于艺术观念的探索，20世纪40年代沦陷区作家关永吉曾经对20世纪40年代单一的戏剧化小说模式不满，说："我们是生活在这么复杂的社会里，我们为什么不能将许多有着关联的事件写在一起呢？那不是更能使一个故事'立体'么？"[①] 作家关永吉的话实际上从另一个角度说明了20世纪40

---

① 《"创作"与"批评"座谈会》，《二十世纪中国小说理论资料》第4卷，北京大学出版社1997年版，第267页。转引自钱理群《对话与漫游——四十年代小说研读》，上海文艺出版社出版1999年版，第16页。

年代文学的丰富性。在论及20世纪40年代文学丰富性，学者钱理群也指出："由于作家观察、体验生活（战争）的立足点（民族、阶级本位的，或是个人、人本主义的）的不同，决定了40年代作家对于战争存在着'英雄主义与浪漫主义的'及'非（反）英雄主义与浪漫主义的（凡人的）'两种体验方式与审美方式，进而产生了'戏剧化'的小说与'非（反）戏剧化'的小说这样两种小说体式。一般说来，前者占据了40年代小说的中心位置，后者则始终是一种边缘的少数人的实验。——我们的这一概况，是研究了这一时期大量的小说现象、作品，所作出的抽象提升；而现实的具体的小说形态却是远为丰富的，并非总是采取这样二元对立、截然分开的模式，实际上是实现于二者的对立、矛盾与渗透的张力之中的。而且也还有些小说现象与作品是这一概括所不能包容的。"① 这些都表明20世纪40年代文学并非完全是战争的衍生物，从多角度观照20世纪40年代文学才是应有之义。

作家迁徙是20世纪40年代一个普遍存在而又有规律的重要文学现象，可以作为我们思考20世纪40年代文学的一个切入点，为20世纪40年代文学研究提供新的学术增长点。然而，在现有的文学史专著及20世纪40年代文学研究中，作家迁徙这一重要文学现象不见文学史叙述，相关的研究性文章亦少见，仅在中国现代作家回忆录及相关回忆性文章中有记述，且这些叙述大多是零散的、不成系统的。这在一定程度上遮蔽了这一重要文学现象。实际上，20世

---

① 钱理群：《对话与漫游——四十年代小说研读》，上海文艺出版社1999年版，第510页。

纪40年代作家迁徙不仅是一个普遍存在的重要文学现象，且对20世纪40年代文学产生全面而深刻的影响。我们不能忽视这一重要文学现象的存在及其对20世纪40年代文学的影响，应该深入研究这一文学现象及其与文学的关系。因此，有必要对20世纪40年代作家迁徙现象及其对文学的影响做一个全面而深入的研究。

诚然，人口迁徙是贯穿整个人类历史的一种正常的人类活动行为。具体到中国现代文学。前文也论，从五四肇始，中国现代作家许多人也有过走出家门外出求学、辗转各地，甚至漂洋过海、远渡他国的迁徙现象，但这些迁徙行为大多是其从事文学事业之前所进行的，与其文学活动无关的行为，是零散的、没有规律的迁徙行为，且并未对中国现代文学产生实际影响。但20世纪40年代作家迁徙则不同。20世纪40年代作家迁徙是中国现代文学史上最为普遍、规模最大、最有规律的一种文学现象，很少有作家能例外。且作家迁徙对20世纪40年代文学产生深远影响。20世纪40年代绝大多数作家都经历了颠沛流离、惊心动魄的迁徙历程，这是作家一生中挥之不去的记忆，对作家有着刻骨铭心的影响。甚至许多作家在晚年回忆录中列有专章深情地回顾20世纪40年代凶险莫测的迁徙历程。茅盾晚年对太平洋战争爆发后撤退香港，经东江游击区、行走迁移桂林的惊险经历记忆犹新。如其所述其中的惊险片段："一月二十日下午三时，我们一行出发了，一共九人，二位带枪的护送者，五位被护送者和两位挑夫。我们是离开白石龙的第一批人。这一天我们走了五十华里，越过广九路，涉过石马河，于午夜一时许抵达宿夜处，睡在村子附近山上的'寮'里，'寮'是比草棚高级一点地茅屋，有门，是农民存放农具或临时歇脚的地方，平时不住人。五十里路不算多，但因行军组织没有搞好，护送者只知一味赶路，没有休息，所以走到后来，我感到真的要被拖垮了。第二天吃过晚饭继续上路时，我提议：九个人尽可能走在一起，每走十里路休息十分钟。这个建议被采纳了。果然这一夜的行军节奏（慢）得多，虽然翻了一座大山，我和德沚也没有掉队，而这一夜的路程远不止五十里。我们大概进入了非安全区，护送者一再制止我们抽烟和打手电。半夜我们到了歇宿地，发现这里有敌情，我们的部队已经转移。于是我们也急匆匆向十里外的另一村子转移。不料到达那里情况又变了——敌人忽又逼近这方面来了。我们只得再作转移，仍旧回到原来的村子，没有进村，就和衣露宿在附近的山冈上。那时已近黎明。"① 茅盾在20世纪40年代险象环生的迁徙经历确实为其一生中无法抹去的记忆，以致茅盾后来还以这段经历为素材，写下了有名的纪实性作品《劫后拾遗》。胡风晚年也在回忆录中对撤退香港、迁徙桂林的经历有着刻骨铭心的记忆，"我们到了刚转移到这个山口里暂住的部队。他们告诉我们，前不久的一个晚上，一队敌兵从山口外经过，彼此都没有发觉。这一带常有敌兵经过，很不安全，因此我们只在白天休息，睡了一觉，当晚就离开那里到前面一站去了"②。又说："我们饱餐了一顿狗肉正准备好好休息一夜，忽得通知要我们连夜转移。这一夜走了很长的路，并且，不准抽烟，不准打手电，完全是摸黑走的。天上又在下着毛毛雨，路非常泥滑，我们都小心地走着。忽听得前面有人声，要我们停下来。大家吓了一

① 茅盾：《我走过的道路》（下），人民文学出版社1988年版，第291页。

② 胡风：《胡风回忆录》，人民文学出版社1997年版，第265页。

跳，以为有情况。后来才知道是茅盾夫人掉下桥了。我们都为她担心，不久又传来话，说没事了。快走。第二天我们见到她，关心地问她，她说开始怕极了，但像腾云驾雾似的，落在一草窝上，一点没受伤。当天走不久就出了山地，在游击区和国统区间行走。”① 所以，20 世纪 40 年代作家普遍经历过九死一生的迁徙，这不仅成为对其人生有重要影响、无法抹去的重大事件，而且这种有规律的迁徙现象成为中国现代文学史上的一道奇异风景、一个特别文学现象。

不仅如此，作家迁徙深刻地影响了 20 世纪 40 年代文学创作。因为作家是文学创作的主体，是文学作品产生的起点。作家特殊的生命体验必然投射到文学创作中。文学创作与作家的关系是不可分裂的，有什么样的作者就有什么样的文学作品。其原因很简单，文学作品是作者创作出来的，作者的人生经历与生命体验直接影响了作家的文学创作。文学创作与作者、与外部环境等的辩证关系，已经有不少专著进行深入的研究。如美国学者勒内·韦勒克等在《文学理论》中指出：“一部文学作品的最明显的起因，就是它的创造者，即作者。因此，从作者的个性和生平方面来解释作品，是一种最古老和最有基础的文学研究方法。”② 美国学者勒内·韦勒克等的《文学理论》不仅指出了作者是文学创作的起点和动因，还特别深入阐述了作家与社会等文学外部因素的关系，认为文学的诸多问题实际上是社会问题，指出：“文学是一种社会性的实践，作为媒介语言来使用，是一种社会创造物。诸如象征、格律等传统的文学手段，

① 胡风：《胡风回忆录》，人民文学出版社 1997 年版，第 265—266 页。

② 勒内·韦勒克、奥斯汀·沃伦：《文学理论》（新修订版），浙江人民出版社 2017 年版，第 63 页。

就其本质而言，都是社会性的。这些手段是只有在社会中才能产生的通例和准则。但进一步说，文学‘再现’‘生活’，而‘生活’在广义上则是一种社会现实，甚至自然世界和个人的内在世界或主观世界，也从来都是文学‘模仿’的对象。诗人是社会的一员，拥有特定的社会地位：受到某种程度的社会公认和奖赏；他向读者讲话，不管假想的是什么样的读者。的确，文学的产生通常与某些特殊的社会实践有密切的联系；而在原始社会，我们甚至不大可能把诗与宗教仪式、巫术、劳动或游戏等划分开来。文学具有一定的社会功能或‘效用’，它不单纯是个人的事情。因此，文学研究中所提出的大多数问题是社会问题，至少终归是或从含义上看是如此。”① 从这个意义上看，作家经历的外部环境对文学创作影响的重要性是不言而喻的。因此，通过研究中国现代作家普遍性的社会经历和社会事件来揭示其对文学的影响，是文学研究的基本方法。中国古代也有“知人论世”说揭示这一现象。因为，“文学实际上取决于或依赖于社会背景、社会变革和发展等方面的因素。总之，文学无论如何都脱离不了下面三个问题：作家的社会学、作品本身的社会内容以及文学对社会的影响。……既然每一个作家都是社会的一员，我们就可以把他当作社会的存在来研究。他的传记是主要的资料来源，但对作家的研究还可以扩大到他所来自和生活过的整个社会环境。这样就有可能积累有关作家的社会出身、家庭背景和经济地位等资料”②。虽然作家经历的社会环境对作家的影响是巨大的，但并不意

---

① 勒内·韦勒克、奥斯汀·沃伦：《文学理论》（新修订版），浙江人民出版社 2017 年版，第 83 页。

② 同上书，第 85 页。

味着作家只是被动地接受社会的影响，他也要用艺术的形式对这种社会影响做出能动的反映，“作家不仅受社会的影响，他也要影响社会。艺术不仅重现生活，而且也造就生活”①。关于文学与作者、文学外部环境的关系的理论研究及美国学者勒内·韦勒克等的《文学理论》这些真知灼见的理论论述不仅揭示了文学与外在因素的辩证关系，也为本课题的研究提供了坚实的理论基础和指导意义，对本课题的研究具有启发意义。

就本书而言，作家迁徙与文学创作的内在逻辑很简单，作家颠沛流离的迁徙历程深刻地影响了作家的精神内心，这种非同寻常的生命体验促使作家能动地反映社会，创作出风格不一般的作品。因为，作品不仅是作家个体创作的产物，亦是作家所归属和认同的社会出身、生命体验、文化心理、思想意识和社会历史的曲折反映。我们可以研究作家的生平经历、思想意识、文化心理，进而阐释其作品意蕴及文学现象，揭示出两者的相关性及一些有规律性的东西，阐释文学的某一方面本质。因为，“一个作家的社会立场、态度和意识形态不但可以从他的著作中，而且可以从文学作品以外的传记性文献中加以研究。作家是个公民，要就社会和政治的重大问题发表意见，参与其时代的大事。……作家的社会出身、立场和意识形态等这些问题，如果我们加以系统地研究，将通向作家类型或某一特殊时空下的作家类型的社会学”②。正是在这样的理论指引下，本课题从 20 世纪 40 年代作家迁徙这一重要文学现象作为研究 20 世纪 40

① 勒内·韦勒克、奥斯汀·沃伦：《文学理论》（新修订版），浙江人民出版社 2017 年版，第 91 页。

② 同上书，第 86—87 页。

年代文学的切入点，细致考察20世纪40年代作家迁徙及与文学的关系，从而对20世纪40年代作家迁徙及相关文学现象做出合理深入的探讨。

结语还要简述本课题的研究脉络和学术意义，以进一步明确本书的基本研判。20世纪40年代作家大规模的、有规律的迁徙，对文学的影响是不言而喻的。首先从宏观层面看，对20世纪40年代文学格局产生根本性的影响。中国新文学从五四发始，到20世纪30年代，一直都是以京沪为中心。但是，这样的文学格局到了20世纪40年代发生了根本性的改变。20世纪40年代战争使京沪沦陷，导致作家开始了颠沛流离的迁徙历程。他们从京沪向全国扩散，迁徙到重庆、延安、昆明、桂林等地，形成新的文学中心。且宏观上，作家迁徙对20世纪40年代文学流派亦产生影响。在微观层面，作家迁徙影响了20世纪40年代作家创作，从而整体上影响了20世纪40年代文学风貌。此外，20世纪40年代由于战争将全国分割为国统区、解放区、沦陷区、上海孤岛等几个区域，作家在不同政治区域迁徙，使不同区域文学之间产生多样联系。

而且，从作家迁徙这一角度切入20世纪40年代文学，不仅有助于深入理解20世纪40年代作家的生命体验、文体风格实验，而且还有助于突破将20世纪40年代文学人为地分割成解放区文学、国统区文学、沦陷区文学、上海孤岛文学等几大块的僵化孤立思维。从这一角度切入20世纪40年代文学对于重新理解20世纪40年代文学生态，重新看待20世纪40年代实验性小说，重新研究解放区文学、国统区文学、沦陷区文学的关系，都富有启发意义。20世纪40年代文学在二三十年代的基础上，进一步深化发展，出现了许多前所未有的新的特质，而这些，都是值得我们注意和研究的。本课题就是从作家迁徙角度关注 20 世纪 40 年代文学的一次尝试。因此，结语部分阐述本课题相关研究的走势，结合著名学者勒内 · 韦勒克、奥斯汀 · 沃伦的名著《文学理论》对本课题研究理论基础也进行深入阐释，旨在说明本课题研究意义和研究价值是不言而喻的，值得研究者深入观照。

参考文献

一　著作类

1. 勒内·韦勒克、奥斯汀：《文学理论》（新修订版），浙江人民出版社 2017 年版。

2. 文学武：《京派小说研究》，中国社会科学出版社 2011 年版。

3. 蔡定国、杨益群、李建平：《桂林抗战文学史》，广西教育出版社 1994 年版。

4. 胡风：《胡风回忆录》，人民文学出版社 1997 年版。

5. 童庆炳主编：《文学理论教程》（修订版），高等教育出版社 1998 年版。

6. 袁小伦：《粤港抗战文化史论稿》，广东人民出版社 2005 年版。

7. 何小林、郭际编：《胜利大营救》，解放军出版社 1999 年版。

8. 杨益群：《湘桂大撤退》，漓江出版社 1999 年版。

9. 刘泰隆、苏关鑫等编：《桂林文化城大全》之《文学卷·小说分卷》（1、2、3、4），广西师范大学出版社 1992 年版。

10. 李建平编著：《抗战时期桂林文学活动》，漓江出版社 1996 年版。

11. 李光荣、宣淑君：《季节燃起的花朵——西南联大文学社团研究》，中华书局 2011 年版。

12. 靳明全主编：《重庆抗战文学论稿》，重庆出版社 2003 年版。

13. 周泉根、梁伟：《京派文学群落研究》，上海三联书店 2012 年版。

14. 张维：《西南角：民国文人抗战年月的那些事》，江苏文艺出版社 2014 年版。

15. 周燕芬：《超越　反拨　执守——七月派史论》，中华书局 2003 年版。

16. 马嘶：《百年冷暖：20 世纪中国知识分子生活状况》，北京图书出版社 2003 年版。

17. 饶良伦、段光达、郑率：《烽火文心：抗战时期文化人心路历程》，北方文艺出版社 2000 年版。

18. 李怡：《日本体验与中国现代文学的发生》，北京大学出版社 2009 年版。

19. 胡适：《白话文学史》，团结出版社 2013 年版。

20. 郭济访：《梦的真实与美——废名》，山花文艺出版社 1992 年版。

21. 严家炎：《中国现代小说流派史》（增订本），长江文艺出版社 2009 年版。

22. 梅志：《胡风传》，北京十月文艺出版社 1998 年版。

23. 郭志刚、章无忌：《孙犁传》，北京十月文艺出版社 1990 年版。

24. 晓风编：《胡风自传》，江苏文艺出版社 1996 年版。

25. 仪兰、张昌华编：《苏雪林自传》，江苏文艺出版社 1996 年版。

26. 丁玲编：《丁玲自传》，江苏文艺出版社 1996 年版。

27. 张毓茂：《跋涉者——萧军》，辽宁人民出版社 2000 年版。

28. 钱理群：《对话与漫游——四十年代小说研读》，上海文艺出版社 1999 年版。

29. 李光荣、宣淑君：《语言文学大师风采》，云南教育出版社 2012 年版。

30. 段从学：《“文协”与抗战时期文艺运动》，北京大学出版社 2012 年版。

31. 王科、徐塞、张英伟：《萧军评传》，中国社会科学出版社 2008 年版。

32. 格非选编：《废名小说》，浙江文艺出版社 2003 年版。

33. 商金林编：《朱光潜自传》，江苏文艺出版社 1998 年版。

34. 钱理群：《周作人传》，北京十月文艺出版社 1990 年版。

35. 季红真：《萧红传》，北京十月文艺出版社 2000 年版。

36. 萧军：《从临汾到延安》，山西人民出版社 1983 年版。

37. 张传敏编校：《七月派文献汇编》，高等教育出版社 2015 年版。

38. 周良沛：《丁玲传》，北京十月文艺出版社 1993 年版。

39. 范震威：《世纪才女苏雪林传》，河北教育出版社 2006 年版。

40. 废名：《莫须有先生传》，广西师范大学出版社 2003 年版。

41. 冯健男编：《废名散文选集》，百花文艺出版社 2004 年版。

42. 胡风：《胡风评论集》（上、中、下），人民文学出版社 1984 年版。

43. 文天行主编：《中国抗战文学概览》，四川大学出版社 1996 年版。

44. 钱理群等：《中国现代文学三十年》（修订本），北京大学出版社 1998 年版。

45. 吴景明：《蒋锡金与中国现代文艺运动》，东北师范大学出版社 2005 年版。

46. 王中忱、尚侠：《丁玲生活与文学的道路》，吉林人民出版社 1982 年版。

47. 刘增杰、赵明、王文金：《中国解放区文学史》，河南大学出版社 1988 年版。

48. 艾克恩编：《延安文艺回忆录》，中国社会科学出版社 1992 年版。

49. 茅盾：《我走过的道路》（上、中、下），人民文学出版社 1988 年版。

50. 萧乾：《萧乾回忆录》，中国工人出版社 2005 年版。

51. 萧乾：《萧乾忆旧》，湖北人民出版社 2005 年版。

52. 杨桂欣：《丁玲与周扬的恩怨》，湖北人民出版社 2006 年版。

53. 刘金镛、房福贤编：《孙犁研究专集》，江苏人民出版社 1983 年版。

54. 李盛华、胡光凡编：《周立波研究专集》，湖南人民出版社

1983 年版。

55. 萧军：《人与人间——萧军回忆录》，中国文联出版社 2006 年版。

56. 上海社会科学院文学研究所编：《上海“孤岛”文学回忆录》（上、下），中国社会科学出版社 1984 年版。

57. 文天行、王大明、廖全京编：《中华全国文艺界抗敌协会资料汇编》，四川省社会科学院出版社 1983 年版。

58. 任孚先、赵耀堂、武鹰：《山东解放区文学概观》，山东人民出版社 1983 年版。

59. 孙犁：《孙犁文集》（1—5 卷），天津百花文艺出版社 2002 年版。

60. 杨朔：《杨朔文集》（上、中、下卷），山东文艺出版社 1984 年版。

61. 何其芳：《何其芳文集》（1—6 卷），人民文学出版社 1982 年版。

62. 李季：《李季文集》（1—4 卷），上海文艺出版社 1982 年版。

63. 舒群：《舒群文集》（1—4 卷），春风文艺出版社 1983 年版。

64. 草明：《草明文集》（1—6 卷），光明日报出版社 1992 年版。

65. 白崇义编：《中国现代作家选集·田间》，人民文学出版社 1992 年版。

66. 靳以：《靳以选集》（1—5 卷），四川人民出版社 1983 年版。

67. 周立波：《周立波文集》（1—4 卷），上海文艺出版社 1981 年版。

68. 赵树理：《赵树理文集》（1—4 卷），工人出版社 1980 年版。

69. 赵树理：《赵树理文集续编》，工人出版社 1984 年版。

70. 冯雪峰：《雪峰文集》（1—4 卷），人民文学出版社 1981 年版。

71. 上海社会科学院文学研究所编：《上海“孤岛”文学作品选》（上、中、下），上海社会科学院出版社 1986 年版。

72. 莫昔芬、任民、刘希新编：《山东解放区文学作品选》，山东人民出版社 1983 年版。

73. 会林、陈坚、绍武编：《夏衍研究资料》（上、下），中国戏剧出版社 1981 年版。

74. 陈坚、陈抗：《夏衍传》，北京十月文艺出版社 1998 年版。

75. 杨匡汉、杨匡满：《艾青传论》，上海文艺出版社 1984 年版。

76. 张永健：《艾青的艺术世界》，华中师范大学出版社 1998 年版。

77. 孙琴安：《雪之歌——冯雪峰传》，浙江人民出版社 2003 年版。

78. 包子衍：《雪峰年谱》，上海文艺出版社 1985 年版。

79. 陈早春、万家骥：《冯雪峰评传》，人民文学出版社 2003 年版。

80. 徐庆全：《周扬与冯雪峰》，湖北人民出版社 2005 年版。

81. 李辉编：《摇荡的秋千——是是非非说周扬》，海天出版社 1998 年版。

82. 王蒙、袁鹰主编：《忆周扬》，内蒙古人民出版社 1998 年版。

83. 姚兆华、贺国璋、俞润生编：《中国现代文学研究资料：姚雪垠研究专集》，黄河文艺出版社 1980 年版。

84. 海涛、金汉编：《中国现代文学研究资料：艾青专集》，江苏人民出版社 1982 年版。

85. 唐文斌、郭文静等编：《中国现代文学研究资料：田间研究专集》，浙江文艺出版社 1984 年版。

86. 孟广来、牛运清编：《中国现代文学研究资料：柳青专集》，福建人民出版社 1982 年版。

87. 孟广来、牛运清编：《中国现代文学研究资料：刘白羽研究专集》，解放军文艺出版社 1982 年版。

88. 易明善、陆文璧、潘显一编：《中国现代文学研究资料：何其芳研究专集》，四川文艺出版社 1986 年版。

89. 洪子诚主编：《中国当代文学史・史料选》，长江文艺出版社 2002 年版。

90. 黄昌勇：《王实味传》，河南人民出版社 2000 年版。

91. 黄昌勇编：《王实味：野百合花》，中国青年出版社 1999 年版。

92. 刘增杰等：《抗日战争时期延安及各民主抗日根据地文学运动资料》（上、中、下），山西人民出版社 1987 年版。

93. 唐金海、周斌主编：《20 世纪中国文学通史》，东方出版中心 2003 年版。

94. 重庆地区中国抗战文艺研究会、四川省社会科学院文学研究所编：《国统区抗战文艺研究论文集》，重庆出版社 1984 年版。

95. 文天行编：《国统区抗战文艺运动大事记》，四川省社会科学院出版社 1985 年版。

96. 北京大学主编：《文学运动史料选》（1—5），上海教育出版社 1979 年版。

97. 徐州师范学院《中国现代作家传略》编辑组编：《中国现代作家传略》（上、下），四川人民出版社 1983 年版。

98. 李洪程、余飘：《成仿吾传》，当代中国出版社 1997 年版。

99. 叶永烈：《胡乔木》，中共中央党校出版社 1994 年版。

100. 《回忆张闻天》编辑组编：《回忆张闻天》，湖南人民出版社 1985 年版。

101. 林默涵主编：《中国解放区文学书系》（1—22 卷），重庆出版社 1991 年版。

102. 王培元：《鲁艺风云录》，广西师范大学出版社 2004 年版。

103. 徐迺翔主编：《中国现代作家评传》（一、二卷），山东教育出版社 1986 年版。

104. 邓仪中：《沙汀评传》，重庆出版社 1993 年版。

105. 石兴泽、刘明：《老舍评传》，中国社会出版社 2005 年版。

106. 李岫：《岁月、命运、人——李广田传》，人民文学出版社 2006 年版。

107. 陈福康：《郑振铎传》，北京十月文艺出版社 1994 年版。

108. 秦川：《郭沫若评传》，重庆出版社 1993 年版。

109. 陈辽：《叶圣陶传记》，江苏教育出版社 1986 年版。

110. 夏衍：《夏衍自传》，江苏文艺出版社 1996 年版。

111. 刘炼编：《何干之文集》，北京出版社 1993 年版。

112. 徐懋庸：《徐懋庸回忆录》，人民文学出版社 1982 年版。

113. 陈学昭：《天涯归客》，浙江人民出版社 1980 年版。

114. 卞之琳：《雕虫纪历》，人民文学出版社 1979 年版。

115. 周锡山编：《王国维文学美学论著集》，北岳文艺出版社 1987 年版。

116. 朱衍青：《未完成的天才——路翎传》，大象出版社 2003 年版。

117. 司马长风：《中国新文学史料》，昭明出版社 1978 年版。

118. 朱鸿召：《延安文人》，广东人民出版社 2001 年版。

119. 胡乔木：《胡乔木回忆毛泽东》，人民出版社 1994 年版。

120. 废名：《冯文炳选集》，人民文学出版社 1985 年版。

121. 陈建军：《废名年谱》，华中师范大学出版社 2003 年版。

122. 沈从文：《沈从文全集》，北岳文艺出版社 2002 年版。

二　论文类

1. 张武军：《北京、上海文学中心的陷落与重庆文学中心的形成——略论抗战对中国现代文学格局的影响》，《现代中国文化与文学》2005 年第 2 期。

2. 赵浩生：《周扬笑谈历史功过》，《新文学史料》1979 年第 2 期。

3. 余子侠：《抗战时期高校内迁及其历史意义》，《近代史研究》1995 年第 6 期。

4. 李泽淳：《生命体验对文学创作的影响》，《沈阳师范大学学报》2009 年第 3 期。

5. 朱华阳、陈国恩：《还原历史的真相：关于舒芜和七月派的几个问题》,《西南师范大学学报》(社会科学版)2005 年第 5 期。

6. 李俊国:《三十年代“京派”文学思想辨析》,《中国社会科学》1988 年第 1 期。

7. 秦弓:《抗战文学研究的概况与问题》,《抗日战争研究》2007 年第 4 期。

8. 李俊国:《温馨柔美的人性世界的“梦之使者”——废名小说〈浣衣母〉论析》,《名作欣赏》1991 年第 5 期。

9. 钱理群:《中国现代堂·吉诃德的“归来”——〈莫须有先生传〉、〈莫须有先生坐飞机以后〉简论》,《云梦学刊》1991 年第 1 期。

10. 钱理群:《文体与风格的多种实验——四十年代小说研读札记》,《文学评论》1997 年第 3 期。

11. 邱艳萍:《措手不及的痛苦——40 年代初沈从文的精神世界》,《西南民族大学学报》2005 年第 8 期。

12. 李丽:《论西南联大时期沈从文的实验小说》,《文艺争鸣》2008 年第 1 期。

13. 凌宇、张森:《论沈从文昆明时期的文学创作》,《中国文学研究》2006 年第 1 期。

14. 孔海珠:《楼适夷编辑生涯的重要台阶——楼适夷与〈文艺阵地〉》,《鲁迅研究月刊》2005 年第 5 期。

15. 杨洪承:《抗战文学中活跃的“笔部队”作家群体考察》,《文艺争鸣》2015 年第 7 期。

16. 赵学勇、孟绍勇:《“文学中心”的转移与当代文学“新方向”的确立》,《山西大学学报》(哲学社会科学版)2006 年第 1 期。

17. 章绍嗣:《〈讲话〉在国统区的传播和影响》,《中南民族大学学报》（人文社会科学版）1992 年第 1 期。

18. 刘勇：《上海“孤岛文学”》，《文艺理论与批评》1993 年第 5 期。

19. 黄志雄：《上海“孤岛”文艺期刊》，《抚州师专学报》1993 年第 1 期。

20. 赵凌河：《抗战时期文学期刊的文化增殖传播》，《文艺争鸣》2007 年第 10 期。

21. 毛巧晖：《韩起祥说书的民间性阐释》，《兰州学刊》2006 年第 1 期。

22. 胡玉伟：《历史的转折与文体的演进——论解放区的报告文学》，《沈阳师范大学学报》（社会科学版）2008 年第 1 期。

23. 宋剑华：《残酷战争中的温情世界——孙犁早期小说创作的浪漫主义人文理想》，《广州大学学报》（社会科学版）2007 年第 10 期。

24. 叶君：《裂隙与症候——论 40 年代“不合时宜”的孙犁》，《天津师范大学学报》（社会科学版）2007 年第 5 期。

25. 毛巧晖：《新秧歌运动：民间文学进入主流的一次尝试》，《晋阳学刊》2007 年第 5 期。

26. 袁国兴：《民族文化的底蕴对意识形态的超越——对解放区小说创作观念与方法的一种阐释》，《学习与探索》2007 年第 4 期。

27. 杜霞：《关于解放区文学大众话语形态的历史考察》，《齐鲁学刊》2007 年第 2 期。

28. 帅彦：《方向与冲突：赵树理与当代文学规范》，《云南大学学报》（社会科学版）2007 年第 1 期。

29. 刘增杰：《从左翼文艺到工农兵文艺——对进入解放区左翼文艺家的历史考察》，《中国现代文学研究丛刊》2006 年第 5 期。

30. 张卫中：《解放区小说的语言变革及意义》，《文艺理论与批评》2006 年第 5 期。

31. 何平：《论中国共产党文艺制度的起源》，《南京师大学报》（社会科学版）2006 年第 4 期。

32. 张世岩：《“阶级”视域中的人性言说——孙犁解放区时期的人性观》，《河北学刊》2006 年第 3 期。

33. 郭国昌：《集体写作与解放区的文学大众化思潮》，《中国现代文学研究丛刊》2005 年第 5 期。

34. 宋剑华：《论“赵树理现象”的现代文学史意义》，《文学评论》2005 年第 5 期。

35. 王维国：《抗日战争与中国文学地理变迁》，《河北学刊》2005 年第 4 期。

36. 胡玉伟：《“太阳”·“河”·“创世”史诗——〈太阳照在桑干河上〉的再解读》，《社会科学辑刊》2005 年第 3 期。

37. 谢昭新：《论 40 年代小说理论的时代性演进》，《中国现代文学研究丛刊》2004 年第 4 期。

38. 王本朝：《毛泽东文艺思想与中国当代文学的发生》，《西南师范大学学报》（人文社会科学版）2004 年第 2 期。

39. 张健、周维东：《“突击文化”的历史内涵及其对延安文学研究的意义》，《南开学报》（哲学社会科学版）2008 年第 3 期。

40. 王利丽：《解放区小说的审美特色》，《中国现代文学研究丛刊》2003 年第 4 期。

41. 王利丽：《救亡未忘启蒙——论解放区作家对农民落后意识的批判》，《文学评论》2003 年第 6 期。

42. 刘增杰：《一个被遮蔽的文学世界——解放区另类作品考察》，《文学评论》2003 年第 6 期。

43. 刘增杰：《静悄悄地行进——论 90 年代的解放区文学研究》，《文学评论》2002 年第 2 期。

44. 贺仲明：《论 20 世纪 40 年代中国文学中的传统主题》，《江海学刊》2002 年第 1 期。

45. 洪武奇：《服从与偏离——孙犁解放区时期小说婚恋主题探析》，《江淮论坛》1999 年第 6 期。

46. 刘增杰：《回到原初——解放区文学研究中的一个问题》，《中国现代文学研究丛刊》1999 年第 4 期。

47. 丁晓原：《解放区报告文学创作特征及其文学史意义》，《南京社会科学》1997 年第 2 期。

48. 刘增杰：《批评的偏至——近年来的解放区文学研究》，《中国现代文学研究丛刊》1997 年第 1 期。

49. 李玉明：《解放区文学新论》，《东岳论丛》1996 年第 6 期。

50. 李杨：《毛泽东文艺思想与现代性》，《中国现代文学研究丛刊》1993 年第 4 期。

51. 程光炜：《何其芳、卞之琳和艾青 40 年代的创作心态》，《文学评论》1993 年第 5 期。

52. 黄万华：《“寻根”从这里开始——从延安整风前后的解放区文学看〈讲话〉的巨大生命力》，《华侨大学学报》（哲学社会科学版）1993 年第 3 期。

53. 纪桂平：《建国前中国解放区文学研究述评》，《文艺理论与批评》1993 年第 5 期。

54. 刘增杰：《四峰并立：论解放区短篇小说创作》，《中国现代文学研究丛刊》1992 年第 2 期。

55. 孙党伯：《〈讲话〉推动了解放区文学的发展》，《武汉大学学报》（人文科学版）1992 年第 3 期。

56. 昌切：《赵树理与路翎：现实主义小说潮流中的两脉流向》，《华中师范大学学报》（人文社会科学版）1992 年第 3 期。

57. 周绍曾：《解放区小说简论》，《文艺争鸣》1992 年第 3 期。

58. 刘生龙：《论毛泽东文艺思想在中国现代文学史上的历史地位》，《福建论坛》（文史哲版）1992 年第 1 期。

59. 刘建勋：《关于延安文艺的历史主义思考》，《西北大学学报》（哲学社会科学版）1992 年第 2 期。

60. 王世杰：《"赵树理方向"再认识》，《山西大学学报》（哲学社会科学版）1992 年第 3 期。

61. 胡可：《解放区戏剧的发展与〈讲话〉》，《中国戏剧》1992 年第 5 期。

62. 杨立民：《中国现代文学的基本矛盾与〈讲话〉》，《理论与创作》1992 年第 5 期。

63. 郑纳新：《毛泽东文艺思想与人民文艺》，《广西师范大学学报》（哲学社会科学版）1992 年第 2 期。

64. 黄钢：《纵论中国解放区的报告文学》，《文艺理论与批评》1992 年第 6 期。

65. 林焕平：《延安文学刍议》，《文艺理论与批评》1992 年第 3 期。

66. 胡永修：《关于赵树理方向和文学史地位的思考》，《四川师范大学学报》（社会科学版）1992 年第 3 期。

67. 刘增杰：《解放区文学散论》，《中国现代文学研究丛刊》1990 年第 3 期。

68. 王玉树：《略论解放区文学对民族文学形式的探讨》，《天津社会科学》1990 年第 3 期。

69. 刘增杰：《孙犁的九篇佚文》，《河南大学学报》（哲学社会科学版）1990 年第 2 期。

70. 黄万华：《“回归”：沦陷区文学思潮的矛盾运动》，《文学评论》1989 年第 6 期。

71. 陈美兰：《认识面临着第二次超越——关于我国 40—70 年代文学思潮演变及文学思想论争特点的再思考》，《中国现代文学研究丛刊》1988 年第 4 期。

72. 蒋守谦：《关于现代文学史上个性解放主题向阶级解放主题转变和解放区文学的评价问题》，《中国现代文学研究丛刊》1988 年第 3 期。

73. 超冰：《文学潮流的历史大汇合与新开拓——40 年代国统区与解放区小说的同与异》，《中国现代文学研究丛刊》1988 年第 1 期。

74. 刘增杰：《解放区文学论争的再认识》，《河南大学学报》（哲学社会科学版）1988 年第 2 期。

75. 刘增杰：《一个具有完整形态的文学运动——中国工农兵文学运动史提纲》，《中国现代文学研究丛刊》1987 年第 3 期。

76. 黎舟：《史诗的品格——解放区文学的美学个性》，《中国现代文学研究丛刊》1986 年第 1 期。

77. 卜召林：《试谈解放区文学创作的主题》，《齐鲁学刊》1986 年第 2 期。

78. 张恩和：《解放区文艺——中国现代文学史上新的一页》，《中国现代文学研究丛刊》1982 年第 2 期。

79. 黄修己：《解放区创作和文艺整风运动》，《北京大学学报》（哲学社会科学版）1982 年第 3 期。

80. 黄步青：《试论解放区几部代表作在中国社会主义现实主义文学发展史上的成就》，《四川师范大学学报》（社会科学版）1982 年第 2 期。

后　记

“浴火新生——四十年代作家迁徙与文学研究”是笔者申报的教育部人文社会科学研究项目课题。课题从立项到写作完成，经历了多少酸甜苦辣只有自己知道。课题立项后，笔者并未有丝毫轻松感，相反更加感觉担子沉甸甸的。首先，不仅要从繁重的教学工作中挤出时间来争分夺秒写作课题。其次，所有的研究资料都要自己一点一滴购买收集，有时为了找一份资料挥汗如雨跑遍深圳市，刨遍网络。好在是付出耕耘终会有收获，经过几年一个字一个字地敲打，这部书稿终于完成。在书稿的写作过程中，自己也深刻体会到不下深功夫、不坐冷板凳是搞不出学问的。做学问、写论文就是一个寂寞、孤独、枯燥的旅行过程，只有自己能够欣赏其中平原的广袤与险峰的秀美。

本书在写作中仍然有许多不尽如人意的地方。因为要在规定的时间内完成，书稿写作比较仓促，引言部分对 20 世纪 40 年代作家迁徙现象描述还停留在表面，对 40 年代纷繁复杂的作家迁徙现象没有深入展开。又如，关于作家迁徙与文学创作的关系，思考还不是很周密，还没有完全思考到位，还有诸多作家迁徙与文学转型的现象没有囊括进来。再如，在整个书稿的写作过程中，相关的理论书籍阅读太少，现象性描述比较多，学理性思考辨析不够，更多只停留在现象的描述上。这些都只能在日后的研究中进一步思考完善。

本书在写作的过程中，得到武汉大学文学院陈国恩老师的悉心指导和鼓励，陈老师严谨治学的学术精神使我终身受益。感谢陈老师对我的指导和帮助。在书稿写作过程中，深圳职业技术学院张克师兄、嘉应学院汤克勤师兄、深圳信息职业技术学院余礼凤博士与我坦诚交流，不仅开阔了我的思路，而且使我在中检、结题等工作中少走许多弯路。在这里一并感谢。

还要感谢我的家人对我工作的支持。妻子黄文不仅在繁重的工作之余洗菜做饭、带小孩，而且一看到我在书桌边开始写作就带着孩子下楼去玩，给我一个安静的写作环境。我女儿在我写作的时候搞了不少破坏，有时拿走我的笔并弄丢了，有时在我写作的时候突然来按一下电脑键盘，有时按一下电脑开关键强制关机，有时在我买的书上画上几笔。正是这些“破坏行为”，使我在写作过程中有更多的童心童趣，是我写作的调味剂。但愿她读书识字后，能知道我有这样一本薄册子，有兴趣的时候翻翻，能够在记忆中找到昔日快乐的时光。